스무살
도쿄

오쿠다 히데오 奥田英朗　본격 문학과 대중 문학을 아우르는 일본의 대표적인 작가. 전전긍긍하는 소시민의 삶을 유머러스하고 따뜻한 필체로 그려낸 군상극부터 현대사회의 부조리를 적나라하게 고발하는 범죄소설까지 끊임없이 변화를 시도해왔다. 1997년《팝스타 존의 수상한 휴가》로 마흔의 나이에 소설가로 데뷔했으며, 2002년 괴상한 정신과 의사 '이라부'를 주인공으로 한 소설《인 더 풀》로 나오키상 후보에 올랐다. 2004년 다시금 같은 주인공을 내세운 소설《공중그네》가 나오키상을 수상하며, 이른바 '공중그네 시리즈'로 대중적인 인기를 확고히 했다. 이후 2006년《남쪽으로 튀어!》로 일본 서점대상 2위에 올랐으며, 2007년《오 해피 데이》로 시바타렌자부로상을, 2009년《양들의 테러리스트》로 요시카와에이지 문학상을 수상하는 등 평단과 독자로부터 지속적인 지지를 받아왔다. 그 외 주요 작품으로《면장 선거》《죄의 궤적》《꿈의 도시》《무코다 이발소》《라디오 체조》등이 있다.

옮긴이 양윤옥 일본문학 전문번역가. 2005년 히라노 게이치로의《일식》번역으로 일본 고단샤(講談社)가 수여하는 노마(野間) 문예번역상을 수상했다.《슬픈 李箱》《그리운 여성모습》《글로 만나는 아이세상》등의 책을 썼으며,《남쪽으로 튀어!》《붉은 손가락》《센티멘털》《철도원》《칼에 지다》《플라나리아》《지금 만나러 갑니다》등의 문학 작품과《그러니까 당신도 살아》《내 사람을 만드는 말, 남의 사람을 만드는 말》등을 우리말로 옮겼다.

TOKYO MONOGATARI
by Hideo Okuda

Copyright©2004 Hideo Okuda
All rights reserved.
Original Japanese edition published by Shueisha, Inc.
This Korean edition published by arrangement with Shueisha, Inc., Tokyo
in care of Tuttle-Mori Agency, Inc., Tokyo
through Enters Korea Co., Ltd., Seoul.

스 무 살,

도쿄

오쿠다 히데오 장편소설 ★ 양윤옥 옮김

은행나무

차 례

레 몬

1979년 6월 2일

1

가게 벽에 걸린 시계에 눈을 던져보니 새벽 1시는 진즉에 지난 뒤였다.

"야, 전차 끊겼어." 똑같이 시계를 쳐다보던 선배 하나가 좋아 죽겠다는 듯 말했고, 일동으로부터 "아휴~" 하는 자포자기적인 한숨이 새어나왔다. 다시 첫 전차가 운행할 때까지 술자리가 자동적으로 연장되었다. 가게 안에는 온통 학생들밖에 없었다. 여기에 막차를 놓친 학생들이 속속 집결하는 것이 이자카야 '하치베'의 일상이었다.

다무라 히사오는 슬슬 마비되어가는 머리로 술잔 바닥에 남은 레몬 슬라이스의 숫자를 세어보았다. 네 장이었다. 그건 네 잔의 호피(Hoppy. 1948년에 고쿠가 음료 회사에서 발매한 맥주 청량 음료 – 역주)를 마셨다는 뜻이었다. 이 주점에서는 호피를 몇 잔을 마시건 술잔을 바꿔주지 않았다. 술잔을 다시 채워줄 때마다 레몬 조각을 넣고 마지막에 그렇게 모인 레몬 숫자로 계산을 하는 것이다. 그렇다면 레몬을 슬쩍 먹어버리면 잔 수를 속일 수 있는가 하면 그건 아니었다. 일단 전표도 착착 기록하는 모양이니까, 요컨대 이 레몬 조각은 대학생 손님들에게 "너희들, 너무 마시지 마라" 하는 경고를 해준다는 의미일 것이다.

"다무라!" 정면 앞자리의 고야마 에리가 입을 큼직하게 벌렸다. 때워 넣은 은빛 어금니까지 다 보였다. "좀 솔직해져봐. 너,

나 좋아하지?"

"시끄러! 아까부터 진짜."

히사오가 얼굴을 찌푸리며 대꾸했다. 고야마 에리의 술잔을 보니 레몬이 다섯 장이나 되었다. 이 여학생은 노상 히사오에게 시비를 걸어왔다.

"어허, 여전히 솔직하지를 못하시네. 둘이서 모닝커피를 마신 사이잖아, 우리는? 그렇지, 다무라?"

"진짜 까불고 있어."

히사오가 불끈해서 소리쳤다. 사실은 술 모임 끝난 뒤에 인베이더 게임을 하고 첫차를 기다린 게 전부였다. 주위에서도 이제는 두 사람의 투닥투닥에 익숙해져서 아예 놀리지도 않았다.

고야마 에리는 술만 들어가면 히사오를 호칭도 없이 마구 불러댔다. 매일 저녁마다 술을 마시는지라 매일 밤마다 마구 불러대는 그 소리를 들었다. 대학에 들어와 처음으로 보는 타입의 여자였다. 과도 같고 게다가 재수생이라는 것도 같았다.

"이다음에 다무라 하숙방에 자러 갈 테니까 그런 줄 알아."

고야마 에리가 영화배우 모모이 가오리(영화 〈이제 턱은 괴지 않을래〉에서 개성적인 여대생을 연기, 당시 최고의 인기를 누린 여배우—역주) 흉내를 내자는 건지 턱을 괸 채 실실 웃고 있었다.

"바보, 내 하숙방은 가축 출입 금지야." 비꼬는 소리를 던져주었다.

문득 시선을 옮기자 옆 테이블에서 나호코 선배가 이쪽을 쳐다보며 웃고 있었다. 눈곱만큼이라도 오해를 사고 싶지 않아서 "이 술주정뱅이야!"라고 말투를 거칠게 해서 덧붙였다.

"어, 그러고 보니 내일, 아니지, 날짜가 바뀌었으니 벌써 오늘 인가?" 3학년 시마다 선배가 갑자기 큼직한 소리를 냈다. "그렇지, 오늘 6월 2일 맞지?"

"왜 그러는데?" 누군가가 물었다.

"에가와 스구루(고교 시절부터 150킬로의 직구와 예리한 변화구로 '괴물'이라는 별명을 얻은 투수. 편법으로 자이언츠와 계약한 일로 전국적인 비난을 받았다 – 역주)가 프로 입문하고 첫 등판하는 시합이 오늘이야. 자이언츠와 타이거즈 전."

"갑자기 뜬금없는 얘기는 꺼내지 마." 부장인 후지이 씨에게 혼났다.

"미안하지만 나는 2일에는 집에 빨리 갈 겁니다. 텔레비전 중계도 봐야 하고."

"무슨 소리야? 희곡 결정하는 날이잖아, 6월 2일은?"

"에엑, 말도 안 돼! 에가와가 던진다고요, 에가와가!"

"안 돼! 프로 야구하고 우리 동아리하고 어느 쪽이 더 중요해?"

"아, 근데 다들 〈디어 헌터〉 영화 봤냐?"라는 또 다른 선배. "나는 로버트 드 니로보다 크리스토퍼 워컨이 더 잘나가는 역할이라고 생각하는데."

"야야, 지금 다음 공연에 대한 논의 중이잖아."

"아 참, 이번에 〈피아〉가 월간 잡지에서 격주 발간으로 바뀐다던데?"라는 여자 선배.

"맞아, 〈시티로드〉도 그렇대." 누군가가 대답했다.

"야, 너희들, 마음대로 화제를 바꾸지 말라니까!" 후지이 씨가 본격적으로 화를 냈다.

옆 테이블에서도 이야기는 마구 헛갈리고 있는 눈치였다. 연극부 술자리는 늘 이런 식으로 시간만 잡았다. 그것도 매일 밤이다. 이 동아리에 들어온 이래로 히사오가 술을 마시지 않은 날은 손으로 꼽을 정도밖에 안 되었다. 그래서 공부는 도통 못 했다.

이래도 괜찮을까, 라고 문득문득 약간 불안한 생각이 들곤 했지만 선배들이 "괜찮아, 괜찮아, 올해 시험은 전부 리포트 제출로 대체해줄 거야"라면서 1학년 신입생들에게 용기를 불어넣었다. '대학 이전 반대 투쟁'을 하는 활동가들이 시험 보이콧을 위해 바리케이드를 칠 거라는 소문이 떠도는 것이었다. 부디 더욱 열심히 투쟁해주었으면. 히사오는 뒤에서나마 열렬히 응원하고 있었다.

"야, 우리 〈에일리언〉 개봉하면 다들 보러 가자."

"야, 작작 좀 해!"

후지이 씨의 고함소리도 회원들의 제멋대로 떠드는 소리에 지워져버렸다.

1년의 재수 생활을 거쳐 히사오는 대학에 합격했다. 재수 학원에서 여자친구가 생기지 않는 바람에 본의 아니게 공부 말고는 할 일이 없어서 그럭저럭 오차노미즈에 있는 대학의 문학부에 기어들 수 있었다.

문학부를 선택한 건 첫째로 수학은 입시 과목에서 빼버리고 싶었고, 문학부라면 아무래도 여학생이 많을 것이라는 바람둥이 같은 흑심 때문이었다. 취직하기가 영 불리하다는 말을 들은 건 입학한 뒤였다. 영어 강사가 첫 수업 시간에 "어차피 문학부 출신은 기업에서 원하는 인재도 아니고, 뭐, 4년 동안 실컷 놀아라"라며 엷은 웃음을 내보였던 것이다. "특히 남학생은"이라는 말도 덧붙였다. 교실은 일순 술렁였지만 히사오는 별로 신경이 쓰이지도 않았다. 오히려 뭔가 변명거리가 생긴 듯한 마음이었다. 자신이 넥타이 매고 출퇴근을 하다니, 그런 모습은 가령 4년 뒤의 일이라도 도무지 상상이 되지 않았다.

그리고 곧바로 히사오는 연극부에 들었다. 딱히 적극적인 동기가 있었던 건 아니다. 운동부며 각종 서클의 가입 권유를 받던 중에 연극부 부원의 말을 듣고, 그래, 그것도 괜찮겠네, 라고 생각했다. 히사오는 재수 시절에 딱 한 번 쓰카 고헤이(1948~. 재일 교포 극작가이며 연출가. 1974년에 극단 '쓰카 고헤이 사무소'를 설립하여 수많은 연극인을 지도했다 – 역주)의 〈아츠미 살인사건〉이라는 연극을 보고 진심으로 유쾌한 느낌을 받았던 적이 있었다. 퍼뜩 그 경험이 머릿속에 떠올랐던 것이다.

처음 연극부 부실에 따라가봤더니 여자 선배 한 사람이 담배를 피우고 있었다. 실내인데도 선글라스를 꼈다.

"신입생? 너, 고바야시 가오루하고 꼭 닮았는데?" 그녀는 히사오를 보자마자 말했다.

고바야시 가오루가 누구인지 알지 못했기 때문에 히사오는 그저 애매하게 고개를 끄덕였다.

"극단 '상황극장'의 연극배우야. 가라 주로(1940~ . 일본의 행동파 배우, 극작가, 연출가. 작가로도 활약했다 – 역주)가 주재하는 극단인데, 몰라?" 그렇게 말하며 하얀 이를 내보였다. 그녀가 선글라스를 벗었다.

그 순간 가슴이 찌릿했다. 길쭉한 눈매가 히사오의 눈 속에 낙인으로 찍혔다.

들어본 적도 없는 고유명사가 줄줄이 나왔지만 이미 귀에 들어오지 않았다. 눈앞의 여자에게는 마치 〈트럭 녀석들〉(1975년부터 1979년까지 인기리에 상영된 총 열 편의 시리즈 영화 – 역주) 시리즈에서 '나만의 여인 – 마돈나'가 등장했을 때와 같은 후광이 비치고 있었던 것이다. 히사오는 스가와라 분타(1970년대 일본 영화를 대표하는 톱스타. 영화 〈트럭 녀석들〉의 의리파, 순정파 주인공 – 역주)처럼 한심하게 입을 헤벌리고 내내 그녀만 쳐다보고 있었다. 아마 눈 가장자리는 충분히 축 처져 있었을 것이다.

그녀는 자신이 문학부 3학년이고 이름은 스즈키 나호코라고 소개했다.

그 이지적인 목소리를 들으며 히사오는 연극부에 들기로 결정했다. 오차노미즈 역까지 깡충깡충 뛰듯이 걸었다. 고맙다, 도쿄여, 라고 마음속으로 부르짖었다.

하지만 나중에 들으니 다른 신입부원에게는 네즈 진파치(극단 상황극장 소속 배우 – 역주)를 닮았다고 했다고 한다. 히사오는 당장 팸플릿 사진을 비교해보고, 뭐야, 고바야시 가오루가 훨씬 더 잘생겼잖아, 라고 혼자 정색을 하기도 했다.

히사오가 들어간 연극부는 언더그라운드 지향이었다.

이게 어떤 경향인지 처음에는 잘 알지 못했다. 신입 부원 환영회에서 "쓰카 고헤이를 좋아합니다"라고 말했더니 선배들이 흥, 하고 코웃음을 날렸다.

"그래, 흔해빠진 유형이네."

"쉬운 웃음을 원하더라니까, 요즘 애들은?"

갈 데 없이 꼬맹이 취급이었다.

선배들은 가라 주로의 극단 상황극장을 마치 신처럼 숭배하고 있었다. 듣기로는 "잘 못 하는 배우에게 던져도 좋다"면서 입장권과 함께 한 개 5엔에 돌멩이를 팔았다는 무시무시한 극단인데, 긴자에서 "회사에 가지 마라"라고 설득하는 해프닝 연극을 경찰의 허가도 없이 상영해버린 찬란한 실적도 있다고 한다.

그리고 바로 며칠 전에 히사오를 비롯한 1학년생들은 처음으로 가라 주로 체험을 했다. 선배들을 따라 신주쿠 고층 호텔 뒤편의 이른바 '빨간 텐트'에서 〈가라 주로 판・개와 늑대의 도시〉라는 연극을 본 것이다.

무대에서 터져 나오는 정체 모를 에너지에 히사오는 압도되었다. 어딘가로 빨려 들어가는 듯한 공포감마저 느껴져서 마지막까지 몸의 떨림이 멈추지 않았다. 어떻게 하숙집에 돌아왔는지도 기억이 나지 않았다.

특히 배우들의 불을 뿜는 듯한 연기에 완전히 녹초가 되었다. 고바야시 가오루는 자신과는 전혀 닮지 않았지만 유난히 멋지게 보였다. 여성 관객들은 훨씬 더 홀딱 빠지겠지, 라고 머리 한 귀퉁이에서 생각했다.

히사오는 당장 상황극장의 신봉자가 되었다.

하지만 다른 대학의 연극부원과 술집에서 옆자리에 앉게 되었을 때, "가라 주로? 지금이 대체 몇 년이냐? 1979년이라구, 이제 곧 80년대란 말이야!"라며 무슨 몹쓸 병에라도 걸린 사람처럼 취급당한 적이 있었다. 아무래도 우리 대학 연극부는 마이너한 노선을 따르는 모양이었다. 게다가 히사오는 여전히 쓰카 고헤이도 좋았다.

고야마 에리도 "쓰카 욕까지 할 건 없잖아?"라고 불만스러운 기색이었다. 그녀는 고등학교 때도 연극부여서 히사오보다 훨씬 더 많은 연극을 보았다. 극단 '분가쿠자(文學座. 1937년에 결성된 일본의 대표적 극단 중 하나 – 역주)' 출신의 배우에게 잔뜩 매료된 눈치여서, 언론의 자유를 방패 삼아 "난 모모이 가오리를 닮았어"라고 말도 안 되는 주장을 하곤 했다. 헤어스타일을 비슷하게 만든 그 노력만은 인정하지만.

하지만 의외로 박식해서 여학생이면서도 라이 쿠더(미국의 기타리스트, 가수, 작곡가. 슬라이드 기타의 선구자―역주)까지 알고 있었다. 히사오도 그건 대단하다고 인정해주고 있었다.

연극부 부원은 30여 명. 그중 절반이 여학생, 유급한 사람이 여섯 명이나 되었다. 선후배 관계는 느슨한 편이지만 그 대신 여학생 파워가 굉장했다. "당연히 여배우가 더 훌륭하다"라는 게 전통이어서 부실 청소 따위는 모조리 1학년 남학생한테만 떨어지는 것이었다. 연 2회의 공연을 위해 날마다 연습에 전력을 기울였다. 아울러 술판도.

"어이, 다들 들어봐." 부장 후지이 씨가 두 손을 크게 펼쳤다. 후지이 씨는 키가 크고 핸섬해서 1학년 여학생들은 그만 보면 아예 꺄악꺄악 환성을 터뜨리곤 했다. "내일의, 아니, 벌써 오늘인가? 오늘의 투표는 오후 8시 마감이니까 다들 그렇게 알아. 아르바이트가 있는 사람도 그때까지는 반드시 투표를 마치도록. 개표는 당일, 발표는 하치베에서."

투표라는 건 9월 공연의 희곡을 결정하기 위한 것이었다. 세 편의 후보작을 각각 프린트해서 부원들에게 나누어주었다.

"뭐가 되든 상관은 없다만, 다들 잘 읽었겠지?"

후보작의 작자이며 한참 겉늙은 얼굴의 이지마 선배가 떨떠름한 표정으로 말했다. 재수 한 번에 유급 한 번, 벌써 스물네 살이니까 열아홉 살의 히사오 입장에서는 거의 아저씨였다.

"1학년은 0.5표로 처리해야 되는 거 아니냐?"

"어머, 너무해요." 고야마 에리가 항의의 목소리를 높였다.

"아, 그런 말씀 마시고요, 이지마 선배"라는 후지이 씨. "일단 민주적인 운영이라는 게 우리 연극부의 기본 방침이니까요."

"옳소!" 술에 취한 1학년들이 박수를 보냈다.

"근데 늬들은 가라 주로의 《특권적 육체론》도 안 읽었잖아? 데라야마 슈지(1935~1983. 극작가, 시인, 소설가, 영화감독, 경마 평론가 등 폭넓은 분야에서 활약한 문화인 – 역주) 연극도 안 봤고, '와세다 소극장'도 모르면서, 뭐."

이지마 씨가 술잔을 손에 들고 이쪽 테이블로 건너왔다. 불길한 예감이 들었다.

"어이, 다무라는 어때? 지난번 상황극장에서 상연한 연극, 어떻게 봤지?"

"아, 예. 역시나 굉장하다고 생각했는데요." 그렇게 대답하면서 이지마 씨의 술잔 밑바닥으로 시선이 갔다. 레몬이 일곱 장이나 되었다.

"어떤 점이? 구체적으로 말해봐."

가까이에서 보니 이지마 선배의 얼굴은 엷게 수염이 돋아서 나가시마 시게오(프로 야구 감독 – 역주)처럼 뺨까지 푸르스름했다.

"그, 그게, 텐트 안에 출현한 비일상적인 공간이랄까……"라고 어물거리는 히사오.

"아니지. 그런 단순한 게 아냐." 이지마 선배가 과장스럽게 고개를 저었다.

"잘 들어. 비일상적이라고 할 거면 우선 일상이란 것이 무엇인지 생각해야만 하는 거야. 다무라가 밥을 먹는다, 똥을 싼다, 잠을 잔다, 그러한 행위 가운데서……."

침이 튀었다. 틈을 놓치지 않고 고야마 에리가 튀김 접시를 냉큼 옆으로 치웠지만, 이지마 선배는 그런 건 아랑곳하지 않았다.

"나는 말이지, 이데올로기가 죽어버리면 그다음에는 이미지의 증식밖에 없다고 생각해. 애초에 비일상적인 것만 아름답고 일상적인 것은 무의미하다니, 대체 어느 누가 그런 말을 할 수 있어? 안 그래? 가라 주로도 마찬가지야. 가라 주로는 연극 속에서 박쥐 우산이니 재봉틀 같은 물건을 들고 나와서 그 순간 일상과 비일상의 관계에 대한 코페르니쿠스적 전환을 꾀하고자 하는 거야."

"네에……."

"실로 형이상학적인 얘기지." 이지마 선배는 뭔가에 홀린 듯 허공을 응시했다. "있지, 가라 주로의 연극은 막판이면 텐트 일부를 치워버리지? 그게 바로 그거야. 말하자면 텐트라는 벽이 없어짐으로써 관객의 시야는 갑자기 탁 트이는 거라구. 빌딩의 네온 불이며 공원의 나무들까지 무대에 끌어들이려는 시도인 게야. 이봐, 다무라, 자네는 그것에 어떤 의미를 부여했지?"

느닷없이 질문이 날아왔다. "에에 또, 그러니까, 이른바 차경(借景) 기법이라는 거겠지요."

"호오, 꽤 그럴싸한 소리를 하는데? 뭐야, 우리 다무라 군도 알고 있었어?"

어깨를 토닥여주는 바람에 히사오는 겸연쩍게 웃었다. 잘못 말한 게 아니라는 것에 약간 안도했다. 사실은 책에서 주워들은 걸 대충 써먹은 것이었지만.

"연극이란 바로 그런 거야. 수렴이 아니라 확산이지. 그래서 늬들은 쓰카를 좋아하는 모양이지만 내가 보기에는 쓰카 따위는 대중 영합이라는 거야."

"하지만 대중화란 나쁜 게 아니라고 생각하는데요?" 고야마 에리가 옆에서 말을 끼웠다.

"아니, 나쁘다는 게 아냐. 단지 쓰카가 형사 역할에게 턱시도를 입히고 하는 거, 허를 찌르는 것 같으면서도 그건 아무래도 상식의 범주란 말이지. 못생긴 사람을 매도하는 것도 내가 보기에는 단순한 말장난이지 결코 질서의 파괴는 아니라는 거야."

"그럴까요? 나는 충분히 파괴적이라고 생각하는데. 게다가 쓰카 고헤이의 대중적이면서도 어딘가 쿨한 시선도 좋던데요?"

"아냐, 고야마 군. 그건 아니지." 이지마 선배가 몸을 내밀었다. 이마 근처가 불그레했다. "자네는 도통 뭘 모르는군. 잘 들어봐. 애초에 그 대중 멸시라는 사상 자체가 대중적이라는 거야."

"아이, 선배님, 쓰카는 대중 멸시 같은 거 안 한다니까요?" 오래된 호스티스처럼 고야마 에리가 이지마 선배의 팔을 툭툭 쳤다.

"아니, 입 다물어, 조용히 해! 셔럽! 잘 들어, 내가 보기에는⋯⋯."

이지마 선배의 창끝이 고야마 에리에게로 향했는지라 히사오는 담뱃불을 붙이며 한숨을 돌렸다. 고야마 에리의 술잔도 어느새 레몬이 일곱 장으로 늘어나 있었다.

손목시계에 시선을 떨구었다. 벌써 새벽 3시 가까운 시각이었다. 오늘이 투표일인가. 어떤 작품을 선택해야 하나, 하고 생각했다.

이지마 선배의 희곡 〈벌판에 내던져진 자〉는 일단 읽어보기는 했는데 무슨 소린지 하나도 알 수 없었다. 계단을 올라가려고 하는 남자가 그 단차가 일정하지 않은 것에 끙끙거리다 전화번호부를 쌓아 고르게 했으나 마지막에는 일정한 것이 자신을 더욱더 고통스럽게 한다는 것을 깨닫고 마침내 자살에 성공한다는 이야기다. 장본인인 이지마 선배는 "현대의 예정 조화 사회에 대한 만가(挽歌)"라고 주장하면서 콧구멍을 벌름거리고 있었다.

하긴 솔직히 말해 다른 후보작도 히사오로서는 도무지 종잡을 수 없는 횡설수설이어서 어떤 작품에 표를 던져야 할지 알 수가 없었다.

다만 또 한 사람의 유급 선배가 쓴 〈지옥 차 / 망향 편〉만은 반드시 막아야 한다고 히사오는 생각했다. 그 작품에는 키스신이 있는 것이다. 희곡을 읽으면 배역도 대충 짐작이 간다. 마돈나 역할을 연기할 사람은 나호코 선배밖에 없고, 그 키스신을 본다면 자신은 우울해지고 말 듯한 예감이 강하게 들었다.

문득 옆 테이블의 나호코 선배에게 시선을 던졌다. 트레이드 마크인 선글라스를 머리에 얹고 즐거운 듯 누군가의 이야기에 푹 빠져 있었다. 보들보들해 보이는 뺨을 자신의 손으로 감싸고 있었다. 그 옆자리에 한번 앉아보고 싶었지만 아직 그럴 찬스는 돌아오지 않았다. 나호코 선배는 늘 느지막이 나와서 3, 4학년 테이블에 자리를 잡기 때문이었다.

딱 한 번, 부실에서 말을 걸어준 적이 있었다.

"다무라 군, 록 음악을 좋아한다면서?" 그렇게 질문을 던져왔다.

"아, 예."

"나카야마 라비라고, 알아?"

"예, 그게, 이름은 알고 있는데요, 국내 음악은 별로."

"그래? 나는 좋아하는데."

서둘러 돈을 꾸어 그날로 나카야마 라비의 레코드를 샀다. 그랬더니 정말 멋진 포크송 가수였다. 나호코 선배의 기품 있는 취향에 점점 더 사랑의 마음이 쌓여갔다.

"나카야마 라비, 들어봤습니다. 아주 좋았어요." 당장 보고를 했더니 나호코 선배는 얼굴이 헤실헤실 풀어지며 "이담에 함께 시부야 '지앙지앙 극장'에 보러 가자"라고 청해주었다.

히사오는 다시금 오차노미즈 역까지 깡충깡충 뛰다시피 걸었다.

아직까지 그날은 오지 않았다. 〈피아〉를 뒤져보니 다음 달 초에 라이브 공연이 있기는 했지만.

"그래서 말인데, 바로 그 점이 대학 연극의 한계인 거야." 이지마 선배는 아직도 고야마 에리를 상대로 연극론을 토로하고 있었다. "내가 보기에는 요즘 새로 나온 도쿄대의 야노 히데키도 정말 시원찮은 놈이야."

"이봐, 선배도 똑같은 대학생이면서, 뭘?" 고야마 에리는 선배를 붙잡고 마치 친구한테 하듯이 반말을 툭툭 내뱉고 있었다.

"최소한 내 방에서 텔레비전으로 관전하는 것쯤은 인정해달라고." 다른 테이블에서는 3학년 시마다 선배가 꽥꽥 소리를 지르고 있었다. "에가와가 나온다고, 에가와 스구루가! 그 떠버리 녀석이 얼마나 대단한 놈인지, 누구든 다 보고 싶을 거 아냐?"

"그건 안 돼. 우리는 야구 같은 거 관심 없어." 여학생의 냉랭한 대답.

"야, 내 양말, 누가 못 봤냐?"

"술집에서 양말 벗는 버릇, 제발 좀 고칠 수 없냐?"

술잔이 넘어지는 소리가 났다. 또 다른 팀이 맞붙어서 투닥투닥 싸움을 벌이는 모양이었다.

"내가 보그에는 말으지……." 이지마 선배의 혀가 점점 수상쩍게 꼬부라지고 있었다.

새벽 4시 반을 넘어섰을 무렵, 모두 함께 하치베를 나왔다.

하늘 전체가 푸르스름하게 밝아오고 있었다. 새벽의 냉기가 눈동자를 기분 좋게 자극했다. 다시 밤샘으로 술을 마시고 말았다는 약간의 죄책감도 있었지만.

가게 앞에서 해산해서 지하철 팀은 언덕길을 내려가고 국철 팀은 언덕길을 올라갔다. 유감스럽게도 나호코 선배는 지하철 팀이었다. 히사오는 단 일 초라도 나호코 선배 가까이에 있고 싶었다.

"어이, 다무라!" 불행하게도 고야마 에리는 국철 팀이었다. "너희 하숙집에 가서 자줄까?"

"조용히 해라." 너무 피곤해서 말도 나오지 않았다.

"또, 또, 그런다, 나 좋아하면서."

"바퀴벌레보다는 좋아하지."

"야, 너무하잖아! 멀쩡한 숙녀한테!"

"고야마, 네가 무슨 숙녀야?"

"앗, 고야마라고 하지 말아줘."

"그럼 뭐라고 해?"

"에리~, 라고 불러줘, 사랑하는 에리~."

최근 그런 노래가 한창 유행이었다. 히사오는 그냥 무시하기로 했다.

"아니면 가오리라고 불러줘도 좋은데. 모모이 가오리의 가오리." 고야마 에리가 그러면서 앞머리를 다듬고 있었다. "자, 이렇게 하면 어때? 야, 다무라! 제발 닮았다고 말해줘."

"컴컴한 데서 보면 아주 쪼끔 그럴지도."

"아이, 솔직해지라니까."

"그리고 좀 더 날씬해지면."

고야마 에리가 입을 꾹 다물었다. 잠시 틈을 두더니 "바보"라고 중얼거리듯이 말했다.

오차노미즈 역에 도착했을 즈음, 이미 버스가 다닌다는 것을 알았다. 이렇게 되자 굳이 기타이케부쿠로의 하숙방까지 돌아간다는 게 영 귀찮게 느껴졌다. 바로 근처에 고등학교 동창의 하숙집이 있기 때문이었다.

히사오는 일행에게 작별을 고하고 버스에 올라탔다. 그리고 예술대에 다니는 히라노의 하숙집으로 향했다. 열쇠가 없는 방이라서 출입은 완전 자유였다.

십 분 만에 도착해서 문을 열었더니 히라노가 침을 흘리며 자고 있었다.

슬그머니 이불을 벗겨내 방구석에 깔았다. 다리에 뭔가 걸린다 했더니 전기 스탠드 코드를 건드렸는지 스탠드가 책상에서 소리를 내며 떨어졌다.

히라노가 눈을 떴다.

"뭐야, 또 너야?" 쉰 목소리로 절절히 지겹다는 듯 말했다.

"그럼, 섹시한 미녀가 슬그머니 기어든 줄 알았냐?"

"자꾸 우리 집에만 오고, 너는 여자친구도 안 생기냐?"

"네가 그런 말 할 자격이 있냐? 저도 허허벌판인 주제에."

히라노(平野)라는 이름을 보통명사로 바꾸어 한마디 해주었다.

자리에 누워 눈을 감았다. 이 하숙방에는 그림물감 냄새가 배어 있었다. 십 초도 안 되어 히사오는 잠에 곯아떨어졌다.

2

눈을 떠보니 방 안에 히라노는 없었다. 아마 학교에 갔을 것이다. 손목시계를 찾아 시간을 보니 벌써 낮 12시 가까운 시간이었다.

이불 위에 책상다리를 하고 앉아 의미도 없이 한숨을 내쉬었다. 오늘 수업이 뭐였더라. 여전히 술기운이 남아 있는 머리로 생각을 더듬었다. 오후에 영어 수업이 있다는 게 생각났다. 어학 수업을 받지 않으면 나중에 영 재미가 없어지는지라 일단 오후에는 나가보기로 했다.

담배에 불을 붙였다. 벽에 기대어 세워놓은 캔버스에 눈길이 갔다. 킹 기도라(영화 〈3대 괴물, 지구 최대의 결전〉에 등장하는 세 개의 머리를 가진 가공의 괴물 – 역주)를 그려놨네, 라고 생각했는데 다시 보니 꽃병에 꽂힌 꽃 그림이었다. 요즘 히라노는 추상 예술의 세계에 심취해 있는 모양이었다.

뭔가 먹을 게 좀 없나 하고 찬장을 뒤적였다. 봉투가 뜯겨진 치킨 라면을 발견했다. 안을 들여다보았다. 절반쯤 떼어 먹었다.

참말로 게을러터진 놈, 그냥 뜨거운 물만 부으면 되는데 이게 뭔가. 그렇게 어이없어하면서 나머지를 씹어 먹었다.

자신의 티셔츠를 집어 들고 냄새를 맡아봤다. 잠시 고민했다. 붙박이장을 열고 깨끗이 빨아둔 옷가지를 물색했다. 하지만 그런 게 있을 리 없었다. 별 수 없이 비교적 덜 더러운 셔츠를 골라 갈아입었다. 히라노의 외출복은 진즉에 낱낱이 파악해두었다. 체크무늬의 BD셔츠는 단추가 달랑달랑 떨어지려고 한다는 것까지 알고 있었다.

아래층에 내려가 소변을 보고 싱크대에서 얼굴을 씻었다. 바로 뒤쪽의 방문이 열리고 하숙생이 얼굴을 내밀었다.

"어, 다무라 군인가?"

이곳에 사는 사람들과는 모두 낯익은 사이가 되었다. 이쪽 하숙집에는 히라노를 제외하고는 모두 도쿄대 학생뿐이었지만 다들 오전에는 방에서 데굴데굴 놀고 있었다. 실로 마음 든든한 선배들이었다.

"오늘, 마침내 에가와 스구루가 공을 던지던데? 어때, 다무라 군도 한 구좌 얹어볼래?"

돌아보니 도쿄대생이 스포츠 신문을 펼쳐 들고 있었다. 1면에 '에가와, 오늘 선발 투수'라는 굵직한 글자가 춤추고 있었다.

"내기하는 건가요?"

수건이 있어서 얼굴을 닦았더니 누군가의 파자마였다. 늘 있는 일인지라 새삼스럽게 왜 이런 데 파자마가 있는가, 따위의 고민은 하지 않았다.

"그래, 한 구좌 500엔. 에가와가 승리 투수가 되느냐 패배 투수가 되느냐, 아니면 승리나 패배와는 관계가 없느냐. 병이 나서 결장하는 일도 있을 거고."

"그럼, 나는 패배에 500엔."

"그럴 줄 알았지. 승리에 건 사람은 나뿐이군, 훗후후."

"선배는 에가와 팬이에요?"

"설마! 내가 그런 놈을 좋아할 리가 있어?"

"근데 왜요?"

"내기에 감정을 담는다는 건 난센스야. 게다가 이기면 돈을 벌고 패하면 체중이 내려갈 테니 일거양득이잖아?"

눈을 가느스름하게 뜨고서 느물느물 웃고 있었다. 역시나 도쿄대생, 이라고 내심 감탄했다.

히라노의 하숙집을 나와 오차노미즈로 향했다. 버스 창문 너머로 도쿄대 혼고 캠퍼스의 짙은 녹음이 보였다. 도쿄 거리는 완전히 여름이었다. 여자들의 옷차림이 가벼워져서 맨살을 드러내고 있었다.

나호코 선배를 생각했다. 나호코 선배의 옷차림은 항상 거무스름했다. 검은 바지에 검은 티셔츠. 날씨가 더워지면 하얀 옷도 입으려나. 미니스커트 같은 것도 잘 어울릴 텐데.

요즘 들어 히사오는 나호코 선배에 대한 생각만 했다. 재미있는 영화를 보면, 함께 감상했으면 좋았을 텐데, 하고 생각했다.

그 사람이라면 어떤 느낌을 받았을까, 하고 두서도 없는 상상을 했다. 저녁노을을 보고서도 그랬다. 사랑이란 아마도 모든 것을 함께 체험하고 싶어하는 것이리라.

나카야마 라비의 라이브 공연, 마음을 굳게 먹고 내가 먼저 함께 가자고 말해볼까. 티켓 두 장을 사서. 그렇다면 시부야의 술집에 대해 조사해둘 필요가 있다. 비싼 곳은 좀 힘들겠지만, 아무튼 무드가 있는 술집이 좋은데. 약간 조명이 어두운 곳.

조금 달콤한 기분이 되었다. 차 안의 손잡이를 붙잡고, 짝사랑도 분명코 사랑이다, 라고 혼자서 폼을 재봤다.

교문을 지나 히사오는 우선 연극부 부실로 향했다. 원래는 '학관'이라고 불리는 건물이 있어서 그곳이 운동부며 문화부의 부실이 되어야 하지만 그쪽은 대학 측에 의해 봉쇄된 상태였다. 7, 8년 전의 치열했던 등록금 투쟁 이후로 계속 잠긴 채라고 했다.

그래서 이쪽 지하의 부실은 불법 점거였다. 몇 년 전에 신문부가 강행 돌파하여 가장 먼저 터를 잡아버린 것이다. 연극부는 그때 혼란을 틈타 재빨리 방 한 칸을 확보했다고 한다. 그리하여 신문부는 지하에서 가장 잘난 척 고개를 빳빳이 쳐들고 다녔다. 각 동아리마다 강제로 신문을 구독하라고 하는 꼴이라니, 완전 총회꾼 뺨치는 상술이었다.

연극부의 문을 열고 "안녕?"이라고 인사를 건넸다. 안에는 1학년 여학생 셋이 앉아서 샌드위치를 먹고 있었다. 선배들은 아무도 없었다. 분명 아직까지 다들 자고 있을 것이다.

"와우, 맛있겠는데? 나도 좀 줘." 그런 가벼운 소리를 날렸다.

여학생들의 차가운 시선이 쏟아졌다. 먹던 것도 관두고 입을 꼭 다문 채 히사오를 올려다보고 있었다. 어쩐지 무섭게 노려보는 듯한 분위기였다.

"……뭐야, 그 존경의 눈빛은?"

히사오가 던진 농담도 받아주지 않았다. 어째 낌새가 이상하다고 생각했다.

"무슨 일 있었냐?"

"다무라 군." 미즈노 치하루라는 여학생이 천천히 입을 열었다. "오늘 아침에 에리에게 몹쓸 소리를 했지?"

"엥?"

무슨 소린지 알 수 없었다.

"오늘 새벽에 오차노미즈 역으로 걸어갈 때, 에리한테 몹쓸 말을 했잖아!"

"야, 내가 무슨?"

"아니, 했어. 내가 바로 옆에서 들었다구."

히사오는 미간을 찌푸렸다. 정말로 짚이는 구석이라고는 없었던 것이다.

"에리가 그 말에 충격받고 울었어. 돌아가는 전차 안에서 엉엉 울었단 말이야."

세 사람이 모두 비난에 찬 눈빛으로 히사오를 노려보았다.

"에이, 거짓말이겠지. 고야마가 울어?"

믿을 수가 없었다. 게다가 사람을 마구 놀려먹은 건 오히려 고야마 에리 쪽인 것이다.

"우리 아파트에서 잤는데, 잠도 못 자고 내내 울었어. 손수건으로는 모자라서 수건이 필요할 정도였어."

"왜? 내가 뭘 어쨌는데?"

"그걸 모르겠니?" 미즈노가 팔짱을 끼고 물었다.

"내가 어떻게 알아?" 거친 말투로 대답했다.

"진짜 못됐다."

미즈노가 마치 더러운 것이라도 보듯이 얼굴을 찌푸렸다.

"둔감. 덜렁이."

"섬세하지 못하긴……."

다른 여학생들도 저마다 히사오를 비난했다.

"대체 무슨 일인데 그래?" 영문을 몰라 히사오는 머리를 부여안았다. "설명 좀 해봐라. 내 어떤 점이 잘못이라는 거야?"

"그럼, 알려주지." 미즈노가 도끼눈을 뜬 채로 턱을 쑥 내밀었다. "에리가 '나 모모이 가오리 닮았지?' 라고 말했을 때, 다무라 군은 뭐라고 대답했지?"

"응?" 히사오는 생각에 잠겼다.

"생각해봐."

"……잊어버렸지, 그딴 거." 대답을 하면서 잠깐 아차 싶었다.

"다무라 군이 뭐라고 했는지 알려주지. 그때 '좀 더 날씬해지면' 이라고 말했어."

생각이 났다. 그러고 보니 그런 미운 소리를 날렸었다.

"아, 그러고 보니 내가 그랬지." 하지만 그 정도가 뭐 어떻다는 말인가.

"그래, 그래서?"

"그래서라니, 내가 물어보고 싶은 말이다. 그래서 뭐?"

"정말 너무한다, 다무라 군. 완전히 사람을 잘못 봤네." 미즈노가 목소리를 높였다. "에리는 그게 마음에 걸려서 울었다구. 정말 모르겠니?"

"에이, 거짓말."

"거짓말 아냐. 에리, 엄청 상처 입었어."

여학생들은 진지한 얼굴이었다. 계속 히사오를 노려보고 있었다.

선뜻 믿어지지 않는 얘기였다. 고야마 에리가 그런 정도의 말에 울어? 게다가 그게 테니스 동호회의 범생이 숙녀 여대생이라면 또 모르겠다. 하지만 상대는 연극부의, 술에 취하면 망나니 술떡 여대생이 되는 고야마 에리가 아닌가. 서로 시비를 걸고 미운 소리를 주고받고, 그러다 그 연장선상에서 튀어나온 사소한 한마디에 불과하지 않은가.

히사오는 놀랐다. 말도 안 돼. 여자들은 다 그런 정도에 상처를 입는 걸까.

"고야마, 지금 어디 있는데?" 일단 차분한 얼굴로 물었다.

"쇼크 먹고 드러누웠어, 내 방에."

미즈노와 고야마 에리는 단짝이었다. 미즈노도 재수생이어서 웬일인지 재수생 팀은 서로 의지하는 경향이 있었다.

"그래?"

"그래, 라니?"

미즈노가 얼굴이 하얗게 변해서 입을 떡 벌렸다. 그러자 여학생들의 총공격이 시작되었다. 바보. 멍청이. 쓰레기. 비겁한 인간. 나중에는 무뚝뚝한 바람둥이라는 소리까지 날아왔다.

"아아, 알았어." 히사오는 양손으로 여학생들을 제지했다. "사과하면 되지? 내가 사과할게."

"언제 사과할 건데?"

"만나면 할게. 어차피 저녁때는 나올 거잖아? 연습도 있고 투표도 해야 하고."

"안 돼. 지금 당장 해." 미즈노는 단호하게 말했다. "오늘 아침에도 에리는 이불을 뒤집어쓰고 학교 가기 싫다고 했단 말이야. 이대로 가다가는 한참 동안 결석할지도 몰라."

"그렇게 중증이야?"

"그래. 지금 당장 내 아파트에 가서 사과하고 와."

"에엥~." 히사오는 얼굴을 찌푸렸다. "오후에 영어 수업 있는데?"

다시금 여학생들의 융단폭격이 시작되었다. 이번에는 '숫 다리'라는 용서하기 힘든 욕까지 먹었다.

어쩔 수 없이 히사오는 그녀들의 요구를 받아들이기로 했다. 한숨이 나왔다. 미즈노의 아파트는 고이와 쪽이었다. 술에 취해 널브러진 고야마 에리를 떠메다 준 적이 있었다. 에휴, 정말 여자라는 생물은.

어깨를 떨구고 학교를 나섰다. 미즈노가 뒤를 쫓아왔다.

"저기, 다무라 군." 불러 세운다. "한 가지 확인해둘 게 있어."

"뭐야, 또?" 몸을 돌려 마주 섰다.

"에리가 실은 대단히 섬세한 애야."

"흠."

"하지만 그걸 감추려고 평소에 일부러 말을 험하게 하는 거야."

"에?"

"그리고 내 생각인데, 다른 남학생이 그런 말을 했다면 별로 신경 안 썼을 거야. 이를테면 이지마 선배가 살 좀 빼라고 했다면, 댁이야말로 그 겉늙은 얼굴 좀 어떻게 해봐요, 라는 식으로 대꾸했을 거라구."

"야, 그건 진짜 심하잖냐?"

"아니, 예를 들면 그렇다는 거지. 남의 말을 중간에서 끊지 말아줘. 그러니까, 말하자면, 에리는 다무라 군에게 그런 말을 들었기 때문에 상처를 입었다는 거야. 알겠니?"

"그, 그건……." 잠시 생각했다. "나한테만은 그런 말을 듣고 싶지 않다는 뜻이야?"

미즈노가 경멸에 찬 눈빛으로 히사오를 쳐다봤다.

갑자기 코를 있는 힘껏 꼬집어 뜯는다.

"아야얏!"

"멍청이."

미즈노는 머리칼을 휘날리며 뛰어가버렸다.

뭐야, 대체, 우리 동아리 여학생들은? 연극부의 '여존남비' 현상, 이제 정말 못 봐주겠다. 다음번 모임에서 반드시 건의를 하자고 히사오는 생각했다.

오차노미즈 역에서 소부선을 타고 동쪽으로 향했다. 오후의 국철은 비교적 한산했지만 그래도 앉아서 갈 수 있을 정도는 아니었다. 가쿠슈인(學習院) 교복을 입은 어린아이들이 자리를 한 줄 다 차지하고 만화책에 몰두해 있었다.

차 안은 아직 에어컨을 켜지 않았다. 그래서 활짝 열어둔 창문으로 유난히 뜨듯한 바람이 불어 들었다.

에이, 귀찮아. 저도 모르게 작은 중얼거림이 터졌다.

뭐가 아쉬워서 그 변두리 고이와까지 사과를 하러 가야 한단 말인가.

콧숨을 푸우 내쉬며 목뼈를 울렸다.

첫째로 고야마 에리는 그리 뚱뚱한 것도 아니다. 정말로 뚱뚱하다면 나도 그런 말은 하지 않았을 것이다. 어디서나 흔히 보이는 통통한 몸매라서 농담으로 한마디한 것뿐이다. 영화배우 사카구치 료코도 그렇고 후부키 준도 그렇고 다들 통통하잖아. 그래도 충분히 예쁘고 남자들에게 인기가 있다.

애초에 여자들이란 지나치게 몸무게에 신경을 쓴다. 남자들이 오로지 마른 여자만 좋아하는 줄 아는 모양이다. 아무리 생각해도 당연히 통통한 쪽을 훨씬 좋아하는데 말이지.

창밖으로 시선을 옮겼다. 전차가 스미다가와(隅田川)에 접어들었다. 햇빛을 받아 강물이 반짝반짝 빛나고 있었다.

유람선이 잔물결을 일으키며 강을 거슬러 올라갔다. 갑판에서는 커플이 어깨를 맞대고 있었다.

도쿄의 한가하고 화창한 오후였다.

고야마 에리가 울었다……. 마음속으로 말해보았다.

이제는 빌딩들이 끊겨서인지 바람이 얼마간 시원하게 느껴졌다.

하긴 뭐, 열아홉 살 여자애니까 때로는 울기도 하겠지.

단지 엉엉 울었다는 건 히사오로서는 의외였다.

그 모습을 상상하며 가슴에 약간 그늘이 졌다.

미즈노의 말은 의외로 사실인지도 모른다. 섬세한 애, 라는 거.

그러고 보니 고야마 에리가 언젠가 하치베에서 옆자리 여학생의 술잔에 자신의 레몬을 슬쩍 던져 넣은 적이 있었다. 아무도 눈치 채지 못했지만 히사오는 우연히 그 장면을 보았다. 그 여학생은 술을 못 마셔서 늘 주위에서 "하나도 안 마셨잖아?"라는 핀잔을 들었다.

고야마 에리는 레몬으로 그 여학생을 도와준 것이다. 말속은

험하지만 마음씨는 착한 여자애인 것이다.

흠, 그럴지도 모르겠네.

아무 생각 없이 그 모습을 멀거니 바라보았던 자신이 약간 부끄럽게 생각되었다.

히사오는 눈을 감고 바람을 맞았다. 전차가 다시 철교에 접어들어 똑같은 간격의 쾅음이 귓속에서 울리고 있었다.

역시 정식으로 사과해야 할까? 고개도 숙이고? 앞으로의 일도 있고, 되도록 응어리는 남기고 싶지 않았다.

하지만 어떻게 사과해야 하지?

한차례 헛기침을 했다.

너, 전혀 뚱뚱하지 않다니까―.

아니, 이건 너무 스트레이트하다. 위로가 되지도 않는다.

조금 밝은 톤으로 사과하는 편이 좋으려나?

야아, 미안하다, 미안해. 그거, 그냥 조크야, 조크. 신경 쓰지 마라, 응?

아니지, 사과하는 사람의 태도가 아니야.

……이렇게 섬세하지 못해서는. 내가 생각해도 내가 싫다.

이런 식이면 될까.

그건 고야마를 약올리려고 억지로 한 말이지, 절대로 본심이 아니야.

응, 괜찮다. 첫마디를 그렇게 나가면 그다음은 어떻게든 될 것이다.

퍼뜩 고야마 에리의 동그스름한 얼굴이 떠올랐다.

웃으면 눈이 초승달 모양이 되었다.

녀석, 남자친구 있나? 왠지 그런 것을 생각했다.

히사오의 가슴속에 신비한 공기가 가득 차올랐다.

아냐, 없을 거야. 우리하고 밤마다 술 마시러 돌아다니는데, 뭐.

전차는 20여 분 만에 고이와 역에 도착했다. 북쪽 출구로 나가 미즈노의 아파트로 향했다. 요시노야 모퉁이를 돌아 똑바로 가면 되는 길이라서 딱 한 번 왔어도 기억하고 있었다.

미즈노의 아파트는 연극부 1학년 여학생들의 집합 장소였다. 도쿄에서 태어나고 자란 고야마 에리는 자기 집은 놔두고 노상 미즈노의 아파트에서 자고 가는 모양이었다.

여자들이 좋아할 만한 예쁜 베란다가 딸린 아파트가 보였다. 임대료가 3만 엔이라는 말을 들은 적이 있었다. 히사오의 하숙집의 두 배였다. 게다가 욕실까지 있었다.

이층으로 이어진 바깥 계단을 올라가면서 가슴의 고동이 약간 빨라졌다.

내가 보는 앞에서 울기라도 하면 어쩌지? 그런 경험은 19년 인생에 단 한 번도 없었는데.

생침을 꿀꺽 삼켰다. 심호흡을 했다.

천천히 복도를 걸어가 문 앞에 섰다.

문 앞에는 종이가 붙어 있었다.

'다무라 바보. 와하하하. 에리로부터.'

현기증이 났다.

히사오는 그 자리에 주저앉았다.

야아, 진짜 믿을 수가 없네ㅡ.

조금 있으니 머리로 열이 뻗쳤다.

여학생들이 나를 감쪽같이 속였어?

머리가 지글지글 뜨거워졌다. 이것들이 정말, 완전히 악마 아냐?

히사오는 종이를 떼어 들고 아파트 계단을 뛰어 내려왔다.

눈앞에 전화 박스가 있어 힘차게 뛰어들었다. 호주머니의 동전을 꺼내려는데 손에서 굴러 떨어져 바닥에 흩어졌다.

점점 더 분통이 터졌다. 동전을 주워 모아 떨리는 손가락으로 연극부 부실의 번호를 돌렸다.

"어, 다무라 군?"

전화를 받은 건 나호코 선배였다. 히사오는 분노의 감정을 꾹꾹 억누르며 "고야마 에리, 거기 있습니까?"라고 조용히 물었다.

"아니, 1학년은 다들 수업 받으러 간 모양인데?"

"그럼 미즈노도 없습니까?"

"응, 지금은 나뿐이야."

"아, 그렇습니까……?"

"다무라 군, 여유 있네? 수업 안 들어도 돼?"

"아뇨, 그건 아니고요……."

나호코 선배와 좀 더 대화를 하고 싶었지만, 지금은 그럴 때가 아닌지라 여학생들이 없다는 것만 알아내고 곧바로 전화를 끊었다.

어떻게 해줄까, 이 사악한 것들. 거친 숨을 토해냈다.

히사오는 고이와 역까지 달렸다. 왼손에는 종이쪽을 움켜쥐고 있었다.

뭐가 "섬세한 애란 말이야~"냐?

'핫하하. 에리로부터' 라고?

돌아오는 전차 안에서 히사오의 분노는 자꾸자꾸 커져갔다.

고야마 에리, 미즈노 치하루, 둘 다 붙잡아서 히지리바시(聖橋. 도쿄의 유지마 성당과 니콜라이 성당을 잇는 아치형의 아름다운 다리 – 역주)에 거꾸로 매달아주리라고 생각했다.

3

오차노미즈 역에 내리자 벌써 오후 3시가 가까웠다.

역 앞에는 남녀 대학생들이 몰려 있었다. "어이, 다무라!" 그중 한 사람이 말을 걸어왔다. 같은 과의 남학생이었다.

"너도 갈래? 자이언츠하고 타이거스 야구 시합. 지금 줄 서면 당일권도 살 수 있어."

"그럴 시간 없어." 뾰족한 목소리로 대꾸했다.

"다 같이 에가와 투수 야유해주러 가자고."

"나 바쁘다니까!"

상대할 것도 없이 급한 걸음으로 그 자리를 떴다. "저 녀석, 뭣 때문에 저렇게 화가 났냐?"라는 소리가 등 뒤로 들려왔다. "시간이 남아도는 놈들." 히사오는 엉뚱한 화풀이로 뱃속에서 욕을 퍼부었다.

니콜라이 성당의 그림자 속을 건너 언덕길을 내려갔다. 저절로 뛰는 걸음이 되었다. 그 기세 그대로 곧장 부실로 향했다.

벌컥 문을 열자 수업을 마치고 온 미즈노 치하루와 다른 여학생들이 있었다. 안쪽에는 나호코 선배도 있었다. 큰소리가 터지려는 것을 이를 악물고 참았다.

그러자 히사오보다 먼저 미즈노가 "저기, 에리는?"이라고 걱정스런 얼굴로 물어왔다.

"흥, 연기도 잘하시네. 그건 내가 할 소리지. 고야마는 어디 있어?" 목소리를 낮추며 다가갔다. "너희들, 나를 잘도 속였어?" 히사오는 미즈노의 팔을 움켜잡았다.

"아냐, 아니라니까? 잠깐 얘기 좀 들어봐." 미즈노가 열심히 고개를 저었다.

"잔소리하지 마. 너도 고야마도 아예 시집도 못 갈 몸뚱이로……."

"다무라 군~!"

그때, 책을 읽고 있던 나호코 선배가 히사오의 이름을 불렀다. 입을 동그랗게 내밀고 검지를 세워 좌우로 까딱까딱 흔들고 있었다.

"여자에게는 다정하게. 알지?"

기시다 교코(일본의 여배우, 성우, 동화 작가 — 역주)처럼 나긋나긋한 어조로 말하더니 엷은 미소를 지었다.

"아, 네." 잡았던 미즈노의 팔을 놓아주었다.

미즈노가 히사오의 가슴을 밀쳤다. "잠깐 밖에서 보자." 그렇게 말하며 히사오를 부실에서 밀어냈다.

그대로 계단을 올라가 밖으로 나왔다.

"저기 말이지." 미즈노가 뭔가 말하려고 했다.

"시끄러워. 내가 먼저야." 히사오는 가지고 있던 종이쪽을 펼쳐 미즈노에게 들이댔다. "너희들, 서로 짰지?"

종이쪽을 보고 미즈노의 눈이 휘둥그레졌다. 그 눈을 가볍게 감더니 한숨을 내쉰다.

그 몸짓은 도저히 연기를 하는 것처럼 보이지 않았다.

"뭐야……." 히사노의 목소리 톤이 갑자기 툭 떨어졌다. "왜 그래?"

"저기 말이지." 미즈노가 힘없이 입을 열었다. "실은 다무라 군이 부실에서 나간 다음에 에리에게서 전화가 왔었어. 오늘 아침의 일, 다무라 군에게는 말하지 말라고."

"무슨 소리야?"

"들키고 싶지 않았던 거 아닐까? 자신이 다무라 군의 말 때문에 울었다는 거."

"흠."

"하지만 이미 말을 해버린 뒤라서 '미안, 벌써 말했어. 다무라 군이 에리한테 사과하려고 그쪽으로 갔어' 라고 했더니 에리가 수화기 너머에서 어쩔 줄을 모르더라구. '나, 사라질 거야' 라고 하더라."

"정말이야?"

"응. 내가 괜한 참견을 한 거 같아서, 나, 지금 좀 우울해."

"그럼, 이건 뭐야?" 다시 종이쪽을 내보였다.

"그건 에리의 자존심 아닐까? 농담인 것처럼 대충 넘어가려고 한 거 아니겠어? 너는 그런 것도 모르니? 에리가 원래 그런 성격이라니까."

미즈노는 비난하는 듯한 눈빛으로 히사오를 올려다보았다.

"헤에……, 그래서 지금 고야마는 어디 있는데?"

"몰라. 행방불명이야. 아까 에리네 집에 전화해봤는데 아무도 안 받아. 어떡하지?"

"어떡하냐니, 그걸 나한테 물어봤자 내가 알 게 뭐냐? 그러다 나타나겠지, 뭐." 히사오가 담배를 꺼내 입에 물었다.

"정말 인정머리도 없구나." 발을 짓밟았다.

"왜 그래, 대체?"

"에리가 다무라 군을 좋아하는 거잖아. 정말 모르는 거야?"

"설마!" 저도 모르게 담배를 떨어뜨렸다.

"설마가 아냐. 사실이야." 강한 어조로 말한다.

"근데, 그래도, 고야마는 부장 후지이 선배를 동경한다고……."

"동경과 사랑은 다르지. 게다가 그게 꼭 본심도 아닐 거고."

"헤에."

"너는 헤에~ 라는 소리밖에 못 하니?"

"그건 아닌데?"

"뭐, 다무라 군이 나호코 선배에게 홀딱 반했다는 건 알지만."

"말도 안 되는 소리." 정색을 하고 화를 냈다.

"그래도 척 보면 다 알겠는데, 뭐. 좋아하는 사람 앞에서 그렇게 싱글벙글하는 남자, 나, 처음 봤어. 그야말로 한눈에 홀딱 빠졌구나 하는 느낌이더라?"

"야, 아니라니까!" 역시 화가 났다.

"정말 아니야?"

"너희하고는 관계없는 얘기잖아?"

"그야 나호코 선배는 미인이고 머리도 좋으니까 그럴 만도 하겠지." 미즈노가 일방적으로 말을 하고 있었다. "누구라도 반할 거야. 다무라 군뿐만이 아니라 연극부 남학생은 거의 다 은근히 좋아할걸? 다른 부의 남학생들까지 수군수군하니까."

그런 말을 듣는 건 괴로웠다. 실제로 까마득히 높은 산의 꽃 같은 존재라는 건 자신도 막연히 감지하고 있었다.

"하지만 다무라 군, 한눈에 반하는 건 사랑이 아냐. 발작이지."

히사오는 말없이 듣고 있었다. 대꾸할 말이 얼른 생각나지 않았다.

"에리, 좀 찾아봐."

"어디 있는데?"

"그거야 나도 모르지. 하지만 아마 오차노미즈 도서관에 있을지도 몰라. 에리, 자주 거기서 시간을 때우곤 하니까. 아, 그리고 히비야 공원일지도 모르겠다. 도서관이나 작은 음악당 쪽. 고등학교 때부터 히비야 도서관에서 공짜로 영화 보고 그다음에 공원에서 문고본 읽는 거 좋아한다고 말한 적이 있거든."

"아휴, 그런 불확실한 정보로? 하루미 부두에서 바다를 쳐다보는 꼴이잖아?"

"찾아다닌다는 게 중요한 거야. 다무라 군이 자기 발로." 거의 꾸지람을 듣는 듯한 분위기였다.

"싫다고 했다가는 절교할 줄 알아."

그 말에는 대답하지 않고 한숨을 내쉬어 보였다.

"그리고 나호코 선배에게 지금까지의 경위를 낱낱이 말해버릴 거야."

"아, 알았어, 알았어." 한껏 귀찮다는 듯이 대꾸해주었다.

"뭐야, 그 못마땅하다는 태도는?"

"……네, 알았습니다."

"부 활동은 말이지." 미즈노가 갑작스레 다정한 목소리로 나왔다. "급한 볼일이 생겼다고 선배한테 말해둘게."

"오늘은 뭐였지?"

"세미나."

세미나란 상급생이 1, 2학년을 모아놓고 연극론 강의를 하는 프로그램이었다.

"강사는 이지마 선배."

빠져도 괜찮겠네, 하고 생각했다.

"아, 나, 밥을 안 먹었다!"

갑자기 생각이 났다. 오늘은 히라노의 하숙방에서 치킨 라면 반쪽을 생으로 씹어 먹은 게 전부였다.

"밥은 나중에 먹어도 되잖아? 에리를 데리고 오면 '다카오카'에서 카레 곱빼기로 사줄게."

반 강제로 우향우를 시키더니 등을 떠밀었다.

"간간이 부실에 전화 좀 해줘, 알았지?"

대답 대신 히사오의 뱃속이 처량하게 꼬르륵 울었다.

길을 알려준 대로 오차노미즈 도서관으로 향했다. 간다의 대학가를 누비듯이 걸어갔다.

벽 너머에서 치어리더부의 멋들어진 구호 소리가 들렸다. 반대쪽 도장에서는 죽도가 맞부딪치는 소리가 났다.

흰 가운을 입은 학생들을 마주쳤다. 책을 가슴에 안은 여대생들이 선 채로 이야기를 하고 있었다. 이쪽 거리는 전체가 캠퍼스

같았다.

회오리바람이 언덕을 달려와 히사오의 앞머리를 밀어 올렸다.

발작이라고? 미즈노 치하루의 말이 생각났다.

나이도 똑같은 주제에 시건방진 소리를.

하지만 맞는 말인 듯한 마음도 들었다. 나호코 선배와 자신이라는 조합은 어딘가 현실감이 없었다. 균형에 무리가 있다는 것쯤은 히사오도 잘 알고 있었다. 생각하고 싶지 않았던 것뿐이다.

나호코 선배에게 사귀는 사람이 있다는 이야기는 들은 적이 없었다.

떼를 지어 다니지 않는 성격이라서 대개는 혼자 있었다.

하지만 있을 것이다. 그것도 어른 연인이.

나호코 선배는 이미 누군가의 것인지도 모른다.

그렇게 생각하니 가슴이 옥죄어왔다.

손바닥으로 뺨을 두 번 때렸다. 세상사 내 맘대로 풀리는 게 아니구나. 그런 노인네 같은 소리를 마음속으로 중얼거렸다.

오차노미즈 도서관은 유난히 세련된 빌딩의 9층에 있었다. 제발 여기 있어다오. 기도를 하면서 엘리베이터에 올랐다. 로비를 걸어가자 담당 여직원이 불러 세웠다.

"미안한데요, 남자 분은 입관할 수 없어요."

"예?"

"이 도서관은 여성 전용이에요."

왜 그런 얘기를 처음부터 말해주지 않았느냐고. 얼굴을 찌푸리며 미즈노를 저주했다.

"저어, 사람을 찾고 있는데요."

"죄송합니다. 그래도⋯⋯." 담당 직원이 은근한 미소를 지었
다.

"관내 방송 같은 걸로 불러낼 수는 없을까요?"

"그것도 좀⋯⋯." 직원은 히사오를 수상하게 여기는 눈치였
다.

"하지만 급한 볼일이 있어서요. 그 친구 어머니가 교통사고를
당해서⋯⋯."

직원의 안색이 변했다. 그 순간, 너무 치졸했나, 하는 생각이
들었다. 하지만 이미 뱉어버린 말은 어쩔 수 없었다. 졸지에 둘
러댄 거짓말을 그대로 밀고 나가기로 했다.

"같은 대학 친구인데요, 지금 서로 분담해서 찾고 다니는 중
이에요."

"어머나, 저런!" 그야말로 좋은 집안에서 자란 듯한 여직원은
놀란 듯 입을 동그랗게 벌렸다. "그분 성함은? 이 종이에 적어주
세요." 그러면서 메모 용지를 건네주었다. "그리고 일단 댁의 학
생증도 보여주시겠어요?"

히사오가 고야마 에리의 이름을 적었다. 직원은 그 이름과 히
사오의 학생증을 확인하더니 테이블에서 파인더 같은 것을 뒤적
였다.

"입관 표로 찾아볼게요. 고야마 에리 씨, 고야마 에리 씨⋯⋯"

이 도서관은 아무래도 자유롭게 출입할 수 있는 곳이 아닌 모양이었다. "오늘은 안 오신 것 같군요. 오전도, 오후도."

"아, 그렇습니까?" 거짓말을 한 것에 약간의 죄책감을 느꼈다. "그럼 됐습니다. 다른 곳을 찾아봐야겠군요."

"얼른 찾으셨으면 좋겠네요." 직원은 진심으로 걱정하는 기색이었다.

빌딩을 나와 다시 긴다 거리를 걸었다. 스포츠 용품점 앞에는 울긋불긋한 서프보드가 진열되어 있었다. 가게 앞에서는 아름답게 햇볕에 그을린 젊은 남녀들이 북적거리며 상품을 살펴보고 있었다.

거리에는 컬러풀한 폭스바겐 두 대가 세워져 있었다. 대학가에서도 자동차를 가진 학생은 속속 서퍼로 변신하고 있었다.

흥, 잘도 놀아댄다. 괜히 욕을 했더니 다시 히사오의 배가 꼬르륵 울었다.

뭔가 뱃속에 넣고 싶었지만, 귀찮은 일부터 어서 빨리 해치우자는 생각에 그대로 지하철을 타고 히비야로 가기로 했다.

지하철에는 벌써 에어컨이 틀어져 있었다. 흘렀던 땀이 서서히 걷혀갔다.

히사오는 손잡이를 붙잡고 창유리에 비친 자신의 얼굴을 보고 있었다.

히비야 공원이라. 턱수염을 쓰다듬으며 한숨을 내쉬었다. 그렇게 쉽게 찾아낼 수 있을 것 같지 않았다. 무슨 텔레비전 드라마도 아니고. 아마도 헛걸음으로 끝날 터였다.

뭐, 아무려나. 적어도 방에서 데굴데굴 놀면서 기다렸던 건 아니다. 일단 고야마 에리를 찾아다니는 노력은 한 것이다. 그걸 알면 고야마도 꿍한 마음이 풀릴 것이다.

좌석이 비어서 앉았다. 무료하게 시선을 이리저리 굴리고 있으려니 여성지 차내 광고가 눈에 들어왔다. '여름 맞이, 간단 다이어트' 라는 제목이 보였다.

그렇게 신경 쓸 게 뭐 있냐고요, 라고 생각했다. 여자는 통통한 편이 예쁘다니까. 고야마 에리 정도면 충분히 차밍하잖아.

고야마 에리의 동그스름한 얼굴이 떠올랐다.

웃으면 하얀 이가 깨끗하게 줄을 섰다.

약간 달콤한 기분이 되었다.

나를 좋아한단 말이지ㅡ. 정말일까? 아무래도 그 여학생들이 하는 말은 믿을 수가 없단 말씀이야.

하지만 기분이 나쁘지는 않았다. 저절로 가슴이 부풀었다.

정면 창유리에 자신이 비쳤다. 조금 니힐한 웃음을 지어보았다.

교복 차림의 여고생과 눈이 마주쳤다. 당황하여 헛기침을 했다. 킥킥 웃음을 사고 말았다.

히비야 공원에 도착하자 우선 도서관으로 갔다. 미즈노가 말했던 영화는 상영일이 아니라서 하지 않았다. 기왕 나온 김에 내부도 찾아봤다. 유난히 넓은 곳이었지만 시간을 들여 천천히 각

층을 돌았다.

눈에 띄지 않았다. 히사오는 밖으로 나와 공원을 가로질렀다.

기분 좋은 서녘 바람이 불어왔다. 하늘은 슬슬 황혼이 질 준비를 하고 있었다. 기울어가는 햇살을 받으며 비슷한 또래의 젊은 이들이 프리스비를 하면서 놀고 있었다.

야외 소음악당은 화단을 빠져나가 분수대 앞에 있었다. 팔각형의 스테이지 앞에 벤치가 늘어섰다. 여기저기에 난 수목이 가지를 펼쳐 시원스런 나무 그늘도 있었다.

혜에, 좋은 곳이네. 저도 모르게 초록의 냄새를 맡았다.

이 음악당은 출입이 자유로운지 젊은 커플이며 나이든 부부들이 한가롭게 쉬고 있었다. 아예 드러누워 있는 건 일하다 말고 빠져나온 샐러리맨일 터였다.

고야마 에리가 여기서 혼자 책 읽는 것을 좋아한다는 건가.

어쩐지 귀엽다는 생각이 들었다.

지금 여기서 딱 만난다면 좋을 텐데. 어울리지도 않게 로맨틱한 감정이 솟구쳤다.

하지만 없었다. 아담한 공간이라서 한바탕 둘러본 것만으로도 없다는 것을 알았다.

어디에 있나요, 고야마 에리 씨~. 히사오는 벤치에 앉아 담배를 한 대 태웠다. 올려다보니 꼭두서니빛으로 물든 구름이 달랑한 덩이 떠 있었다.

더 이상 찾아볼 곳도 없어서 히사오는 미즈노에게 연락을 넣기로 했다. 어쩌면 고야마 에리에게서 전화가 왔을지도 모르고, 부실에 얼굴을 내밀었을 가능성도 있다.

히사오는 공원 문 옆에 있는 전화 박스에 들어가 부실 번호를 돌렸다. 나호코 선배가 받았다.

"다무라예요. 미즈노, 있습니까?"

"1, 2학년은 지금 세미나 중. 2호실에 있는데, 무슨 급한 일?"

"아뇨, 괜찮아요. 죄송합니다, 지금 바로 돌아가겠습니다."

"그보다, 알고 있니? 고야마가 지금 큰일을 당한 거 같아."

"고야마 에리? 무슨 일 있었어요?"

"어머님이 교통사고를 당하셨대."

머리가 핑그르르 돌았다.

"아까 전화가 왔었는데, 집에 곧장 가봐야 한다고 세미나는 쉬겠다고 하더라고."

이게 어떻게 된 일인가.

분명 자신이 나온 뒤에 고야마 에리가 오차노미즈 도서관에 간 모양이다. 거기서 입관 표를 적어 넣을 때, 그 친절한 여직원에게서 교통사고 소식을 들은 것이다.

"다무라 군, 지금 어디야? 시간 있으면 한번 가볼래?"

"지금 히비야예요. 물론 가봐야지요." 틈을 두지 않고 대답했다. "저어, 고야마네 집 주소는요?"

"잠깐만. 명부를 볼 테니까. 음……, 고야마, 고야마……. 아,

여기 있네. 에기쿠보야. 주소는……."

펜도 종이도 없어서 열심히 머릿속에 두드려 박았다. 나호코 선배는 마지막으로 "투표하러 꼭 와야 해"라고 말했다. 손목시계를 보았다. 오후 5시 반. 에기쿠보까지 어떻게 갈까, 하고 생각하다가 도쿄 역에서 주오선을 타는 게 가장 빠를 것이라고 판단하고, 그 한 정거장 앞의 유라쿠초까지는 뛰어가기로 했다.

걷혔던 땀이 다시 쏟아졌다. 히라노의 셔츠는 완전히 땀에 젖어버렸다.

화 좀 내겠네, 고야마 에리. 이제는 통통하다느니 말랐다느니 하는 일 따위는 사소한 문제가 되어버렸다. 가족에 대한 잘못된 소식으로 분명 몇 년은 수명이 줄어들었을 것이다. 웃고 넘어갈 일이 아니네, 이거.

게다가 고야마 에리의 어머님에게도 사과하지 않으면 안 되게 생겼다. 한심한 놈이라는 욕을 먹겠구나.

히사오는 자신의 어리석음이 지겨워졌다.

유라쿠초에서 야마노테선을 타고 도쿄 역에서 쾌속 전차로 갈아탔다. 벌써 귀가하는 승객들로 혼잡해지기 시작했다.

지독한 하루다. 천중살(天中殺. 사주를 바탕으로 계산하는 이른바 액날. 1979년에 점술로서 크게 유행 – 역주)인가. 히사오는 창밖의 경치를 바라보며 혼잣말을 중얼거렸다. 고이와에 갔다가 히비야에 갔다가 이번에는 에기쿠보로 달려가다니. 밥도 못 먹었다. 치킨 라면 반쪽의 칼로리라니, 그건 세 걸음 걸은 참에 벌써

다 소비되었을 것이다.

아름다운 저녁노을이 빌딩 유리창에 반사되었다. 하지만 별로 눈에 들어오지 않았다. 고야마 에리는 지금쯤 집에 도착해서 자신을 원망하고 있을 게 틀림없었다.

에기쿠보 역에서 내려 고야마 에리의 집을 찾아냈을 때는 벌써 7시를 넘어서 있었다.

완전히 컴컴해진 주택가에서 히사오는 큼직한 맨션을 올려다보았다.

8호 환상선 도로가 바로 곁을 달리는데도 약간만 골목길로 들어서자 발소리가 울릴 만큼 조용했다.

우편함을 보며 이름을 확인했다. 8층에 고야마 에리의 집이 있었다.

엘리베이터에 올라서면서 마음의 준비를 했다. 우선은 머리부터 숙이고, 어머님에게 자기소개를 하고…… . 무슨 소리를 하더라도 조용히 듣자고 생각했다. 잘못한 것은 내 쪽이니.

복도를 걸어가며 집 번호를 찾았다. 아무래도 막다른 곳이 고야마 에리의 집인 듯했다.

가까이 다가가자 문에 하얀 종이가 붙어 있는 게 보였다. 불길한 예감이 들었다.

앞에 섰다.

'멍텅구리 다무라에게. 우리 엄마는 5년 전에 돌아가셨다우.

좀 더 그럴싸한 거짓말을 하시지. 에리로부터.'

온몸의 힘이 쭉 빠졌다. 그 자리에 무릎을 꿇었다.

지금 일어나고 있는 일을 도무지 파악할 수가 없어서 히사오
는 입을 반쯤 헤벌린 채 종이쪽을 올려다보고 있었다.

어떻게 된 거야. 아무리 생각해봐도 알 수가 없었다.

전부 미리 짜고서 하는 일인가? 뭔가 자신이 히치콕 영화의,
함정에 빠진 주인공이 된 듯한 마음이 들었다.

하지만 이 글을 썼다는 건 적어도 고야마 에리는 오차노미즈
도서관에 갔다는 얘기고, 애초에 내가 그런 거짓말을 하리라는
건 누구도 예상하지 못했을 텐데…….

자리에서 일어나 확인차 벨을 눌러보았다. 귀를 바짝 세웠다.
안에서 벨소리가 메아리치고 있었다. 인기척은 없었다.

한참을 그 자리에 서 있었다. 층계참의 손잡이에 기대고 바깥
의 야경을 바라보았다. 멀리에 신주쿠의 고층 빌딩이 눈부시게
반짝이고 있었다.

이래저래 생각해봤지만 역시 알 수가 없었다. 또다시 놀림을
당한 꼴이 되었지만 이렇게까지 교묘하게 나오면 이미 화도 나
지 않았다.

다시 한 번 문에 붙은 종이쪽을 보았다. 손을 내밀어 그것을
떼어냈다.

그렇군, 고야마 에리는 어머니가 없었구나. 집안일에 대한 얘
기는 들어본 일이 없었다.

형제는 있을까. 고야마 에리는 이 집에서 누구와 살고 있는 걸까.

다시금 고야마 에리의 동그스름한 얼굴이 떠올랐다.

웃으면 눈동자가 반짝반짝 빛났다.

지금쯤 어디서 웃고 있으려나. 이제 기분은 풀렸겠지?

발길을 돌려 맨션을 나섰다. 부실로 돌아가자고 생각했다. 희곡에 표도 던져야 할 거고.

역까지 터벅터벅 걸어 다시 주오선 전차를 탔다. 상행은 차 안이 비어 있어서 히사오는 끝쪽 자리에 다리를 쭉 뻗고 허리를 깊숙이 파묻었다.

공복은 이미 피크였다. 한숨만 나왔다.

그나저나 정말 이토록 교묘한 장난을 치다니. 히사오는 혼자서 쓴웃음을 지었다.

고야마 에리―. 괴짜네, 진짜. 시끄러울 만큼 수다를 떨고 자기주장이 강하고, 하지만 묘하게 섬세한 면도 있고, 통통하고, 그리고 나를, 나를…… 좋아한다고?

정말일까. 그것도 사람 놀리는 거?

하지만 한번 데이트해보는 것도 나쁘지 않겠다. 진즉부터 편안하게 지내는 사이니까 괜한 허세 부릴 일도 없을 거고, 함께 있으면 재미있기도 하고.

오늘은 결국 만날 수 없으려나. 그 생각을 하니 몹시 안타까운 마음이 들었다.

저녁 8시쯤에 오차노미즈 역에 도착했다. 계단을 올라 개찰구를 빠져나왔다.

두 손을 머리 위에서 맞잡고 기지개를 켰다.

자, 부실로 돌아가보실까.

문득 고개를 들었더니 거기에 고야마 에리가 서 있었다.

"다무라, 화났어?"

우수를 담은 표정에 미소를 띠고 있었다.

4

고야마 에리는 손을 뒤로 돌리고 몸을 숙이며 히사오의 안색을 살피고 있었다.

"당연히 화가 났겠지?"

그렇게 말하며 눈을 가늘게 뜨고 웃었다.

히사오는 대답이 막혔다. 면바지 호주머니에 손을 찔러 넣고 말없이 고야마 에리와 마주 서 있었다. 여기서는 좀 화를 내도 괜찮지 않을까. 그런 생각이 들었지만 장난기 가득한 그녀의 웃음을 보고 있자니 생각과는 달리 뺨이 헤실헤실 풀어져버렸다.

"아무래도 미안해서, 기다렸어, 여기서."

"으응······."

"갔었구나, 우리 집에까지?"

"으응."

"변명을 하려는 건 아니지만 이건 내 계획이 아니었어."

"흐응."

대충 미즈노 치하루 쯤일 것이다…….

"나호코 선배가 재미있다면서 자꾸 하라고 해서……."

"설마, 나호코 선배가?" 눈을 크게 떴다.

"그래. 내가 오차노미즈 도서관에 갔다가 다무라 군이 나를 찾고 다닌다는 걸 알고 부실에 전화를 해봤어. 그랬더니 나호코 선배가 받더라고. 사정 얘기를 했더니 너무 재미있다면서……." 고야마 에리가 머리를 쓸어 올렸다. "그러면서 일단 부실로 들어오라고 해서……. 마침 부실에 치하루도 있었는데 둘이서 다시 지금까지의 경위를 얘기했더니 나호코 선배, '이건 다무라 군에게 철저히 책임을 물을 수밖에 없는 일인데?'라고 빙글빙글 웃으면서……."

"정말이야?"

"응, 정말이야. 다무라 군이 히비야에서 부실에 전화했을 때, 나, 나호코 선배 옆에 있었어. 그래서 내가 집에 먼저 가서……."

"너무 심해, 다들." 히사오는 머리를 쥐어뜯었다.

"아무래도 미안하다고는 생각했는데……."

"도깨비야, 늬들."

"미안해……." 고야마 에리가 눈을 슬쩍 치켜뜬 채 히사오를 쳐다보고 있었다.

"그럼 고이와 쪽 일은 어떻게 된 거야? 그것도 속인 거야?"

"아니, 아냐, 그건……."

그때 히사오의 뱃속이 두꺼비처럼 구르륵 울었다. 근처를 지나가던 학생이 돌아볼 만큼 큰 소리였다. 고야마 에리가 푸훗 웃음을 터뜨렸다.

"다무라, 밥 먹으러 갈까? 나도 배고픈데."

"하지만 투표하러 가야 하잖아." 손목시계를 보았다. 벌써 8시 5분 전이었다.

"됐어, 그딴 거. 나도 투표 안 했는데, 뭐."

"그거, 나중에 문제 되는 거 아냐?"

"괜찮아. 나호코 선배도 기권한댔어. 이번에는 제대로 된 후보작이 없대."

"에엥?"

"뭐 먹을까?"

"아무거나 좋지만, 나, 돈이 별로 없어서."

"얼마 있는데?"

호주머니를 뒤적였다. 500엔 지폐 한 장과 동전 몇 개가 나왔다.

"너, 그런 돈으로 잘도 돌아다닌다?"

"야야!" 목소리를 높였다. "차비로 얼마나 쓴 줄 알아?"

"아, 미안, 미안." 고야마 에리가 스스럼없이 헤헤 웃고 있었다.

둘이서 역 앞 거리를 걸어 조그만 메밀국수 집에 들어갔다.

가게 안은 교수로 보이는 손님 한 사람이 메밀국수를 후루룩

거리고 있을 뿐이었다. 한가한 가게 주인은 의자에 앉아 텔레비전을 보고 있었다.

프로 야구 중계를 하고 있었다. 무심코 눈을 던지자 에가와 투수가 화면에 큼직하게 비쳐지고 있었다. 아, 에가와가 던지는구나. 하지만 별로 관심이 일지 않았다.

옆 테이블에 자리를 잡았다. "돈가스덮밥이나 먹어볼까." 메뉴를 손에 들고 중얼거렸다.

"난 그냥 메밀국수라도 좋아"라는 고야마 에리.

히사오가 얼굴을 들었다. "뭐야, 배고프다고 했잖아?"

"응? 내가 그랬나?" 수줍은 듯 눈을 떨구었다.

"사실은 벌써 먹은 거?"

"아니, 그런 건 아니고……. 다이어트 좀 할까 하고."

고야마 에리는 미소를 짓고 있었지만 히사오와 눈을 마주치지 않았다.

새삼스럽게 생각이 났다. 발단은 자신의 무신경한 한마디였던 것이다.

"아, 그게……." 갑자기 갈팡질팡했다. 역시 그 일에 대해서는 사과를 해야겠지. "어제 저녁……이 아니라 오늘 아침, 내가 뭔가 심한 소리를 해버린 거 같은데, 저기, 그건 본심이 아니고, 오는 말에 가는 말, 이라고 할까……."

"됐어, 사과하지 않아도. 뚱뚱한 건 사실이고."

"무슨 소리야? 전혀 뚱뚱하지 않아."

"하지만 스마트한 건 아니야."

"아냐, 스마트해."

"괜히 억지소리를 하고." 겨우 자연스럽게 표정을 풀었다.

"억지소리 아냐. 고야마, 너, 면바지 같은 것도 잘 어울리고……." 인기척을 깨달았다. 가게 주인이 바로 옆에 서 있었다.

"주문, 정했어?"

"아, 네. 돈가스덮밥 두 개."

손가락으로 V를 그려 보였다. 고야마 에리는 굳이 싫다고 하지 않았다.

셀프서비스 보리차가 있어서 히사오가 두 사람 몫을 테이블에 날라 왔다. "오늘은 퍽 자상하신데?" 고야마 에리가 재미있다는 듯 말하고 컵을 입에 가져갔다.

"오전에는 어디 갔었어?"라는 히사오.

"아무 데도. 스즈랑 그냥 돌아다니면서 '디스크 유니온' 이랑 '록 워크숍' 같은 데 구경도 하고. 그러다 오차노미즈 도서관에 갔었어." 여기서 뭔가 생각난 듯 웃었다.

"쳇." 히사오는 혀를 찼다. "나, 정말 얼간이었네."

"나도 깜짝 놀랐어. 내가 입관 표에 이름을 적는데 담당 직원이 '당신이 고야마 씨군요?' 라면서 다짜고짜 심각한 얼굴로 내 팔을 붙잡고 '어머님이 교통사고를 당하셨대요. 아까 같은 대학 친구가 고야마 씨를 찾으러 와서……' 라나? 무슨 영문인지 몰라 어리둥절하고 있었더니 '분명 다무라라는 남학생이었는데' 라면서 자세한 얘기를 해주더라구. 그래서, 아아, 다무라 군이 나를 불러내려고 거짓말을 했구나, 하고 눈치를 챘지."

"흐흠……, 아, 그렇지." 히사오가 약간 정색을 했다. "어머니가 안 계시다는 거, 나는 몰랐어. 혹시 마음 상하지 않았는지 모르겠다만……."

"아니, 전혀. 이제 그런 거 신경 쓰지 않아. 엄마 돌아가신 게 벌써 중학생 때인데, 뭐."

고야마 에리는 자신의 어머니가 암으로 죽었다는 것을 딱히 어두울 것도 없이 담담하게 말했다. 히사오가 형제가 있느냐고 묻자 "없어"라고 고개를 젓고는 아버지하고 둘이서 산다는 것을 밝혔다.

"하긴 우리 아버지, 다른 데 여자가 있어서 집에는 별로 안 들어오지만."

"으응……." 히사오는 대답하기가 난처해서 말없이 머리를 긁적거리고 있었다.

"재혼하는 건 자유인데, 이제 새삼 다른 여자를 어머니라고 하기는 좀 그렇잖아?"

"응, 그렇겠다."

"내가 스무 살이 되기를 기다리는 거 같아. 뭐, 아버지한테는 아버지의 인생이 있는 거니까 서로 간섭하지 않는 게 가장 좋아."

"응."

돈가스덮밥이 나와서 둘이서 나란히 젓가락을 들었다. 반숙

달걀 냄새가 코를 간질였다. 견딜 수 없어서 그릇을 손아귀에 안아 들었다. 그걸 보고 고야마 에리가 웃고 있었다. 다시 한가해진 가게 주인은 텔레비전 앞에 진을 치고 앉았다.

화면에 눈을 던지자 자이언츠가 이기고 있었다.

에가와가 무표정한 가면 같은 표정으로 피칭을 계속하고 있었다.

한참이나 둘이서 아무 말 없이 먹었다.

"아아~." 고야마 에리가 젓가락을 멈추고 한숨을 내쉬었다. "나, 오늘 완전히 폼 안 난다."

"왜?" 히사오는 볼이 불룩하도록 밥을 몰아넣은 채 물었다.

"아니, 치하루가 전부 다 말해버렸잖아. 내가 울었다는 거며 다무라 군이 사과하러 온다는 거 알고 치하루네 아파트에서 급히 도망친 거며⋯⋯."

"그딴 거 아무려나⋯⋯." 어, 뭐야? 역시 고이와 쪽 일은 미리 짜고 한 게 아니었나?

"정말, 나, 무슨 짓을 한 거야⋯⋯."

"신경 쓰지 말라니까."

"너야말로 신경 쓰지 말아줘."

"뭘?"

"치하루가 말했던 거." 고야마 에리가 불쑥 말했다. "내가 다무라 군 좋아한다느니 하는 말."

"으응⋯⋯."

"하긴, 사실이기는 하지만." 마지막은 유난히 가느다란 목소리였다.

"······응."

고야마 에리보다 한발 앞서 다 먹었다. 차가운 보리차를 벌컥벌컥 마셨다. 급수기 있는 데로 가서 컵에 다시 물을 채웠다. 그것도 단숨에 마셨다.

교수로 보이는 남자가 돌아가고 가게 안에 손님은 둘만 남았다.

가게 주인은 담배를 피우며 텔레비전에 푹 빠져 있었다.

고야마 에리는 입을 다물어버렸다. 고개를 숙인 채 조용히 먹었다.

뭔가 갑자기 초상집 같은 분위기가 되었다. 텔레비전 소리만 가게 안에 울리고 있었다.

히사오는 후회했다. "응"이라니, 아무 멋도 배려도 없는 대답을 하고 말았다.

고야마 에리는 분명 큰맘 먹고 어렵사리 말한 것이다. 여자에게서 고백 비슷한 말을 듣고서 남자가 그냥 "응"이라니, 그럴 수는 없는 거 아닌가.

히사오는 자신이 한심해졌다.

"좋았어!" 그때 가게 주인이 큰소리를 내질렀다.

깜짝 놀라 둘이 동시에 얼굴을 번쩍 들었다.

"레인바크, 스리런 홈런! 타이거스 역전!"

가게 주인은 의자에서 벌떡 일어나 흥분한 얼굴로 박수를 쳤다.

텔레비전을 보니 타이거스의 외국인 선수가 천천히 다이아몬드를 돌고 있었다.

"홍, 저거 봐. 에가와란 놈, 결국 이렇게 되는군."

동의를 청하려는 듯 가게 주인은 만면에 웃음이 가득한 얼굴로 히사오와 고야마 쪽을 돌아보았다.

"아저씨, 한신 타이거스 팬이에요?" 히사오가 물었다.

"아냐, 자이언츠 팬이야. 여기 도쿄 시바에서 태어나 간다에서 자랐다구. 나야말로 순수 토종 도쿄 사람이야. 가와카미, 요나미네 선수 때부터 자이언츠를 응원했어."

"하지만 지금 에가와가 맞은 거 좋아하고 계시잖아요."

"에가와는 별도야. 저런 스포츠맨답지 않은 녀석을 응원할 수는 없다고. 팀 동료들도 아마 속으로는 싫어할걸? 나가사키 감독도 마찬가지고, 오 사다하루 선수도 그래, 동료라고는 생각 안 할 거야."

에가와는 지난해에 이른바 '공백의 하루' 사건을 일으키고 드래프트 파기로 자이언츠에 입단을 강행했다. 사람을 얕잡아보는 태도로 전 국민의 감정을 득득 긁어버린 젊은이였다. 최근 반년 동안 스포츠지에 에가와의 이름이 오르지 않은 날이 없었다.

텔레비전에서는 선수들이 마운드에 모여 있었다. 투수를 교체하는가 했더니 예상대로였다. 에가와가 빠른 걸음으로 마운드를 내려오고 있었다.

"캬, 속이 시원하네."

가게 주인이 그야말로 기분 좋다는 듯한 소리를 냈다. 그리고 에가와가 강판되고 나자 그만 흥미가 없어졌는지 주방 안쪽으로 사라졌다.

"다무라 군, 프로 야구 좋아해?"라는 고야마 에리.

"응? 뭐, 조금 좋아하지. 고야마는?"

"난 전혀 몰라."

"흐응."

"하지만…… 몰라서 하는 얘기인지도 모르지만, 나는 에가와가 정말 대단하다고 생각해."

"왜?"

"전 국민이 적으로 돌아섰는데도 전혀 기가 죽지 않잖아?"

"흠, 그렇긴 하다."

"더구나 겨우 스물네 살이야. 아마 평범한 사람이었다면 자살이라도 했을 거야." 고야마 에리가 먼 곳을 보는 눈빛으로 말했다.

"으응." 히사오는 다시금 그런 대답밖에 하지 못했다.

여자는 어른이구나. 히사오는 한숨을 섞어 생각했다. 그에 비하면 자신은 한참이나 어린애다. 센스 있는 말 한마디 못 하고.

계산을 마치고 밖으로 나왔다. 올려다보니 하늘 가득 별이었다.

"하치베에 갈 거야?"라는 고야마 에리.

"응, 그래. 미즈노에게 잔소리도 좀 해줘야겠고."

"후후." 여성스럽게 웃는다.

고야마 에리가 조금 앞서서 걸어갔다.

대학가는 고요히 가라앉아 있었다. 사람의 통행도 거의 없었다. 군데군데 켜진 교사의 창문 불빛 이외에는 온통 어둠에 휩싸여 한낮의 시끄러움을 식히듯이 거리 전체가 숨을 죽이고 있었다.

바람이 불어 나무들이 수런거렸다. 고야마 에리의 머리칼도 부드럽게 흔들렸다.

골목길을 굽어들었다. 그 앞쪽으로 니콜라이 성당의 지붕이 보였다.

"저기……." 히사오가 고야마 에리의 등에 말을 붙였다.

"응?" 그녀가 가만히 돌아보았다.

"나도…… 좋아해."

이대로 돌아가서야 쓰겠는가, 하고 생각했다. 나도 남자다, 라고 생각했다.

"뭐를?"

"고야마, 너." 하지만 목소리가 붕 떴다.

고야마 에리가 몸의 방향을 바꾸었다. 조금 딱딱한 웃음을 지으며 "거짓말만 하고"라고 했다.

"거짓말 아니라니까. 오늘, 좋아졌어."

말뿐만이 아니라 본심이었다.

"나호코 선배를 좋아하면서."

"그건 발작이야. 벌써 가라앉았어."

"발작?"

"미즈노가 아까 낮에 그러더라. 한눈에 반하는 건 사랑이 아니라 발작이라고."

"치하루가 그랬어?"

"으응."

고야마 에리가 눈을 내리뜨고 킥킥 웃었다.

"뭐야?"

"아니, 아무것도 아냐." 뭔가 의미심장한 표정으로 보였다.

"뭐야, 말해. 잘난 척하지 말고."

"후후. 지난번에 치하루하고 히비야 도서관에서 옛날 프랑스 영화를 봤어. 〈탄식의 텔레즈〉라는 영화. 그거, 그 속에 나온 대사야."

"에이, 뭐야." 어쩐지 너무 세련된 말이다 했더니만.

"치하루한테는 비밀이야."

"응."

"고마워."

다시 대화가 끊겼다. 히사오가 머리를 긁었다. 하 참, 다음에는 무슨 말을 해야 하지? 이런 곳에 계속 서 있는 것도 너무 어색하고, 하지만 이제 조금만 더 가면 하치베인데……

"니콜라이 성당에 가볼까?" 고야마 에리가 말했다.

"응, 하지만 못 들어갈걸?"

"바깥에서 구경만 하는 것도 괜찮아."

"으응."

이번에는 나란히 걸었다. 팔과 팔이 슬쩍 마주쳤다. 히사오의 목구멍이 찌르르 울렸다. 아, 이런 때는 어깨를 안아주는 게 좋을까. 아냐, 그건 너무 당돌한 듯한 느낌이 든다.

"희곡, 어떤 걸로 정해졌을까?"라는 고야마 에리.

"글쎄, 이지마 선배는 자신 있어 했는데."

"그 희곡, 무슨 이야기인지 알았어?"

"아니, 전혀."

"나도." 후후후, 하고 웃는다. "지나치게 관념적이랄까, 가라 주로를 지나치게 의식했다고 할까."

"으응."

"우리 대가 되면 쓰카 고헤이 같은 거 하자."

"응, 그래."

니콜라이 성당 앞까지 갔다. 발을 멈추고 둘이 나란히 올려다 보았다.

성당 건물이 가로등의 희뿌연 불빛을 받아 밤하늘에 푸르스름하게 떠올라 있었다.

"아까 그 얘기인데⋯⋯." 히사오가 입을 열었다. 위를 올려다 본 채 말했다.

"응?"

"좋아한다고 말한 거, 진짜야."

분명하게 다짐을 해두고 싶었다. 자신의 마음도 확인하고 싶었다. 그저 나오는 대로 말한 게 아니다. 자신은 지금 확실하게 고야마 에리를 좋아했다.

"응, 고마워."

고야마 에리가 가녀린 목소리를 냈다. 그 대답은 본심이 담긴 것으로 들렸다.

앞쪽의 인도를 대학생들이 지나갔다. 오늘의 프로 야구 결과를 떠들썩하게 이야기하고 있었다. 모두 다 지나가기를 말없이 기다렸다. 역 방향에서는 선로가 울리는 소리가 조그맣게 들려왔다.

고야마 에리를 보니 약간 어색한 표정으로 고개를 숙이고 있었다.

눈앞의 남자가 이제부터 무엇을 하려는지 알고 있는 것이리라.

히사오는 침을 삼켰다.

갑자기 심장이 빠른 종을 치기 시작했다.

몇 걸음 다가들어 고야마 에리의 어깨에 손을 얹었다.

"아, 나." 고야마 에리가 얼굴을 들었다.

"뭐?"

"중학교도 고등학교도 여학교였어."

"응? 무슨 소리야?"

"아, 싫다. 아무 상관도 없는 얘기네. 나, 무슨 소리를 한 거야, 지금?" 얼굴이 빨개져 있었다. 아마 자신도 그럴 테지만.

히사오는 얼굴을 가까이 가져갔다. 고야마 에리가 눈을 감았다.

"아." 다시 눈을 떴다.

"뭐야?" 히사오는 초조했다.

"나, 아까 돈가스덮밥 먹었어."

"나도 먹었잖아."

"응, 그렇다."

진심으로 고야마 에리가 사랑스럽다고 생각했다.

다시 자세를 취하고 얼굴을 가져갔다. 심장의 고동이 귀 안쪽에서 두웅두웅 울리고 있었다. 제기랄, 올해 최고의 긴장이다.

고야마 에리도 긴장했는지 가늘게 떨고 있었다.

키스를 했다.

앞니와 앞니가 부딪쳤다.

아아, 나라는 놈은─. 하지만 고야마 에리의 입술은 아기의 살처럼 부드러웠다. 게다가 좋은 냄새도 났다. 몹시, 몹시.

두 사람이 하치베의 주렴을 젖히고 들어간 것은 밤 9시를 넘어선 뒤였다.

연극부 일행은 완전히 거나하게 취한 모습이어서 히사오와 고야마에게는 눈길도 주지 않았다.

단지 미즈노 치하루는 눈도 빠르게 알아보고 씨익 웃었다.

그리고 나호코 선배도 시선을 건네며 다정한 미소를 짓고 있었다.

무언가가 끝나고 무언가가 시작된 듯한 느낌이었다.

둘이서 미즈노가 앉은 테이블에 끼어들었다. 늘 마시던 호피를 주문했다.

"희곡, 어떻게 됐어?" 히사오가 퉁명스럽게 물었다. 부끄러움을 감추고 싶었기 때문이다.

"근소한 차로 〈지옥 차 / 망향 편〉으로 결정됐어." 미즈노가 대답했다.

"흐흠, 이지마 선배, 떨어졌네."

"그보다 기권이 네 명이나 나온 게 문제가 됐어." 은근히 목소리를 낮춘다.

"그래?"

"응. 이지마 선배가 기권한 사람에게는 벌을 줘야 한다고 주장해서."

"에휴, 일 났네." 고야마 에리가 미간을 찌푸리며 말했다.

"하지만 기권한 사람 중에 나호코 선배가 있다는 걸 알고는 조용해지더라?"

히사오는 쓴웃음을 지었다. 역시 다들 저 위에 올려놓고 보는 존재인 것이다.

"그럼 기권한 건 나랑 고야마랑 나호코 선배……, 나머지 한 사람은 누구야?"

"3학년 시마다 선배. 투표 안 하고 에가와 투수를 보러 갔대. 아침부터 구장 앞에 줄 서서. 자기는 연극부보다 역사에 입회하는 쪽을 선택할 거라고 했다나 봐."

웃었다. 우리 연극부의 이런 점이 히사오는 좋았다.

그때 술잔을 손에 든 이지마 선배가 이쪽 테이블로 다가왔다. 저절로 술잔 바닥에 눈이 갔다. 레몬이 벌써 세 장이었다.

"어이, 다무라!" 붉은 눈을 하고 말했다. "기권한 이유를 좀 들어야겠어. 나의 〈벌판에 내던져진 자〉의 어디가 어떻게 마음에 안 들었느냐 말이야, 엉?"

"에, 그게⋯⋯." 난처했다. "뭐랄까, 주인공의 심정이 모두 표현되지 않은 듯한 느낌이 들었다고 할까⋯⋯." 입에서 나오는 대로 둘러댔다.

"뭐야? 대체 어디가?" 당장 이지마 선배의 목소리 톤이 높아졌다. "아무것도 몰라, 너는. 잘 들으라고. 너는 아마도 무대 위의 계단을 단순한 일상의 상징으로 파악했을 거야. 하지만 그건 아니지. 내가 의도한 바는 좀 더 심오하단 말이야."

"네에⋯⋯."

"현대의 카오스야. 나는 예정 조화와 카오스의 풍자적인 애증을 말이지⋯⋯."

침이 튀었다. 고야마 에리가 틈을 두지 않고 튀김 접시를 잽싸게 옆으로 치웠다.

이지마 선배의 연설은 줄줄이 이어졌다. 히사오 혼자 그 상대를 하고 있었다. 무슨 두 표 차이라나, 기권자가 나오지 않았다면 역전도 가능했던 모양이었다.

이지마 선배가 강권하는 바람에 연거푸 호피를 마셨다. 돈은 없지만 누군가 내줄 것이다. 우리 연극부는 사유재산이라는 관념이 몹시 희박했다.

점점 머리가 마비되어갔다. 매일 밤마다 술판이다.

도쿄 대학에 들어오길 잘했다. 히사오의 입가가 흐리터분하게 풀어졌다.

"어이, 다무라앗!"

고야마 에리의 목소리가 났다. 쳐다보니 레몬이 그새 네 장이었다. 무슨 여자가 저래?

"숙녀를 붙잡고 뚱뚱하다는 말이 나오더냐!"

"내가 언제 그런 말을 했다고?"

"아니, 나한테는 그렇게 들렸어."

"그럼, 너, 독심술을 쓰는구나?" 미운 소리를 해주었다.

고야마 에리의 동그스름한 얼굴에 웃음이 번졌다.

문득 조금 전에 그녀와 키스한 것이 생각났다.

찌르르 달콤한 기분이 솟구쳤다.

내일도 키스하고 싶다. 모레도. 날이면 날마다.

오늘 밤의 일은 결코 잊을 수 없을 거라고 히사오는 생각했다. 분명 중년 아저씨가 되는 날이 오더라도―.

봄은 무르익고
1978년 4월 4일

1

베갯머리의 시계를 보니 아직 오전 7시 반이었다.

다무라 히사오는 이불을 머리까지 뒤집어쓰고 다시 눈을 감았다. 소변이 마려웠지만 꾹 참기로 했다. 아버지는 매일 아침마다 마치 시간을 잰 듯이 정확히 7시 50분이면 집을 나선다. 그러니 이제 20분만 더 참으면 될 터였다.

커튼을 뚫을 것처럼 아침 햇살이 쳐들어왔다. 침대에서 몸을 꼬부리고 있어도 그 기미로 바깥 날씨가 쾌청하다는 건 알았다.

"히사오는?" 누나의 목소리가 아래층에서 들려왔다. 일순 몸을 긴장시키며 귀를 기울였다. "아직 잔다"라는 어머니 목소리도 들려왔다. 아버지가 뭔가 말을 했다. 깨우러 오려나 하고 은근히 긴장했지만 아무래도 그런 기척은 없는 것 같았다.

손바닥에 땀이 흥건해서 이불을 발로 차버렸다. 몸을 뒤집어 천장을 보았다. 그곳에는 이글스의 포스터가 붙어 있었다. 〈호텔 캘리포니아〉를 샀을 때 레코드점에서 준 것이다. 저것도 짐에 넣을걸 그랬다고 생각했지만, 어차피 접혀서 안 되겠구나 하고 이내 포기했다.

방의 책장으로 시선을 던졌다. 할머니가 옛날에 사 준 아동문학 전집과 몇 권의 책을 빼고는 깨끗이 비어버렸다. 책장 아래 두 칸을 점거했던 백여 장의 LP 레코드는 지금쯤 도쿄 하숙집에 도착했을 것이다. 그걸 가져가겠다고 했을 때, 어머니는 난색을 표했다. "얘, 너는 도쿄에 공부하러 가는 거야, 알고 있어?"라는 게 어머니가 들이댄 이유였지만 그렇다고 히사오가 양보할 수는 없었다. 레코드는 히사오의 보물이었다. 중학교 1학년 때 서양 음악에 눈을 뜨고, 그로부터 6년 동안 백 장을 모았다. 히사오는 삼시 세 끼 밥보다 록 음악이 더 좋았다.

두 팔을 머리 뒤에 받쳤다. 별 의미도 없이 한숨을 내쉬었다. 문득 이 방과도 당분간 이별이라는 생각이 들었지만 그리 큰 감개는 일지 않았다. 그보다 도쿄에서 살 수 있다는 기대감이 훨씬 더 컸다. 4월 4일, 오늘이 바로 히사오가 드디어 도쿄에 상경하는 기념비적인 날이었다.

최근 두 달 동안 기막힐 만큼 보는 족족 모든 대학에 떨어졌다. 정확히 말하면 딱 한 군데 구원의 손길을 내밀어준 지방대학이 있기는 했지만, 100명이 치르면 120명이 합격한다는 곳인지라 5초쯤 갈등한 끝에 가지 않기로 했다. 열등생이기는 해도 프라이드만은 누구보다 높았다.

게다가 히사오가 가고 싶은 건 도쿄 쪽 대학이었다. 학과나 계열 따위는 문제도 아니었고, 도쿄라면 승가대학이라도 좋았다. 아무튼 이 따분한 동네를 뜨고 싶었다. 에릭 클랩튼도 톰 웨이츠도 그냥 지나가버리는 이 동네를. 도쿄에는 부도칸(武道館. 비틀즈, 에릭 클랩튼 등이 공연한 종합 문화 홀—역주)이 있다. 나카노 선 플라자라는 공연장도(어떤 곳인지는 모르지만) 있다.

그리고 무엇보다 아버지에게서 벗어나고 싶었다.

작은 상사를 경영하는 아버지는 독선적이고 걸핏하면 남을 얕잡아보는 사람이었다. 남의 심부름이나 하는 사람은 되지 말라는 게 노상 하는 말이어서, 이웃 아저씨들의 이름을 들먹거리며 "쥐꼬리만 한 월급으로 죽도록 남의 일만 해주고, 참 불쌍타"라고 뒤에서 흉을 보곤 했다. 아버지는 아들이 당연히 대를 이어 자신의 회사를 맡아줄 거라고 딱 믿고 있는 기색이었다.

그래서 히사오가 재수하기로 결정하고 도쿄의 학원에 가겠다는 말을 꺼냈을 때는 한바탕 다툼이 있었다.

"갈 거야."

"안 돼."

"갈 거야."

"안 돼."

그런 결말이 나지 않는 대화를 주고받은 끝에 아버지는 "도쿄에 갈 거면 돈은 못 부쳐줘"라는 말로 위협을 하고 나섰다. 본인으로서는 비장의 카드랍시고 내놓은 말인 모양이었다.

하지만 히사오는 그딴 거에 눈 하나 꿈쩍하지 않았다. 실제로 대학에 가고 싶은 마음은 별로 없었다. 어서 빨리 돈을 벌어 자립하고 싶었던 것이다.

"좋아. 아르바이트로 먹고 살지, 뭐."

시원하게 말해버렸더니 아버지는 입을 꾹 다물었다. 그리고 일주일 동안의 냉각기간을 거쳐 히사오는 완벽한 대승리를 거두었던 것이다.

하긴 아버지와 직접 충돌했던 건 아니고, 모든 대화는 어머니를 통해 이루어졌다. 고등학교 3년 동안 아버지와 말을 나눈 시간은 통틀어 15분쯤밖에 안 되었다.

탁탁탁 계단을 올라오는 발소리가 들렸다. 황급히 이불을 뒤집어썼다. 방문이 열리고 어머니가 바로 옆에까지 다가왔다.

"히사오, 아버지 지금 회사에 나가신다." 귓가에 대고 속삭인다.

"……으응?" 일부러 잠에 취한 목소리를 냈다.

"아버지한테 '잘 다녀오겠습니다' 하고 반듯하게 인사라도 드려야지. 한참이나 못 만날 텐데."

"……으응."

대답은 하면서도 일어나지 않았다. 히사오는 가능하다면 아버지와 얼굴을 마주치지 않고 그대로 도쿄에 가고 싶었다. 얼굴을 마주하는 것만으로도 왠지 거북스러웠다. 그래서 오늘 아침에는 눈을 뜨고서도 내내 자는 척을 하고 있었던 것이다.

"얘, 히사오."

"응……, 알았어."

어쩔 수 없겠다고 체념했다. 아무리 그래도 이건 너무 심하게 기피하는 모습일 것이다. 몸을 일으키고 목뼈를 우드득 울렸다. 의무만이라도 치러두자.

그때 계단 아래에서 아버지 목소리가 났다.

"야, 히사오!" 퉁명스러운 목소리였다. "아버지, 지금 나간다!

건강하게 잘 지내도록 해!" 지나치게 충분할 만큼 우렁우렁한 목소리가 이층까지 다 들렸다.

"으응." 히사오가 대답했다. 들리지 않으면 안 되겠다 싶어서 "알았어!"라고 큰소리로 덧붙였다.

아버지가 복도를 걸어갔다. 현관문이 열렸다. 자갈 밟는 소리가 나고, 그다음에 주차장에서 차가 나가는 소리를 들었다.

어머니는 말없이 히사오를 내려다보고 있었지만, 작게 한숨을 내쉬고 "아침밥 빨리 먹어라"라고 말했다. "신칸센, 10시야. 9시 전에는 나가야지."

어머니가 방을 나갔다. 뭔가 어깨를 짓누르던 짐을 하나 내려놓은 듯한 마음이었다.

소변을 꾹 참고 있었던 게 생각나서 히사오는 급하게 뛰어 일어났다.

화장실로 뛰어 들어가 폭포 같은 오줌을 쌌다.

창문으로는 뒷마당의 대나무 숲이 보였다. 아침 햇살을 받아 댓잎이 반짝반짝 빛났다.

따스한 하루가 될 것 같았다. 봄이 무르익었네, 라고 어울리지도 않게 그럴싸한 문구를 생각했다.

무슨 바람이 불었는지 누나가 나고야 역까지 배웅을 나왔다. 가까운 여대에 다니는 누나는 아직 봄방학 기간이라 엄청난 시급을 받으며 아버지 회사에서 아르바이트를 하고 있었다. 오늘은 오후에 나와도 좋다고 허락을 받은 모양이었다.

어머니는 도쿄까지 따라가기로 했다. 혼자 가도 된다고 몇 번이나 거절했지만 어머니는 유난히 강경한 태도로 나왔다. 자식이 사는 하숙집쯤은 알아두는 게 부모의 도리라고 눈을 치켜떴던 것이다.

하숙집은 히사오가 마음대로 정해버렸다. 요요기에 있는 재수 학원에 입학 신청을 하러 갔을 때, 게시판에 나온 부동산 안내를 보고 당장 그날로 찾아가 단번에 결정해버렸다. 한 달 임대료 1만 5천 엔. 그게 어떤 수준의 물건인지는 알지 못했지만, 햇빛이 닿지 않는 3평짜리 방을 보고서도 우울해지는 일은 없었다. 혼자 살 수 있다는 흥분이 그보다 훨씬 더 컸다.

짐은 먼저 보냈다. 집주인이 대신 받아주었기 때문이다. 짐이라고 해야 레코드와 책과 이불과 옷가지뿐이었다. 스테레오는 그쪽에 가서 사기로 했다. 그때까지는 레코드를 바라보며 살 작정이었다. 들여다보기만 하는 것으로도 얼마든지 시간을 때울 수 있는 자신감이 히사오에게는 있었다.

"히사오, 가끔씩 전화라도 해." 인사치레로 하는 소리인지, 플랫폼에서 누나가 그런 말을 했다.

"응." 억지 대답을 하자 "괜찮아, 다달이 월말이면 전화해주기로 약속했으니까"라고 어머니가 대신 대답해주었다.

"짐이 그래도 괜찮아?" 누나가 물었다. 동생의 이삿짐이 너무도 적었던 것을 딱하게 생각하는 눈치였다.

"응."

"필요한 건 도쿄에서 산대." 어머니가 말했다.

"텔레비전도 도쿄에서 사려고?"

"필요 없어."

"없으면 심심할 텐데?"

"안 봐, 텔레비전 같은 거."

"괜히 고집은. 외로울 거야, 틀림없이."

"공부해야지. 텔레비전 같은 거 볼 새가 어디 있어?"

이것도 어머니가 대신 대답했다. 히사오로서는 단지 그럴 돈이 있으면 레코드 값으로 쓰고 싶을 뿐이었지만.

"여름방학하면 놀러 갈게."

"어딜?"

"어디냐니, 당연히 도쿄지. 안내나 잘 해줘."

"……응."

"하라주쿠에 한번 가보고 싶거든."

"응."

"연예인들도 돌아다닐까?"

"몰라."

"아 참, 오늘 고라쿠엔 구장에서 캔디스(1970년대 큰 인기를 얻었던 란, 스, 미키로 구성된 여성 3인조 그룹 – 역주) 해산 콘서트가 있을 거래. 아침 뉴스에서 그러던데? 밤을 새면서 사람들이 줄을 섰다더라."

"흐음."

"너, 국내 가요는 관심 없어?"

"응."

오늘 누나는 유난히 말이 많았다. 평소에는 바지 지퍼가 열린 걸 뻔히 보고도 알려주지 않았으면서.

확성기에서 상행 히카리호가 곧 도착한다는 안내 방송이 흘러나왔다.

"왔다, 왔어." 누나의 말에 서쪽 방향을 바라보았다. 크림색 차체가 미끄러지듯이 플랫폼으로 들어왔다.

"히사오, 그럼 잘 가." 누나가 배시시 웃었다. "야채도 꼭꼭 챙겨 먹어, 응?"이라고 마치 어머니 같은 소리를 하며 하얀 이를 내보였다.

어머니와 둘이 열차에 올라탔다. 요즘 들어 입시 때문에 도쿄와 교토에 들락거릴 기회가 많았기 때문에 신칸센 타는 건 완전히 익숙해졌다. 조금쯤 어른이 된 듯한 기분이었다.

좌석에 자리를 잡고 앉자 플랫폼에서 누나가 창을 두드렸다.

입술을 읽어보니 "자, 그럼"이라고 요염하게 손을 흔들었다. 오늘의 누나, 어디선가 본 적이 있다 했더니, 언젠가 남자친구를 집에 데려왔을 때의 몸짓과 똑같다는 걸 히사오는 퍼뜩 깨달았다. 집 바깥에서 누나는 분명 환하고 다정한 아가씨이리라.

열차가 움직였다. 가볍게 웃으며 손을 마주 흔들어주었다. 뭐, 누나하고 동생 사이인데 이 정도 서비스는 해줘야지, 하고 생각했다.

"히사오, 창밖을 똑똑히 잘 봐둬." 곁에서 어머니가 말했다.

"왜?"

"나고 자란 고향과 한참이나 이별이잖니."

"무슨 브라질에 이민 가는 것도 아니고."

"그래도 여름까지는 못 오잖아?"

"응."

"그러니 잘 봐둬야지."

거스르는 것도 귀찮아 창밖으로 시선을 던졌다.

역 주변의 번화가인데도 민가의 기와지붕만 빽빽이 이어져 있었다. 빨래도 보였다. 내내 나고야를 도회지라고 생각했는데 이제는 그게 아무래도 좀 미심쩍다는 생각이 들었다. 지난달 도쿄에 갔을 때, 고층 빌딩에도 올라가고 신주쿠 거리도 걸어봤던 것이다.

최근에 새로 생긴 키 큰 빌딩도 그렇게 봐서 그런지 영 시골스러운 냄새를 풍겼다. '그랜드 카바레 대통령'이라는 간판만이라도 제발 어떻게 좀 해줬으면, 하고 생각했다.

"도쿄도 봄일까?" 어머니가 묘한 소리를 입에 올렸다.

"당연하지."

"하지만 여기보다 북쪽이잖아?"

"아주 조금인데, 뭐. 거의 다를 거 없어."

"그래?"

히사오는 어머니의 머릿속에는 어떤 일본 지도가 그려져 있는지 궁금했다. 엊저녁에는 "역시 고타쓰(일본식 난방기구 — 역주)도 보낼걸 그랬나 보다" 하고 걱정했던 것이다.

"벚꽃이 피었으면 좋을 텐데."

"응."

"엄마는 너 데려다주고 혼자 우에노 공원에 가볼 거야."

"뭐 하러."

"판다 보러."

"웃긴다."

어이없어하면서, 문득 어머니가 도쿄에 가는 건 이게 처음인 게 아닐까 하고 생각했다. 적어도 자신이 태어난 뒤로 어머니는 먼 곳에 여행을 떠난 적이 없었다. 가족 여행은 초등학생 때 만국박람회를 구경하러 오사카에 갔던 게 가장 먼 거리였다.

옆자리의 어머니를 보았다. 어머니가 고개를 갸우뚱한다.

묻기가 망설여졌다. 이제야 알아보았지만 어머니는 미용실에 들러 머리 손질까지 했다. 목에는 진주 목걸이가 걸려 있었다.

"엄마……."

"왜?"

"신혼여행은 어디로 갔었어?"

"나가시마 온천이었는데?"

"으응."

역시나 묻는 건 관두기로 했다.

"그게 왜?"

"아니, 아무것도 아냐."

어머니는 귤껍질을 벗기고 있었다. 달라고 하지도 않았는데 껍질 벗긴 것을 히사오에게 건넨다.

입에 넣었다. 새콤달콤한 과즙이 입 안 가득 퍼졌다.

"히사오, 차도 줄까?"

"응? 차가 있어?"

믿을 수 없게도 어머니는 가방에서 물통을 꺼냈다.

"네 아버지는 말이지……." 차를 따르면서 어머니가 불쑥 말했다. "네가 이 길로 나고야에 안 돌아올까 봐 걱정하고 계셔."

"흠……." 컵을 받아 들고 목을 축였다.

"엄마는 어느 쪽이라도 좋지만."

"응."

"너는 남한테 고개 숙이는 일에는 소질도 없고, 그냥 네가 좋아하는 일을 하면 돼."

히사오는 말없이 듣고 있었다.

"아버지 사업도 꽤 힘들어. 너희한테 말은 안 하지만, 거래처마다 무리한 요구는 해오지 뒷돈은 얹어달라고 하지, 그래서 노상 화를 내는 거야. 경기가 좋을 때는 다들 쫓아오지만 경기가 안 좋으면 은행까지 어찌나 쌀쌀하게 구는지, 엄마까지 사람에 대한 회의가 들더라. ……엄마는 공무원이 좋을 거 같아. 경기가 좋건 나쁘건 관계가 없고 어쨌든 월급은 착착 나오고……. 너는 대학 졸업하면 뭐가 될 생각이래?"

"아직 안 정했어."

"뭐, 대학 다니면서 찬찬히 생각해보면 되지."

사실은 음악평론가가 되고 싶었지만 아무에게도 말한 적은 없었다. 어떻게 해야 음악평론가가 되는지도 몰랐고 그런 걸 구체적으로 생각해본 일도 없었다. 바로 일 년 뒤의 일도 히사오에게는 머나먼 미래처럼 여겨지는 것이다.

"하지만 나고야 대학도 일단은 쳐봐, 응?"

"응."

"꼭 나고야 대학에 들어가라는 건 아니고."

"응."

히카리호는 차내에 희미한 진동을 울리며 동쪽으로 동쪽으로 달려갔다.

창밖으로 보이는 풍경은 어디나 쾌청한 날씨여서 멀리까지 깨끗하게 내다보였다.

도중에 구름 하나 없는 하늘을 배경으로 후지산이 보이자 어머니가 소녀처럼 기뻐했다.

"엄마는 후지산 처음 봤다야"라며 눈을 반짝이고 있었다.

도쿄 역에 도착하자 어머니와 둘이 야마노테선으로 갈아타고 하숙집이 있는 이케부쿠로로 향했다. 지도로 확인해본 바로는 야마노테선을 거의 절반이나 돌아가는 느낌이 들었지만 "이렇게 가면 돼"라고 그냥 어머니를 안내했다. 지하철 쪽은 약간 자신이 없었다. 지난번에 왔을 때 지하도를 어지간히 헤매고 돌아다녔던 것이다.

자리가 하나 비어 있어서 어머니를 앉혔다. 어머니는 이따금 차 안을 둘러보며 조용히 앉아 있었다. 어머니가 한차례 "역시 사람이 엄청 많다야"라고 나고야 사투리로 중얼거리자 옆에 서 있던 샐러리맨이 흘끔 이쪽을 쳐다보았기 때문이다. 어머니도 약간은 눈치가 보였는지도 모른다.

이케부쿠로에서 다시 도부토조선으로 갈아탔다. 여기서 역 하나만 더 가면 히사오가 앞으로 살게 될 기타이케부쿠로에 도착할 터였다.

기타이케부쿠로에는 이케부쿠로 역과는 완전히 다르게 자그마한 역사와 역 앞 상점가가 있어서 어머니의 얼굴이 환하게 풀어졌다. "어라라"라고 감탄의 소리를 올리고 있었다. 번잡한 서민 동네가 어머니 마음에 흡족한 모양이었다.

"좋은 동네네." 어머니는 하늘을 올려다보며 심호흡까지 하고 있었다.

"그렇지? 학원에 30분이면 갈 수 있고 신주쿠는 더 가까워."

"너, 잘도 찾아냈다, 이런 데를?"

"그 정도야 뭐."

"전부 혼자서 했으니 참 대단하다야."

"나도 이제 열여덟 살이야. 그 정도는 할 수 있어."

"그래, 맞다, 맞아." 어머니는 언제까지고 감탄하고 있었다.

둘이서 상점가를 걸었다. 어머니는 식당을 발견하고는 "너, 아마 여기서 날마다 저녁밥을 먹겠지?"라고 감개 깊은 듯이 말했다.

"어라, 대중탕도 있네?" 목욕탕 굴뚝에도 일일이 감탄을 하고 있었다. "사흘에 한 번은 꼭 목욕해야 돼, 알았지?"

도중에 어머니는 무슨 생각을 했는지 철물점에 들어가 빗자루를 샀다.

그리고 상점가를 빠져나가 5분 정도 걸어 '후요장(芙蓉莊)'이라는 이름의 연립 아파트에 도착했다. 당장 뒤편의 단독주택에 살고 있는 집주인에게로 찾아갔다. 계약서는 이미 우편으로 주고받아 절차를 마쳤기 때문에 이제 남은 건 열쇠를 받는 일뿐이었다.

어머니가 함께 왔다는 것을 알자 집주인 아주머니가 거실로 들어오라고 했다. 선물로 들고 온 우이로(나고야 지역의 특산품인 막대 모양의 시루떡 – 역주)를 건네자 공손히 머리를 숙이며 받아들더니 차를 내왔다. 남편은 구청에 근무하고 있노라고 했고, 어머니와 잠시 간단한 이야기를 나누었다.

하지만 그다음부터는 사무적이었다. 전화는 긴급한 때 외에는 바꿔줄 수 없다, 친구를 데려와 소란을 피워서는 안 된다, 기타 치는 건 금지한다, 화장실 휴지는 각자 준비하라는 등의 주의사항을 말하더니 열쇠를 테이블에 올려놓고 "자, 그럼"이라며 그만 자리를 떠달라는 듯 은근히 재촉했던 것이다.

주인집을 나올 때, 어머니는 "도쿄 사람들은 다 저렇대?" 하고 중얼거렸다. 나고야라면 틀림없이 시시콜콜하게 서로 간에 탐색전이 벌어졌을 자리였던 것이다. 어머니의 표정이 약간 흐려졌다.

그래도 하숙방에 들어서자 기분을 되돌렸는지 어머니는 "만 5천 엔인데 뭐, 이만하면 괜찮네"라고 웃는 얼굴을 보였다. "손질도 제대로 잘한 것 같고."

창문을 열고 조금 전에 사 온 빗자루로 다다미 바닥을 쓸기 시작했다.

운송점에 부탁한 짐은 벌써 도착해서 방 한쪽 구석에 쌓여 있었다. 히사오는 포장을 풀고 이불을 붙박이장에 챙겨 넣었다.

"여기서는 제대로 된 요리는 도저히 못 하겠네."

입구 옆의 작은 부엌을 보며 어머니가 말했다.

"하긴 너는 노상 밖에서 사 먹을 테니까 괜찮지만."

혼자서 묻고 혼자서 이해하고 있다.

"이쪽이 북쪽인가?"

"응."

어머니는 방이 북향이라는 게 아무래도 마음에 걸리는 눈치였다.

"이불 말릴 때는 어떻게 한대?"

"아이, 안 말려도 돼."

어쩔 수 없다고 포기했는지 말없이 청소를 했다.

그리고 그것이 끝나자 어머니는 같은 하숙집 사람들에게 인사를 하러 가자고 나섰다. 히사오는 알지도 못했는데 미리 선물로 돌릴 수건까지 준비해 온 모양이었다.

"됐다니까, 그런 거 안 해도?" 물론 히사오는 저항했다.

"얘가 무슨 소리야? 이웃인데 서로 사이좋게 지내야지."

"창피하다니까."

"창피할 게 뭐가 있어. 어차피 다들 지방에서 올라온 학생들일 텐데."

"아이, 됐어."

"안 돼."

"됐다니까."

"안 돼."

다시금 결말이 나지 않는 말다툼이 이어질 것 같아서 히사오는 절충안을 내놓았다.

"어차피 이 시간에는 아무도 방에 없을 거야. 오늘 밤에라도 내가 나눠줄게."

어머니는 잠시 생각해보더니 "꼭 나눠줘야 해, 알았지?"라고 다짐을 했다.

히사오는 고분고분 고개를 끄덕여두었다.

"자, 그럼." 어머니가 방 한가운데서 허리에 손을 얹었다. "엄마는 그만 갈란다."

"응."

"우에노 동물원에도 한번 가보고 긴자 거리도 슬슬 돌아다니고……." 혼잣말처럼 중얼거렸다. "오늘 저녁밥은 네 누나가 차린다고 했으니까 저녁 여섯 시쯤 신칸센으로 가면 될 거야."

"응."

"애, 히사오." 똑바로 마주 서더니 히사오를 올려다보았다. "어디, 얼굴 좀 똑똑히 보여봐." 어머니는 히사오의 뺨에 손을 얹었다.

"공부도 열심히 해야지만 도쿄에서 혼자 사는 것도 마음껏 즐겨봐, 응?"

"응." 대답하면서 왠지 쑥스러웠다.

"열여덟 살이라. 참말로 좋다, 청춘이란."

그런 말을 절절히 곱씹는 어머니는 처음이었기 때문에 히사오는 적잖이 당황스러웠다.

"그러면 건강하게 잘 지내라."

어머니가 떠나가는 것을 히사오는 창문 너머로 배웅했다.

어머니는 골목길을 돌아갈 때까지 세 번쯤 돌아보았고 그때마다 손을 흔들었다.

2

어머니가 떠나고 히사오는 주전자에 물을 끓였다.

왠지 그런 일을 해보고 싶었다.

이삿짐 속에 가구류는 하나도 없었지만 왠지 찻잔과 찻주전 자는 들어 있었다. 찻잎도 있었다. 그냥 내버려 두었다가는 내 새끼가 노상 수돗물밖에 안 마실 거라고 예상한 어머니의 판단 이었다.

짐을 풀어보니 새로 산 재떨이도 들어 있었다. 이것도 어머니 가 넣어준 것일까. 고등학교 시절, 담배는 늘 숨어서 피웠다. 이 제는 당당하게 피울 수 있다고 생각하니 저절로 웃음이 비어져 나왔다.

차를 끓여 방바닥에 책상다리를 하고 앉아 홀짝홀짝 마셨다. 담배도 피웠다.

작년에 나온 마일드세븐은 150엔이나 했다. 그때까지 피웠던 하이라이트보다 30엔이 비쌌지만 꽤 세련되게 보이는지라 마음 에 들었다.

찻잔을 옆으로 치워놓고 이번에는 다리를 쭉 뻗고 손을 뒤로 짚었다.

천장을 올려다본다.

오늘 아침만 해도 집에서 천장을 올려다봤다는 게 생각나서 신기한 마음이 들었다.

도쿄와 나고야는 먼 것 같기도 하고 가까운 것 같기도 하고. 하지만 금세는 돌아갈 수 없는 곳에 자신이 와 있다는 실감이 들 었다. 집에 가자면 시간도 돈도 드는 것이다.

큰대 자로 누웠다.

다다미 냄새가 났다. 약간 곰팡이 냄새도 섞여 있었다.

그래도 나만의 방이라고 생각하니 뭉클한 감개가 솟구쳤다.

손목시계에 눈을 던졌다. 오후 2시 반이었다.

아이들이 하숙집 앞의 길을 뛰어갔다. 술래잡기라도 하는지 높직한 고함소리가 방 안까지 들어왔다. 아이들이 주고받는 말소리가 표준어인 게 귀에 묘하게 느껴졌다. 하숙집은 정말 텅 빈 모양이다. 소음 하나 없었다. 대학생은 봄방학 기간이라 다들 고향에 돌아간 것이리라.

낮잠이라도 한숨 잘까. 가볍게 눈을 감았다.

멀리서 까마귀가 울고 있었다.

아니, 전혀 자고 싶지 않았다. 게다가 바깥은 쾌청하기 이를 데 없는 날씨인 것이다.

벌떡 몸을 일으켰다. '좋아' 라고 마음속으로 기합을 넣었다. 우선은 하숙집 근처를 탐색해보자. 밥상 하나쯤은 당장 사들여야 할 것이고, 우선 어디에 어떤 가게가 있는지도 알아두고 싶었다.

운동화를 신고 밖으로 나왔다. 확인차 하숙집의 번지수를 머릿속에 박아 넣었다.

바지 앞 호주머니에 두 손을 찔러 넣고 주택가를 걸었다. 초등학교가 보여서 목을 빼고 교정을 들여다보았다. 운동장이 흙이 아닌 것을 보고 놀랐다. 넘어지면 어쩌려고 그러나 하고 괜한 걱정을 했다.

집과 집 사이에 공간이 전혀 없는 것도 히사오에게는 진기한 광경이었다. 네즈미고조 지로키치(鼠小僧次郎吉. 에도 시대 '의적'으로 불린 대도적 – 역주)가 지붕에서 지붕으로 훌쩍훌쩍 뛰어다녔다는 게 진짜 이야기구나, 하고 혼자서 묘한 확인을 했다.

상점가에 들어서자 지나다니는 사람들도 많아졌다. 상점마다 손님을 불러들이는 소리가 요란해서 여기저기 활기가 넘쳤다. 전봇대에 붙은 확성기에서는 핑크 레이디의 〈UFO〉가 흘러나왔다. 전국 어디서나 히트곡은 모두 똑같은 모양이었다.

"어이, 학생. 크로켓 지금 막 튀겼어, 하나 먹어봐."

흠칫 놀라 돌아보니 고기 집 아저씨가 가게 앞에서 사근사근한 웃음을 내보이고 있었다. 히사오는 겸연쩍게 웃으며 손을 좌우로 흔들었다.

발걸음이 가벼워졌다. 도쿄 사람이 처음으로 내게 말을 걸어주었다. 우연하게 들어오기는 했지만 이 동네를 선택한 건 잘한 일이라고 생각했다.

'대할인판매' 라는 현수막을 내놓은 가구점이 눈에 띄어서 길 쪽에서 가게 안을 들여다보았다. 젊은 여자가 안쪽 사무책상에서 가게를 지키고 있었다. 인기척을 느꼈는지 여자가 얼굴을 들었고 히사오는 얼른 그 시선을 피해버렸다. 상당한 미인이어서 가슴이 두근두근했다. 어쩐지 들어가기가 창피해서 그곳은 그대로 지나가기로 했다.

한참 걸어가자 다른 가구점이 있었다. 이쪽은 훨씬 초라해서 좁은 가게 안에 서랍장이며 책장이 비좁게 쌓여 올려져 있었다. 안을 들여다보니 이쪽은 가게 생긴 꼴하고 똑같이 추레한 아저씨 하나가 텔레비전을 보고 있었다. 히사오에게는 대단히 마음 편한 환경이었다.

"실례합니다." 말을 붙였다. 아저씨는 그 즉시 얼굴을 헤벌쭉하게 풀고 자리에서 일어나 다가왔다.

"예예, 어서 오세요."

"저어, 탁자 하나 보고 싶은데요."

"어떤 게 좋으실까?"

"싼 걸로요."

아저씨는 점점 더 에비스(惠比寿. 일본 칠복신(七福神) 중의 하나로 살집이 통통하고 넉넉하게 웃는 모습이다 – 역주) 얼굴이 되었다.

"이런 건 어때?" 접이식의 작은 탁자를 꺼내 보여주었다. "손님, 혼자 자취하는 학생?"

히사오가 고개를 끄덕이자 "그럼, 이거면 충분하지." 아저씨는 그렇게 말하며 탁자를 탁탁 두드렸다.

"학생, 시골 고향은 어디?"

"예……, 나고야예요."

"이번 봄에 올라왔구나?"

"아, 네."

적잖이 쇼크를 받았다. 나름대로 표준어를 쓴다고 썼는데, 그래도 표가 났나? 게다가 나고야는 시골이 아니라고 말해주고 싶었다.

히사오는 그 탁자를 사기로 하고 내친 김에 팬시케이스도 구입했다. 아저씨가 기분이 좋아서 싱글벙글 포장을 해주었다. 합계 5천 8백 엔인 것을 5천 엔으로 깎아주었다. 덤으로 수영복 미녀의 달력도 주었다. 이 가게에 자주 오자고 생각했다.

하숙집에 돌아와 당장 팬시케이스를 조립했다. 방구석에 세우고 옷을 안에 걸려고 했지만 행거가 달려 있지 않아 그냥 척척 던져 넣었다.

탁자는 방 한가운데 놓았다. 그러자 살풍경하던 방 안에 갑자기 사람 사는 향기가 감돌아서 히사오는 나름대로 흐뭇한 기분에 젖었다.

다시 차를 끓여 이번에는 탁자에서 마셨다. 아까보다 훨씬 더 충실한 기분이었다.

손목시계를 보았다. 아직 3시 반. 시간 가는 게 왜 이렇게 더딜까, 한숨을 내쉬었다.

붙박이장에서 뒤적뒤적 레코드를 꺼내 재킷을 바라보았다. 가장 최근에 구입한 어스 윈드&파이어의 새 앨범이었다. 이래저래 바빠서 아직 세 번밖에 듣지 못했지만 〈우주의 판타지〉라는 곡은 그야말로 팝 음악다워서 금세 멜로디를 외웠다.

가사 카드를 보며 작은 소리로 노래를 불렀다.

간주 부분은 허밍으로 했다.

다시 차를 따랐다.

역시 스테레오를 빨리 사야겠다고 생각했다.

자리에서 일어나 다음에는 잡지를 꺼냈다. 〈뉴 뮤직 매거진〉은 과월호 전부를 다 가지고 왔다. 최신의 4월호를 펼치고 콘서트 스케줄 난을 보았다. 이제 나고야에는 오지 않을 거라고 탄식할 필요는 없었다. 외국 뮤지션들이 죄다 도쿄에서 콘서트를 여는 것이다.

무심코 포리너의 공연 일정을 보니 '4월 4일(화) 도쿄 부도칸'이라고 나와 있었다.

히사오는 갑작스레 가슴이 술렁였다. 엇, 오늘이잖아? 부도칸에서 록 콘서트를 하는 것이다.

요금을 보았다. S석이 3천 엔, B석이라면 2천 엔. 비싸기는 하지만 도저히 못 낼 정도의 돈은 아니었다.

하지만 금세 냉정을 되찾았다. 포리너는 별로 좋아하지도 않았기 때문이다.

다시 방바닥에 큰대 자로 누웠다.

손목시계의 문자판을 손끝으로 비벼 닦았다. 아직 4시도 안 되었다.

작게 헛기침을 했다.

그 소리가 아무것도 없이 휑뎅그렁한 방 안에 울렸다.

문득 '기침을 해봐도 나 혼자'라는 하이쿠가 떠올랐다. 중학교 때 국어 시간에 배웠던가? 전혀 5·7·5조가 아닌데 무슨 하이쿠야, 라고 생각했던 게 기억이 났다.

졸리지도 않은데 하품이 났다.

하아. 한숨도 쉬었다.

방구석에는 대입 참고서가 쌓여 있었다. 손을 뻗어보았지만 닿지 않아서 깨끗이 포기해버렸다.

하긴 뭐, 재수 학원에 다니는 날부터 해도 된다. 공부는 하는 둥 마는 둥해서는 안 된다고 고등학교 때 선생님도 말했었고. 그렇게 스스로에게 변명을 했다.

이 몸은 몹시 심심하도다. 끄응, 몸을 뒤척였다.

다들 뭐 하고 있을까. 현역으로 합격한 친구 녀석들은 지금쯤 실컷 놀고 있을 것이다.

그때, 문득 옛날 같은 반 친구의 얼굴이 떠올랐다. 도쿄공대를 첫 판에 덜컥 합격해버린 히로세였다. 그러고 보니 4월이 되면 즉시 상경할 거라고 했었다. 그 바보 녀석도 분명 지금쯤 심심해하고 있을 게 틀림없다.

당장에 가슴이 뛰놀았다.

그래, 히로세를 만나러 가자.

벌떡 일어나 수첩을 뒤적였다.

수첩에는 '히로세, 오오카야마(大岡山) 가와구치 씨'라고 휘갈겨 쓴 메모가 있었다. 지난번에 전화로 이야기할 때 듣고 적어둔 것이었다. 그리고 옆 페이지에도 눈이 갔다. '후카오, 사쿠라조스이(桜上水) 히유 기숙사'라고 적혀 있었다. 후카오는 체력으로 밀고 나가 일대(日大)에 합격한 놈이었다. 그 아래에는 '히라노, 시라야마(白山) 데라오 씨'. 맞다, 히라노, 이 녀석은 무엇에 눈이 뒤집혔는지 예술대 유화과에 진학해버린 주책 빠진 놈이다. 줄줄이 다 도쿄로 기어 나왔구나.

어째서 지금까지 미처 생각을 못했을까, 라고 생각했다.

킥킥 웃음이 치밀었다.

도쿄에도 아는 사람이 이렇게 많잖아? 상경해 온 동창 놈들이 잔뜩 있는 것이다.

히사오는 수첩 사이즈의 도쿄 지도를 챙겨 들었다. 우선은 히로세부터 찾아보자. 코흘리개 때부터 함께 놀아온 사이라서 가장 만만하게 대거리하기 좋은 녀석이었다. 오오카야마 역을 노선도에서 찾아보았다. 선로가 너무 많아 어디서부터 찾아봐야 좋을지 짐작도 가지 않았다. 하지만 포기할 수는 없다. 상경 겨우 세 시간 만에 히사오는 심심해서 죽을 것만 같은 것이다.

우선 동쪽 방면으로 목표를 좁혀 노선을 손끝으로 더듬어 들어갔다. 도쿄공대(東京工大)의 '동(東)' 자를 보면 어쩐지 동쪽에 있을 듯한 느낌이 들었던 것이다.

하지만 좀체 눈에 띄지 않았다. 오하나자야(お花茶屋)라는 역이 다 있네, 정말 좋은 이름이구나, 하고 지금 감탄하고 있을 때가 아니라고.

이러다가 해 떨어지겠다고 비탄에 빠지려는 순간, 지도에 학교나 병원 등 주요 시설의 색인이 있다는 것을 알았다. 그렇지, 이걸로 도쿄공대를 찾아보면 되는 거다. 아무리 바보라도 앞으로 4년씩이나 다니게 될 학교에서 멀리 떨어진 곳에 하숙을 정할 리는 없다.

곧바로 찾아냈다. 도쿄공대는 오오카야마에 있고, 그 지명을 가진 역은 메구로에서 서쪽으로 뻗어나간 메카마선이라는 노선이었던 것이다. 이게 무슨 동쪽이야? 혼자서 눈썹을 여덟팔 자로 내리뜨렸다.

메구로에서 갈아타고, 음……, 그리고 다섯 번째 역이 오오카야마다. 상당히 멀구나, 하고 히사오는 생각했다. 가까스로 도쿄에 속하는 변두리 동네인 모양이라고 짐작했다. 곁에 큼직한 산이 있을 정도인 것이다.

홍, 내 하숙집이 훨씬 더 도쿄답잖아? 혼자 슬그머니 웃었다. 나는 이케부쿠로에서 역 하나, 게다가 동네 이름까지 '이케부쿠로 본동'인 것이다.

히사오는 자리에서 일어나 면바지를 벗었다. 아까 사 온 팬시 케이스에서 JUN의 헐렁한 배기바지baggy pants를 꺼내 입었다. 하얀 면바지로, 최근에 입수한 보물이었다. 위는 회색 오픈셔츠에 레몬옐로의 베스트를 입었다.

재수 학원 입학식에 입고 나갈 히사오의 단벌 옷이었다. 요즘 들어 히사오는 유러피언 패션에 서서히 눈을 뜨는 중이었다. 고등학교 친구들에게 자신의 멋진 모습을 보여주고 싶었다.

수첩과 지도를 엉덩이 호주머니에 쑤셔 넣었다. 담배와 백 엔짜리 라이터는 가슴 호주머니에 넣었다. 그렇게 히사오는 하숙집을 뛰쳐나왔다. 히로세가 집에 없으면 어쩌나, 라는 등의 걱정은 전혀 하지 않았다. 이대로 하숙방에 가만히 있는 건 이미 히사오의 선택에는 들어 있지 않았던 것이다.

역까지 가는 길을 히사오는 뜀뛰기라도 하듯이 걸어갔다.

이케부쿠로에서 야마노테선을 갈아타고 시부야 방면으로 향했다.

히사오는 차내 손잡이를 붙잡고 창문에 어렴풋이 비친 자신과 바깥 경치를 번갈아 쳐다보았다.

새삼 관찰해볼수록 역시 도쿄는 대도시였다. 야마노테선 연변은 빌딩만 한없이 이어질 뿐 어디에서도 빨래 같은 건 보이지 않았다.

그리고 창에 비친 스스로에게도 만족했다. 차 안에 있는 다른 사람들의 옷차림과 비교해도 결코 처지지 않았다. 문 가까이에 서 있는 여자애는 이따금 이쪽을 쳐다보는 듯한 느낌도 들었다.

아니, 틀림없이 보고 있을 것이다.

심각한 표정을 지으며 머리를 쓸어 올렸다.

오오, 니힐하잖아.

이걸로 충분히 시티 보이에 속한다고 생각했다.

신주쿠 역에서는 영화 〈미지와의 조우〉의 큼직한 간판이 눈에 띄었다. 아직 나고야에서는 개봉도 하지 않은 영화였다. 도쿄에 있으면 영화도 가장 먼저 보는 것이다.

화제의 〈스타워즈〉가 개봉되면 누구보다 먼저 보러 가야겠다고 생각했다. 그리고 고향 친구들에게 편지를 쓰자. 자연스럽게 언급하는 게 좋겠지. 아 참, 〈스타워즈〉를 봤다, 뭐, 그럭저럭 재미있더라, 라는 식으로.

요요기 역에서는 앞으로 다니게 될 재수 학원 건물이 보였다.

친구가 생길까. 아니, 그보다 여자친구가 있어야 한다. 사내 녀석 친구들이야 뭐, 싫어도 마구 증식할 터. 예쁜 여자친구와 나란히 찻집에 들어가 아메리칸 커피를 설탕도 밀크도 넣지 않고 마신다는 게 히사오의 니힐한 계획이었다.

다음은 하라주쿠였다. 지도로는 하숙집과 재수 학원 사이만 봤었기 때문에, 그게 요요기 바로 옆이라는 걸 처음으로 알았다. 이것도 고향 친구들에게 자랑할 수 있겠구나 하고 마음이 흐뭇해졌다. 하라주쿠? 거기야 노상 들락거리지, 핫핫하.

그리고 전차는 자꾸자꾸 달려서 히사오는 시부야 네거리를 고가 철로 위 전차 안에서 바라보았다. 마침 보행자 신호가 파란불로 바뀌어서 스크램블 교차로는 완전히 사람의 바다였다.

어쩌면 저렇게도 사람이 많은가. 나고야에서는 사람들이 모조리 지하로 다니는데.

시부야 역에서는 서퍼 룩 차림의 젊은 애들이 잔뜩 올라탔다. 다들 플레어 바지에 울긋불긋한 샌들을 신었다. 차 안 풍경이 단숨에 화사해졌다.

약간 압도되었다. 다들 패션 잡지 〈뽀빠이〉의 모델처럼 세련

되었다. 아니, 나도 그들 못지않다. 어쨌든 JUN의 헐렁한 배기바지인 것이다.

서퍼 여자애와 눈이 마주쳤다. 그쪽이 일순 미소를 지은 듯한 느낌이 들었다.

니힐한 표정을 지으며 다시 머리를 쓸어 올렸다. 음, 완벽해.

히사오의 들뜬 기분은 쉽게 가라앉지 않았다. 재수생이라는 것을 완전히 잊어버리고 있었다.

메구로에서 메카마선이라는 노선으로 갈아탔다. 역시나 승객은 약간 수수해져서 처자식 딸린 분위기의 샐러리맨이며 주부들의 모습이 두드러졌다. 이 중에서는 내가 제일 멋있겠지? 라고 히사오는 거의 진심으로 생각했다.

차창으로는 민가의 지붕들이 보였다. 이런 데는 나고야하고 별로 다를 것도 없네, 뭐. 마음에 여유가 생겨서 은근히 얕잡아 보는 생각도 했다.

하지만 역을 두 개, 세 개 지났는데도 민가가 계속 이어지는 바람에 히사오는 적잖이 초조해졌다. 히사오의 예상대로 하자면 이제 슬슬 한적한 교외 분위기가 감도는 조용한 지역으로 돌입해야 할 터였다. 그렇건만 주택은 아직껏 빽빽하고 도로 역시 자동차로 가득했다.

시골에서라면 진즉에 논밭이 나왔어야 할 때였다. 나고야 집 근처에서는 트랙터까지 달린다.

어라, 이건 아닌데? 히사오의 가슴속에서 불안한 마음이 부풀었다. 히로세의 하숙집 주소까지는 물어보지 않았다. 히로세 역시 마찬가지였다. 나고야에서 통화했을 때 "역은 오오카야마, 하숙집은 가와구치 씨네야"라고 말했을 뿐인 것이다.

그리고 오오카야마에서 전차를 내려 역 개찰구를 빠져나오면서 히사오는 본격적으로 당황했다.

와, 복잡하네……! 역 주변 풍경은 히사오의 이미지와는 완전히 달랐다. 좀 더 목가적이고 조촐한 동네를 상상했었다. 대충 저만치 걸어가는 아주머니를 붙잡고 "저어, 가와구치 씨 댁은 어디인지……"라고 물어보면 "아, 가와구치 씨라면 저기 저 모퉁이를 돌아서……"라고 금세 가르쳐줄 거라고 굳게 믿었던 것이다. 실제로 히사오네 집에서 가장 가까운 역에서는 그랬다. "다무라 씨 댁의 히사오 군"이라고 하면 근동에서는 모르는 사람이 없었다.

아뿔싸, 어쩌지? 나고야의 히로세네 집에 물어보려 해도 전화번호를 외워놓지 못했으니.

한참이나 역 앞에 우두커니 서 있었다.

에잇, 아무튼 여기까지 와버렸다. 그냥 찾아보는 수밖에 없지.

히사오는 어림짐작으로 기웃기웃 돌아다녔다. 하숙집인 듯한 집마다 둘러보며 한 집 한 집 문패를 확인했다. 고급 맨션은 미리 제쳐두고, 단독주택과 값싼 연립 아파트도 체크했다.

하지만 그게 어리석은 짓이라는 건 금세 깨달았다. 집이 이렇게 많은데 이 잡듯이 조사하는 게 가능할 리가 없는 것이다.

도중에 목이 말라 자판기에서 캔 주스를 사서 마셨다. 그러고 보니 배도 고팠다. 오전에 신칸센 안에서 도시락을 먹은 게 마지막이었다.

그야말로 나는 대학생이오, 하는 분위기의 남자가 눈앞을 지나쳐 갔다. 분명 도쿄공대 학생일 터였다. 목구멍 밖으로 선뜻 말이 나오지 않았다. "히로세라는 놈, 혹시 모르십니까?"라는 말. 하지만 다행히 아슬아슬한 참에 마음을 돌려먹었다. 입학식도 하지 않은 신입생을 알 리가 없는 것이다.

작은 공원이 있었다. 안으로 들어가 벤치에 앉았다. 아이들이 뛰어노는 모습을 담배를 피우며 멍하니 바라보았다.

슬슬 해가 저물고 있었다. 꼭두서니빛으로 물드는 서쪽 하늘을 바라보며 한숨을 내쉬었다.

야, 히로세~! 라고 소리치고 싶었다. 숨어 있지 말고 나와라~!

일단 오오카야마 역 쪽으로 돌아가 우연히 눈에 띈 파친코 가게 안을 들여다보았다. 혹시 여기서 만난다면 꽉 끌어안아줘야지, 라는 등의 공상을 했다. 하지만 히로세 비슷하게 생긴 사람도 없었다.

파친코 가게를 나서자 눈앞에 파출소가 있었다.

오옷, 파출소. 그래, 순경에게 물어보면 알지도 모른다.

하지만 히사오의 마지막 바람은 덧없이 깨어졌다. 도쿄의 순경은 "번지수를 몰라?"라고 눈을 치켜뜨더니 엷은 웃음을 내비

치며 "그러면 무슨 수로 알겠어?"라고 찾아줄 생각도 하지 않았던 것이다.

"자네, 어디서 왔지?" 여기서도 역시 출신지에 대한 질문이 튀어나왔다. 나고야입니다, 라고 대답했더니 젊은 경관이 "번지 수를 모르면 나고야에서도 못 찾는 볩이여~"라고, 왜 그런지 엉뚱한 도후쿠 쪽 사투리로 말하면서 동료들과 히사오를 쳐다보며 웃었다. 그 마른 웃음소리가 히사오의 귀에는 유난히 파문을 그리며 퍼져갔다.

뻑뻑해진 다리를 끌고 히사오는 역으로 향했다.

선로 위를 타고 앉은 육교를 건넜다. 아래로 떨구고 있던 시선을 쳐들자 바로 오른편에 번듯한 건물이 우뚝 서 있었다.

하얀 벽이 조용히 석양을 받고 있었다. 그 주위는 유난히 수목이 많았다.

아, 여기가 도쿄공대구나, 하고 생각했다.

좀 더 자세히 보고 싶어서 교문이 있는 곳까지 걸었다.

강당으로 보이는 큼직한 건물을 향해 초록 잔디가 촘촘하게 깔려 있었다.

이 학교 학생도 아닌 자신이 발을 들이밀기에는 너무도 위엄이 넘치는 캠퍼스였다.

히로세 녀석, 이곳에 다니는 건가. '국립1기 학교(국립대학의 수험기간을 1기, 2기로 날짜를 다르게 하여 치른 당시의 입시 제도─역주)'였을 텐데.

콧물을 질질 흘리던 녀석이 어느 틈에 나를 앞질렀구나, 하고 히사오는 잠시 그 자리에 우두커니 서 있었다.

3

어느 새인가, 부풀었던 마음은 잔뜩 쪼그라들어 있었다.

해는 떨어지고 거리는 네온 불빛으로 울긋불긋 색칠되어 있었다.

히사오는 뚜렷한 목적도 없이 시부야 역에서 내렸다. 후카오나 히라노를 찾아가볼까 하는 생각도 했지만, 냉정하게 생각해보니 녀석들이 반드시 하숙집에 있을 거라는 보장도 없고, 그보다 나고야에서 벌써 도쿄에 올라왔는지 어떤지도 의심스러웠다. 게다가 번지수도 알지 못했다. 이곳은 도쿄인 것이다. 만만하게 생각했던 자신이 바보같이 느껴졌다.

역 주위에서는 모두들 바쁘게 오가고 있었다. 다들 등을 꼿꼿이 세우고 앞만 보며 걸었다.

샐러리맨과 깜빡 어깨를 부딪쳐서 "죄송합니다"라고 하며 고개를 숙였다. 남자는 흘끔 쳐다보았을 뿐, 말도 없이 가버렸다.

광고지 나눠주는 사람이 종이쪽을 쑥 내밀어서 반사적으로 받아 들었다. 게임 센터 광고지로 최신 '블록 깨기' 게임기를 50대나 들여놓았다고 적혀 있었다.

"어이, 이봐."

흠칫 놀라 얼굴을 들었다. 화려한 정장을 입은 젊은 남자가 앞길을 가로막듯이 서 있었다.

"지금 시간 있어?"

"아, 아뇨." 히사오가 고개를 저었다.

"간단한 앙케트인데 말이지, 좀 해주라. 영화 무료 관람권 줄 테니까."

"아, 아뇨, 그게……."

"여가 시간의 활용에 대한 의식 조사인데."

"미안합니다. 친구하고 약속이 있어서유."

졸지에 그런 거짓말을 하며 남자 옆을 빠져나왔다. "있어서 유, 가 뭐래유?" 남자가 작게 내뱉는 비웃음이 등판에 들렸다.

봄비는 인파 속으로 얼른 끼어들었다. 무슨 축제라도 하는가 싶을 만큼 길거리는 인파로 북적거렸다. 사람이 걸려 똑바로 걸어갈 수가 없어서 히사오는 어색하게 걸음을 옮겼다. "얘, 걔가 테니스 서클이잖니." "걔는 우리하고는 안 된다구." "차라도 마시구 가자." 마주치는 남녀의 목소리가 유난히 선명하게 귀에 들어왔다. 하구, 라구, 하는 도쿄 말씨. 습기를 머금은 바람이 히사오의 얼굴을 훑고 지나갔다.

네거리를 빠른 걸음으로 건넜다. 급하게 서둘 이유라고는 전혀 없었지만 사람들의 흐름에 떠밀려 그렇게 하지 않을 수가 없었다.

거대한 전광판이 눈에 들어왔다. 문자 뉴스가 위에서 아래로 흐르고 있었다.

'오늘 밤, 고라쿠엔 구장에서 개최한 캔디스 해산 콘서트에 5만

명의 팬 쇼도.'

손목시계를 보니 오후 6시를 넘어서고 있었다. 분명 벌써 시작했을 터였다.

5만 명이라는 군중이 어느 정도나 되는지, 전혀 짐작도 가지 않았다. 그리고 고라쿠엔 구장이 어디에 있는지도 히사오는 알지 못했다.

다시 누군가와 부딪쳤다. 사과를 하며 머리를 숙이자 뒤에서 오던 남자가 앞서서 가버렸다.

지도를 손에 들고 공원 거리로 들어갔다. 수많은 커플이 즐거운 듯 인도를 활보하고 있었다.

여자들은 하나같이 예쁘고 남자들은 자신만만하고 활기찬 것만 같았다. 아무도 히사오에게는 눈길도 주지 않았다.

시부야 공회당까지 들어가 화단의 나지막한 돌담에 앉았다. 담배를 꺼내 불을 붙이고 연기를 토해냈다. 바로 앞의 길을 서프보드를 지붕에 실은 폭스바겐이 지나갔다. 차창 너머로 햇볕에 그을린 젊은 남녀의 웃는 얼굴이 보였다. 이제야 깨달았지만, 요즘 지방에서 한창 유행하는 차 높이 개조 차량 같은 건 한 대도 지나가지 않았다.

배가 꼬르륵 울었다. 아까부터 배고픔을 느꼈지만 이제 슬슬 한계에 달하려 하고 있었다.

자리에서 일어나 방금 걸어온 길을 돌아갔다. 아무튼 우선 뭔가 뱃속에 집어넣자고 생각했다.

그러고 보니 히사오가 도쿄에 갈 날이 가까워질수록 어머니는 끈질길 만큼 "너, 하숙을 하면 저녁밥은 어떻게 한다냐?"라고 물어왔었다. 그때마다 히사오는 "밖에서 사 먹으면 돼"라고 대답했었다.

히사오는 그딴 것에는 전혀 신경도 쓰지 않았었다. 나고야에서도 늘 외식을 했다. 눈에 띄는 카페에 들어가 대충 필라프(쌀을 버터에 볶아 양파, 고기, 새우 등을 넣어 수프스톡으로 끓여 낸 볶음밥 – 역주)라도 먹으면 된다고 생각하고 있었다.

하지만 거리를 돌아다녀보니 그런 카페가 의외로 적었다. 가끔 그런 비슷한 카페가 있기는 했지만 밖에서 안쪽을 슬쩍 넘겨다보니 도저히 밥 종류가 있으리라고는 상상하기 어려운 곳이었다.

첫째로 너무 세련된 곳이라서 선뜻 들어서기가 어려웠다.

창가 자리에는 스타일 좋은 여자들이 다리를 꼬고 앉아 이야기를 나누고 있었다. 그 테이블에 얹혀 있는 건 대개가 음료수뿐이었다.

나고야 카페에서는 새우튀김까지 해주는데…….

아무튼 히사오는 카페를 후보에서 지우기로 했다.

하지만 레스토랑 쪽은 더욱더 들어서기가 거북해서 처음부터 들어갈 생각도 하지 않았다. 애초에 그럴 만한 돈도 없었다.

뒷길 쪽이 식당은 더 많을 것이라는 생각에 히사오는 골목길로 접어들었다.

이곳도 온통 사람들로 북적거렸다. 이제부터 술이라도 마시러 가는 걸까, 샐러리맨이며 학생 그룹이 담소하며 여기저기 몰려 있었다.

돈가스 집 간판이 눈에 들어왔다.

돈가스라……. 나쁘지 않다고 생각했다. 700엔쯤 하려나? 약간 비싸기는 하지만 도쿄에서 처음 먹는 저녁밥이기도 하고 약간의 사치는 괜찮을 것이다.

가게 앞까지 걸어갔다. 손으로 주렴을 젖히고 유리문 너머로 안쪽을 살펴보았다. 아직 이른 시간인데도 카운터는 80퍼센트가 손님으로 채워져 있었다. 가게 안은 일본식으로 꾸며졌고 하얀 무늬목 장식이 아직 새것이었다.

어쩌지? 여기로 할까?

그때 뒤에서 인기척을 느꼈다. 흠칫 돌아보니 양복 차림의 두 남자가 "잠깐 실례"라면서 가볍게 히사오를 밀치고 안으로 들어갔다. 카운터의 빈자리는 그 남자들이 차지해버렸다.

약간 음울한 기분이 되었다. 히사오는 다시 걸음을 옮겼다.

라면집은 상당히 눈에 띄었지만 역시 밥이 먹고 싶었다. 라면이라면 하숙집에서 인스턴트를 끓여 먹어도 된다.

거리에 맛있는 냄새가 떠돌았다. 닭 꼬치구이 냄새도 났다. 점점 더 배가 고파왔다. 게다가 오줌도 마려웠다.

한참 지나서 카레 집을 발견했다. 그곳도 유난히 환하고 청결한 가게였다. 그렇지, 카레라는 수가 있었어. 카레라이스라면 날마다 먹어도 질리지 않는다.

윈도로 흘끔 쳐다보기만 했을 뿐이지만 이내 그만두기로 했다. 손님들은 접시를 들고 줄을 서 있었다. 셀프서비스인 걸까. 카레 종류도 유난히 많아 보였다. 돈은 언제 어디서 내는 걸까. 히사오는 잘 알지 못하는 곳에는 그리 가까이 가고 싶지 않은 기분이었던 것이다.

다시 걸었다. 어지간히 다리가 피곤해왔다.

아예 하숙집으로 돌아갈까 하고 생각했다. 하숙집 근처라면 서민적인 식당이 있을 것 같았다.

한숨이 터졌다. 밥 한번 먹는 데 왜 이런 고생을 하지 않으면 안 되는가.

상당히 우울해져 있으려니 조금 앞에 맥도날드가 있었다.

햄버거란 말이지. 밥은 아니지만 고기도 들어 있고, 오늘은 이 정도로 해둘까.

그래, 여기서 먹는 게 좋겠다. 마음속으로 말해보았다. 하숙집 근처에 돌아가 밥을 사 먹어도 시간은 겨우 8시밖에 되지 않는다. 텔레비전도 라디오도 없는 하숙방에서 잠들 때까지 멍하니 앉아 있을 수는 없을 것 같았다.

다시 길 쪽에서 안을 들여다보았다.

젊은 손님들로 가게 안은 들썩거리고 있었다.

히사오는 안으로 들어섰다. 둘러보니 빈자리는 있는 것 같았다.

메뉴를 올려다보았다. 어디 보자, 햄버거 두 개하고 감자튀김 하고……

그때 여고생으로 보이는 아이들이 우르르 몰려 들어왔다. 당장 높직하게 수다를 떠는 소리에 감싸였다.

달콤한 땀 냄새가 났다. 동아리 활동을 마치고 돌아오는 길인지 가방 밖으로 테니스 라켓이 보였다. 여학생들은 계산대에 줄을 서기 전에 먼저 우르르 흩어져 가방부터 내려놓아 자리를 확보했다.

히사오는 어안이 벙벙했다. 게다가 그녀들의 교복에도 놀랐다. 회색 타이트스커트를 입고 있었다. 도쿄에는 이런 교복을 입는 고등학교가 있는 걸까. 그리 불량하게 보이지는 않는데 목걸이까지 한 여학생도 있었다.

"어서 오세요."

흠칫 앞을 향했다. 둥근 얼굴의 여점원이 웃음을 머금고 서 있었다.

여고생들이 히사오 바로 뒤에 모여들었다.

이번에는 희미한 향수 냄새까지 났다. 그녀들 모두가 자신보다 훨씬 더 어른스럽게 보였다.

"여기서 드실래요? 아니면 가져가실 거예요?"

"아, 예, 가져갈 겁니다."

말을 하면서 '어휴, 이 바보'라고 생각했다. 가져가기는 대체 어디로 가져간다는 건가.

"그럼, 주문해주세요."

'어이, 아니라고 말해. 지금이라면 괜찮단 말이야.' 또 하나의 자신이 초조해하고 있었다.

"……응, 햄버거 두 개하고 포테이토 M 사이즈 하나요."

점원은 주문을 복창하더니 씩씩하게 계산기를 두드렸고, 히사오는 알려주는 대로 돈을 지불했다.

"이 번호표 가지고 잠시만 기다려주세요."

히사오는 하라는 대로 표를 받아 들고 입구 가까운 곳으로 이동했다.

윈도에 자신의 모습이 비쳤다. 얼른 눈을 돌려버렸다.

그곳에 별로 빛이 안 나는 열여덟 살의 젊은이가 있었기 때문이다.

맥도날드 종이봉투를 손에 들고 히사오는 시부야 역으로 걸음을 서둘렀다. 어서 돌아가고 싶은 게 아니라 소변이 마려웠기 때문이다.

맥도날드에도 화장실은 있을 터였지만, 별로 그곳에 오래 머물고 싶지 않았다. 게다가 자신에게는 소독약 냄새 풍기는 역 변소가 더 어울린다고 생각했다.

도중에 전자 대리점 앞을 지나는데 통행인 몇몇이 발을 멈추고 디스플레이용 텔레비전 화면을 보고 있었다. 캔디스가 노래를 하고 있었다. 오늘 밤에 하는 해산 콘서트 중계방송인 모양이었다. 곧바로 화면이 바뀌어서 7시 NHK 뉴스라는 것을 알았다.

벌써 7시인가. 배가 고파서 죽을 지경이었다.

역 변소에 뛰어들었다. 잠시 망설이다가 종이봉투를 입에 물었다. 소변은 소방차의 물줄기처럼 힘차게 쏟아져 나왔다.

역 구내를 걷는 히사오의 어깨는 완전히 처져 있었다. 차표 판매소 앞에 섰다.

이케부쿠로까지 얼마일까. 승차 요금이 적힌 노선도를 올려다보았다.

뭔가 얼른 눈에 들어오지 않았다.

식어버린 햄버거를 하숙집에서 먹어야 하나. 그렇게 생각하니 자신이 한심해졌다.

종이봉투 밑을 만져보았다. 아직 충분히 따스했다. 히사오는 발길을 돌려 다시 바깥으로 나왔다.

휘적휘적 걸었다. 사람들이 유난히 몰린 곳이 있고, 그곳에 개의 동상이 있었다.

아, 이게 그 유명한 충견 하치 공인가, 하고 생각했지만 별로 반갑지도 않고 아무 느낌도 없었다.

나무 옆 블록에 모두들 앉아 있었다. 히사오도 똑같이 자리를 찾아 엉덩이를 걸쳤다.

여기서 먹을까, 햄버거. 종이봉투를 막 열려고 했다.

하지만 관뒀다. 폼생폼사인 자신이 이런 일을 할 수 있을 리 없다.

바로 옆에 젊은 여자가 와서 앉았다. 스물두세 살쯤 되었을까. 주위를 둘러보는 척하며 흘끔 시선을 던져보니 상당한 미인이었다.

히사오는 의식을 그쪽 방향으로 집중했다. 단지, 말을 붙여본다든가 하는 생각은 손톱 끝만큼도 없었다. 또다시, 어디서 왔느냐는 소리나 들을 것 같고.

혹시 여자 쪽에서 먼저 말을 붙여주지 않을까. 그런 말도 안 되는 생각을 했다.

난 젊은 사람이 좋아, 라고. 누나가 예뻐해줄게, 라고. 에휴, 그런 일이 있을 리가 있냐고요.

하지만 확인차 폼을 재고 담배를 피웠다. 니힐한 얼굴도 일단 만들어두었다.

"기다렸어?" 남자 목소리가 정면에서 쏟아졌다.

"아니, 지금 막 왔어~." 옆의 여자가 일어서며 예쁜 척을 하고 있었다.

두 사람은 팔짱을 끼더니 잡답 속으로 사라져갔다.

그야 그렇겠지. 여기 있는 사람은 다들 누군가를 기다리고 있는 거야. 아무도 기다리지 않는 건 나뿐이고.

이런 장면, 고등학교 때 무슨 영화에선가 봤는데, 라고 히사오는 생각했다. 그래, 〈미드나이트 카우보이〉. 자의식 과잉의 시골 젊은이가 뉴욕에 나와 지골로(프랑스어로 여자의 댄스 상대 따위를 해주며 기대어 사는 연하의 남자 – 역주)가 되려고 하지만 냉혹한 현실을 톡톡히 깨닫고 고독하게 거리를 방황하는 장면이다.

담배를 떨구고 발로 밟아 껐다. 손바닥으로 얼굴을 쓱쓱 비볐다.

누군가 이야기할 상대가 있었으면 싶었다. 그 영화에 나오는 부랑자 랏조라도 좋다.

이게 대체 무슨 꼴인가. 상경한 지 이제 겨우 반나절인데.

히사오는 호주머니에서 동전을 꺼내 들고 공중전화를 찾아보았다.

누군가 친구에게 전화를 해보자. 아는 사람의 목소리를 들으면 조금쯤은 기운이 날지도 모른다.

전화는 역 구내에 있었다. 얼마나 들까? 에휴, 괜찮아, 백 엔짜리 동전은 잔뜩 있단 말이야.

고등학교 시절의 친구에게 걸었다. 함께 마작을 어지간히도 많이 했던 사이였다.

질릴 만큼 익숙한 목소리를 듣게 될 텐데도 다이얼을 돌리면서 심장이 두근두근 뛰었다.

그런데 전화를 받은 녀석의 어머니는 "마 군, 없는데?"라고 시원하게 말했다. "이시이 군이랑 다들 교토에 놀러 갔다야. 모레나 되어야 돌아올 텐데?"

한순간에 기분이 뚝 떨어졌다.

"다무라 군은 도쿄에 간다면서?"

"아, 네." 왠지 이미 와 있다는 말은 하지 못했다.

"너 없으면 우리 애가 섭섭해할 텐데."

"아, 예에."

"여름방학하면 우리 마 군하고 또 함께 놀아줘라, 응?"

"아, 네."

수화기를 내려놓고 한숨을 내쉬었다.

여행을 갔다고? 그 녀석, 나한테는 말도 안 하고.

그것도 항상 놀던 친구들끼리 몰려갔다는 얘기가 되고 보니, 다음에 걸려고 생각했던 친구도 집에 없다는 뜻이었다.

그만 하숙집으로 기어들어가라는 얘긴가. 하지만 전화 박스 옆을 떠나기가 힘들었다. 비록 친구의 어머니라도 아는 사람의 목소리를 들었더니 조금은 마음이 환해졌던 것이다.

예술대에 합격한 히라노의 집에 걸어볼까 하고 생각했다. 친구라고 할 정도도 아니지만, 녀석의 집 전화번호라면 알고 있었다. 국사 시간에 배운 '이이쿠니(1192) 쓰쿠로우 가마쿠라 마쿠후(좋은 나라 만들자, 가마쿠라 막부(鎌倉幕府) — 역주)'였으니 반 아이들 모두가 단번에 외웠던 것이다. 그 번호로 전화해서 하숙집 번지수를 물어보자. 역시 누군가의 얼굴을 꼭 보고 싶었다.

히사오는 다시 수화기를 들었다.

그리고 히라노의 어머니에게 물어보니 "불초자식놈은 어제 상경해서 분쿄 구의 니시카타라는 곳에 하숙을 하고 있다"는 것이었다. 물론 번지수도 알려주었다. 도에이 미타선의 하쿠산 역에서 내린다고 했다.

잔뜩 흐려져 있던 마음이 당장 환하게 밝아졌다. 오늘 히사오의 감정은 영락없이 제트코스터였다.

차표 판매소를 향해 뛰었다. 물론 맥도날드 종이봉투를 들고서.

야마노테선으로 요요기까지 가고 거기서 소부선으로 갈아탔다. 노선도에 의하면 스이도바시라는 역에서 다시 지하철로 갈아타면 되었다.

전차 안은 다양한 타입의 인간으로 넘쳐나고 있었다. 다들 이제부터 집에 돌아간다기보다 어딘가에 외출하려는 것처럼 보였다. 밤은 이제 막 시작되었을 뿐이라는 활기가 느껴졌다.

역시 도쿄는 도쿄라고 생각했다. 나고야라면 저녁 먹을 시간쯤이면 벌써 거리에 사람이 안 보인다.

천장에 머리가 닿을락말락하는 흑인이 문 근처에서 팔걸이에 기대고 서 있었다. 도쿄는 외국인도 잔뜩 있는 것이다.

눈이 마주치자 그쪽에서 얼굴을 홱 돌렸다.

아차, 흘끔흘끔 쳐다보면 안 되는 거구나.

이게 만일 나고야라면 당신은 손가락질까지 당했을 거야, 라고 생각했다.

차창 밖에서는 성을 둘러싼 연못물에 네온 불빛이 비쳐 아름답게 빛나고 있었다.

요쓰야 역에서는 수많은 사람들이 타고 내렸다. 요쓰야라면 들어본 적이 있었다. 요쓰야 괴담(억울하게 죽은 여인의 원한에 얽

힌 전설 – 역주)의 땅이다.

귀에 익은 지명 하나만으로도 왠지 들썽들썽 신이 났다.

이치가야 역에는 플랫폼 바로 아래에 유료 낚시터가 있었다. 도쿄 한복판에 유료 낚시터라니? 이걸 역시나, 라고 해야 할지 아니면 아직 한참 멀었다고 해야 할지, 히사오는 얼른 판단이 서지 않았다.

그리고 차 안에 "다음은 스이도바시"라는 안내 방송이 흘렀다.

의외로 빨리 왔는데? 8시 전에는 충분히 히라노의 하숙집에 도착할 수 있을 것 같았다.

그때 차 안의 승객이 창밖으로 시선을 던졌다. 일제히 그랬다기보다 한두 사람이 내다보자 하나둘 그 뒤를 따라 고개를 돌린 것이다.

진행 방향의 왼편이었다. 뭐가 있지? 흑인까지 기다란 몸을 구부리며 바깥을 살피고 있었다.

모두의 시선 끝에는 하얗게 빛나는 하늘이 있었다. 뭔가의 광선이 밤의 어둠을 그 한곳만 멀리 물러나게 해놓고 있었다.

몇 사람인가의 승객이 탄성을 올렸다. 여럿이 함께 탄 승객들 사이에서는 "아, 캔디스……"라고 수군거리는 소리가 들렸다.

한순간에 히사오의 가슴이 뛰놀았다.

빌딩 틈새로 칵테일 광선이 보였다. 어처구니없을 만큼 큼직한 조명등이었다. 거대한 절구통 같은 건물이 바로 눈앞에 나타났다.

저게 고라쿠엔 구장인가. 이런 곳에 있었구나.

오늘 밤, 캔디스의 세 가수는 여기서 마지막 콘서트를 열고 있는 것이다.

차창으로는 한 단 높은 스탠드가 사람으로 가득 채워져 있는 것도 보였다. 그것은 압도적인 광경이었다.

우와. 히사오는 마음속으로 탄성을 질렀다.

전차가 스이도바시 플랫폼으로 빨려 들어갔다. 문이 열리자 홈 일대는 와글와글, 이름 붙이기 어려운 소리의 물결에 온통 휩싸여 있었다.

엇, 노랫소리도 들리잖아? 이 목소리는 란이다.

히사오는 전차에서 내리자 빠른 걸음으로 개찰구로 향했다. 역 밖으로 나서자 소리는 한층 더 그 볼륨을 올렸다. 노랫소리는 또렷하게 들려왔다.

더 이상 조용히 걸어갈 수가 없어서 히사오는 잰걸음으로 뛰다시피 육교를 건넜다. 구장 스탠드가 쭉쭉 다가들었다.

계단을 내려서자 그곳에는 젊은이들이 가득 몰려 있었다. 아마도 안에 들어가지 못한 팬들일 터였다. 모두 똑같은 머리띠를 두른 사람들도 있었다.

이런 자리에 어울리지 않는 커플이며 샐러리맨들도 있었다. 지나가던 구경꾼들이리라.

모두가 흥분된 표정으로 안에서 새어 나오는 소리에 귀를 바짝 세우고 있었다.

히사오도 그 군중 속에 함께 섞여들어 담배에 불을 붙였다.

우연이기는 하지만 이쪽으로 오기를 잘했다고 생각했다. 뭔가 역사의 목격자가 된 듯한 기분이었다.

캔디스 세 가수의 노랫소리는 스탠드의 환성에 지워질 듯 지워질 듯하면서도 또렷이 귀에 와 닿았다.

바람이 불어 따스함을 실어 나르네요

어딘가의 아이가 이웃집 아이를 데리러 왔어요

이제 곧 봄이에요

그이를 불러내지 않을래요?

〈첫 봄〉이라는 곡이었다. 봄은 진즉에 왔는데? 라고 마음속으로 중얼거렸다.

뒤를 이어 〈연하의 남자〉가 연주되었다. 전혀 팬이 아닌데도 히사오는 캔디스가 부른 대부분의 히트곡을 알고 있었다.

란, 스, 미키, 세 가수가 조금쯤 사랑스러워졌다. 반 친구들 앞에서는 '부후우(〈아기 돼지 삼형제〉의 연극 속에 나오는 첫째, 둘째, 셋째의 이름으로, 동화적이고 유치한 티가 나는 것이라는 비유 — 역주)' 라며 우습게보기는 했었지만.

그나저나 굉장한 환성이네. 이런 건 들어본 적이 없었다.

그렇지, 어서 가서 히라노를 불러오자. 오늘의 가장 큰 소란통 속에서 히사오는 그렇게 생각했다.

하쿠산은 여기서 두 번째 역이다. 다녀와도 시간이 그리 오래 걸리지는 않을 것이다.

혼자보다는 둘이 좋다지 않은가. 그러는 게 훨씬 더 신나고 재미있다.

만일 집에 없다면 그때는 포기하고 하숙집으로 돌아가면 된다. 이곳에 온 것만으로도 오늘은 큰 수확을 거둔 셈이니.

히사오는 서둘러 그 자리를 빠져나왔다. 지하철 입구를 찾아 뛰어갔다.

다행히 곧바로 차가 들어와서 히사오는 도쿄의 지하철을 처음으로 타보는 경험을 했다.

뭐야, 나고야와 다를 것도 없잖아, 라고 다시 얕잡아 생각했다.

하쿠산 역에서 내리자 목적한 번지수는 금세 알아냈다. 헤매기 전에 미리 파출소 순경에게 물었던 것이다. 번지수를 말했더니 나이 지긋한 경관은 지도를 펼쳐 들고 친절하게 알려주었다.

"자네, 어디서 왔나?" 또다시 그 질문을 받고 말았다.

"나고야입니다."

"음, 그래?"

왠지 경관은 눈을 가느스름하게 뜨고서 음, 음, 이라고 고개를 끄덕였다.

히라노의 하숙집은 한적한 주택가에 있었다. 오래된 목조 이층 건물로 집주인의 문패가 걸려 있었다. 여기저기 창에 불이 켜졌고 인기척이 가득했다. 게다가 동년배 친구들의 기척이었다.

벨이 없어서 현관문을 열고 "실례합니다~"라고 말했다.

맨 앞의 장지문이 열리고 학생인 듯한 남자가 얼굴을 내밀었다.

"네, 뭐죠?"

"저어, 히라노 군이라고 여기 있어요? 어제 이사 왔는데."

"아, 예술대 다니는 애 말이구나? 이층 안쪽 방. 마음대로 들어가도 돼."

신발을 벗고 올라갔다. 이 하숙집은 단독주택을 여럿이 함께 쓰는 모양이었다. 계단을 올라가면서 은근히 긴장했다. 들어가도 좋다는 건……, 그러면 히라노가 안에 있다는 건가?

복도 안쪽에 목제 미닫이문이 있었다. 침을 꿀꺽 삼켰다. 노크를 했더니 대답이 돌아왔고 히사오는 문을 스르르 밀었다.

"어이."

"엇, 다무라! 뭐야, 너 어떻게, 어떻게 여기를 알았어?"

히라노가 방바닥에 앉아 눈을 휘둥그렇게 뜨고 있었다.

오늘부터 이 녀석을 친한 친구에 넣어주자고 히사오는 생각했다.

4

추리닝 차림의 히라노는 놀라서 머리가 제대로 돌아가지 않는 모양이었다. "어떻게 된 거야, 어떻게 된 거야"를 연발할 뿐,

어서 오라는 말도 없었다. 홍, 예의를 모르는 녀석이다.

"야, 나 좀 들어간다."

그렇게 말했더니 그제야 정신을 차린 듯 방구석으로 물러나 히사오가 앉을 자리를 만들어주었다.

"너희 어머니한테 물어봤지, 임마."

히사오가 으르대듯이 말했다. 마치 빚쟁이를 찾아낸 빚 독촉꾼 같았다. 하지만 뺨의 근육이 자꾸만 헤실헤실 풀어지는 건 어쩔 수가 없었다.

"어제 왔다면서?"

"웅, 그래." 히라노도 얼굴에 웃음이 퍼졌다. "다무라, 너는?"

"나는 오늘 왔어. 네가 굉장히 외로워할 거 같아서 당장 달려왔다."

뭔가 말대꾸를 해올 줄 알았는데 히라노는 고분고분 웃고 있을 뿐이었다.

"어라, 네 방에는 텔레비전도 있냐?"

히라노의 방에는 소형 텔레비전이 있었다. 그것도 컬러였다. 받침대도 없이 방바닥에 그대로 놓아두었다.

"웅, 할매 방에 있던 걸 가져왔어."

"너희 할매가 내주셨어?"

"아니, 돌아가셨어."

"언제?"

"지난달에."

"진짜?"

"응. 하지만 벌써 나이도 많으시고, 장례식도 잔치 분위기였어. 딱 좋을 때 돌아가셨지, 뭐."

"너, 그러다 천벌받는다?"

텔레비전에서는 고마쓰 마사오(일본의 코미디언 – 역주)가 '시라케 도리온도' 춤을 추고 있었다. 당분간 텔레비전을 보고 싶을 때는 이 녀석 하숙집으로 뛰어오자고 생각했다.

"다무라, 뭐야, 그 봉투는?"

히라노가 히사오가 들고 온 종이봉투를 가리키며 물어왔다.

"아, 이거? 맥도날드야."

"야, 고맙다야."

"바보. 이건 내 저녁밥이야."

고함을 쳐주면서 갑자기 배가 고프다는 게 생각났다. 눈앞까지 어질어질했다. 벌써 수십 시간 동안 밥을 못 먹은 듯한 느낌이었다.

히사오는 종이봉투에서 포장을 꺼내 첫 번째 햄버거를 덥석덥석 베어 먹었다. 완전히 식어버렸지만 먹을 것이 목구멍을 넘어가는 기쁨이 맛없음을 훨씬 웃돌았다.

히라노는 감자튀김을 집어 먹고 있었다.

"야, 다 식어빠졌잖아?"

"흥, 싫으면 먹지 마."

"이거 어디서 샀어?"

"시부야."

"시부야?"

히라노는 이유를 알고 싶어했지만 귀찮아서 대답해주지 않았다.

"시부야라는 데는 어떤 곳이냐?"라는 히라노.

"뭐, 별로 대단할 것도 없어. 나고야 번화가하고 똑같아."

두 개째 햄버거도 단숨에 먹어치웠다. 당연히 목이 말랐다.

"야, 주스 없냐?"

"없어."

"그러면 이 몸은 차라도 좋으니라." 다리를 쭉 뻗으며 말했다.

"그것도 없어."

"차도 없단 말이야? 못 말리겠네. 야, 그럼 물이라도 줘."

"……다무라, 아직 도쿄 물 안 마셔봤어?"

"응."

"정말 맛없어."

"진짜?"

"응, 한번 마셔봐."

히라노는 방을 나와 계단을 내려갔다. 컵에 물을 받아서 다시 돌아왔다.

"으윽, 퉤엣!" 입을 대보니 정말 지독한 맛이었다.

"이런 바보, 방바닥에 뱉으면 어떻게 해!"

"뭐야, 이거~." 마쓰다 유사쿠(액션 배우로 출발한 일본 영화계의 주요 인물— 역주) 흉내를 내어 잔뜩 힘주어 말했다.

"그렇지? 이게 도쿄 생활의 가장 큰 오산이었어. 목이 마를 때마다 주스를 사 먹어야 한다니까?"

확실히 이건 히사오에게도 큰 타격이었다. 배가 고프면 대충 수돗물을 받아 먹고 때우자고 생각했던 것이다.

히라노는 도쿄의 된장국에 대해서도 불평이 많았다. 색이 옅은 맹탕인 데다 바닥에 진흙 같은 게 가라앉아 있다고 했다.

어쨌든 햄버거를 먹고 한숨 돌린 참에 담배에 불을 붙였다. 그리고 3평짜리 하숙방 천장에 피어오르는 담배연기를 바라보며 히사오는 중요한 일을 생각해냈다.

"야, 히라노." 몸을 앞으로 내밀었다. "캔디스가 지금 고라쿠엔 구장에서 콘서트를 하고 있더라."

"응, 나도 알아. 창문 열면 소리가 들려."

히라노가 몸을 틀어 창문을 열었다. 바람을 타고 희미한 노랫소리가 방으로 들어왔다.

"여기 오는 길에 고라쿠엔 구장 옆에 갔었는데 다들 바깥에서 듣고 있더라고."

"너도 들어봤어?"

"응, 마침 〈첫 봄〉하고 〈연하의 남자〉를 하더라."

"정말? 좋았겠다."

"갈까?"

"지금?"

"응. 아직 8시 15분이잖냐. 콘서트는 대개 9시까지 하거든."

"거, 좋네. 갈까?"

히라노가 먼저 일어섰다. 서둘러 추리닝을 벗기 시작한다. 그 모습을 올려다보며 히사오는 마음이 흐뭇했다. 뭐야, 이 녀석도 몹시 심심했었구나.

"옷까지 갈아입을 거 뭐 있냐? 너는 추리닝이 가장 잘 어울리는데."

"바보. 자기는 엄청 폼나게 입었으면서."

기껏해야 밤에 잠깐 산책하는 정도라는데도 히라노는 블레이저로 갈아입었다. 베이지 색 면바지에 하얀 BD셔츠를 받쳐 입었다. 발은 맨발에 갈색 로퍼였다.

생각해보니 학생 교복 이외의 히라노를 보는 건 처음이었다. 교칙으로 정해진 복장을 그대로 착실하게 지키는 범생이 녀석이었는데, 오늘밤의 터프한 차림새는 상당한 수준이었다. 빠른 걸음으로 역까지 나가면서 이 녀석과 나란히 걷는 것도 나쁘지 않구나, 하고 생각했다.

지하철을 타고 눈 깜짝할 사이에 스이도바시에 도착했다.

지상으로 나오자 다시금 끊일 새 없는 환성이 스탠드를 타 넘고 허공에서 쏟아졌다. 리듬 악기의 저음도 땅울림처럼 쿵쿵 울렸다.

"어때, 굉장하지?" 히사오는 자신이 큰 수훈이라도 세운 것처럼 말했다.

"진짜 굉장하다. 몇 명이나 들어갔대?" 히라노는 눈을 반짝이
고 있었다.

"5만 명이라던데?"

"미친 놈들이 5만 명이나 모였어?"

"응, 그래." 대답을 하면서 점점 더 유쾌해졌다.

구장 부지 안으로 들어가 한참 동안 밖에 몰려 있는 열혈 팬들
도 구경하고 안에서 새어나오는 노랫소리에도 귀를 기울였다.

4월 초의 밤 시간인데도 전혀 쌀쌀하지 않았다. 그러기는커녕
옆구리에 슬쩍 땀까지 났다. 이 근처만 특별한 열기에 감싸인 듯
한 느낌이었다.

"우~우~우~."

옆에서 히라노가 낮게 웅웅거리고 있었다.

"다정하안~ 악마아~."

뭐야, 이 녀석, 노래하는 거야?

구장 뒤쪽까지 걸어가자 그곳에는 매점이 있었다.

둘 다 목이 마르던 참이어서 마실 것을 사기로 했다.

"야, 생맥주도 있는데?"

히라노가 발견했다. 이런 자리에서 주스 따위를 마시다니, 그
건 18세의 체면이 걸린 문제다. 두 말할 것도 없이 생맥주를 주
문했다.

"흠, 맛있네."

히사오가 손으로 입을 닦았다. 딱히 거짓말도 아니었다. 병맥주보다 훨씬 쓴맛이 적어서 예상했던 것보다 목 넘김이 부드러웠던 것이다. 히라노도 "맛있네, 맛있네"를 연발하고 있었다.

사람들 앞에서 당당히 맥주를 마시는 건 이게 처음이었다. 아마 히라노도 마찬가지일 터였다.

"다무라." 히라노가 입가에 거품을 묻힌 채 말했다. "너, 내년에는 어디 칠 거야?"

"응? 아직 안 정했어."

"와세다 대학? 게이오 대학?"

"바보. 그런 실력이 있으면 벌써 적당한 대학에 기어들어갔지."

"죽을 각오로 공부하면 들어갈 수 있어."

"야야, 선생 같은 소리 하지 마라."

"1학년 때는 나보다 성적이 좋았잖아."

"자고로 사내란 사흘을 못 만나면 눈을 크게 뜨고 다시 봐야 한다는 말이 있잖나."

"야, 뭘 눈을 크게 떠?" 히라노가 낄낄 웃었다. "너는 노상 마작만 했지."

"너는?" 이번에는 히사오가 물었다. "왜 예술대에 들어갔어? 미술부도 아니면서."

히라노는 농구부였다. 그래서 예술대에 응시한다는 말이 나왔을 때는 다들 귀를 의심했다.

"그림이 좋았거든."

"그런 말은 한 번도 들은 적이 없는데?"

"뭣이든 감춰두면 꽃이 된다고 하잖아."

"너, 바보냐?" 히사오는 맥주를 푸웃 뿜어버렸다.

생맥주는 정말 마시기가 쉬워서 나란히 다시 두 잔째를 주문했다. 점점 더 어른이 된 듯한 기분이 들었다.

"그래서, 예술대 졸업하면 미술 선생이 되냐?"라는 히사오.

"아냐, 공무원 같은 건 되고 싶지 않다야."

"그럼 뭐야?"

"화가."

"진짜?" 놀랐다.

"웅"이라고 고개를 끄덕이는 히라노는 진지한 얼굴이었다.

"부모님이 반대 안 하셨어?"

"반대했지. 엄청나게 반대했어. 자칫 밥도 못 먹고 사는 화가 같은 직업은 절대로 안 된다, 종가의 장남이 무슨 소리를 하는 거냐고 난리였어. 작은아버지한테까지 설교를 들었다니까."

"흐음."

"설득하는 데 꼬박 일 년이 걸렸어."

히라노가 콧숨을 씩씩거리며 말했다. 이때만은 늘 보던 까불이 같은 눈빛이 아니었다.

"고노 선생도 그러더라고, 예술의 길은 불안하다나?" 히라노는 고등학교 시절의 젊은 미술 선생의 이름을 댔다. "나 자신이 갈고 닦으면 빛을 낼 만한 구슬인지 아닌지, 몇 년이 지나도 알 수가 없는 거래."

예술이라는 단어를 들으며 히사오는 뭔가 몹시 부러웠다. 히라노에게는 명확한 목표가 있었다. 게다가 거기에 정면으로 맞서서 열심히 노력하겠다는 결심을 한 것이다. 그리고 도쿄공대에 진학한 히로세도 그럴 것이다. 전국에서 모인 이공계 수재들에 함께 섞여 자신을 연마하려고 하는 것이다.

"다무라는 뭐가 되고 싶은데?"

"나?" 잠깐 생각했다. "나는 말이지, 음악평론가가 되고 싶어."

처음으로 남에게 말을 해보았다. 하지만 그다지 창피하지 않았다.

"너, 록 음악 좋아했지?"

"응."

"영화도 잘 알고, 역시 너는 그런 문화적인 쪽이 잘 맞을 거 같아."

"응."

"열심히 해."

"응, 히라노 너도."

두 잔째의 맥주를 비웠다. 여전히 구장에서는 음악과 환성이 울리고 있었다.

"어이, 형씨들, 나고야에서 왔고만?"

갑작스럽게 큼직한 목소리가 등 뒤에서 날아왔다. 돌아보니 불그레한 얼굴의 아저씨가 서 있었다.

"야아, 반갑네, 나고야 사투리. 아저씨도 나고야 출신인데 말이지, 아까부터 여기서 술 한잔하고 있었는데 너무나 반가운 사투리가 들려오는 바람에 내가 계속 듣고 있었고만?"

남자의 한 손에는 원 컵 청주가 쥐어져 있었다. 주정뱅이인 모양이었다.

히라노와 얼굴을 마주 보며 웃었다.

"나고야 어디지?"

"아, 모리야마 구예요. 변두리 쪽인데."

"그렇구먼. 아저씨는 나카가와 구. 굴뚝이 몇 개나 서 있는 데서 자랐어."

별로 무서워 보이지 않았다. 발치도 휘청휘청하고, 혹시 시비를 붙더라도 히라노와 둘이라면 낙승할 수 있을 듯했다.

"대학생인가?"

"아, 예"라는 히라노.

"나는 재수생인데요?"라는 히사오.

"그래, 그렇구나. 그래서 도쿄로 올라왔구나."

"예, 뭐, 그런 셈이죠."

"그렇다면 아저씨는 자네들에게 한마디 해주고 싶은 말이 있어."

"예에……."

"프로 야구, 자이언츠 쪽으로 바꾸면 절대로 안 된다?"

웃었다. 아저씨는 나고야 사람은 평생 주니치 드래곤스를 옹

원하지 않으면 안 된다고, 술 냄새를 풍풍 풍기며 떠들어댔다.

"올해는 주니치가 꼭 이길 거얏!"

"아, 그렇습니까?"

"세이료 고등학교에서 고마쓰라는 굉장한 투수가 새로 들어왔거든. 이놈이 아주 잘해. 틀림없이 거물이 될 게야."

이름은 알지 못하지만 우리랑 똑같은 나이구나, 하고 생각했다. '그럼 우리도 응원할게요'라고 마음속으로 말했다. 열여덟 살 대표로 그 선수가 정말 열심히 잘해주기를 바라는 마음이었다.

"도쿄는 좋은 곳이야, 꺼억." 아저씨가 딸꾹질을 했다. "뭔가 되어보겠다고 벅찬 꿈을 품은 사람들이 모여드는 곳이지." 아저씨는 컵의 술을 뚝뚝 흘리더니 그 젖은 손을 쓱쓱 핥아 먹었다.

어이쿠, 저런, 하는 얼굴로 히사오와 히라노는 목을 움츠렸다.

"화가가 어느 쪽이었지?" 둘을 나란히 견줘본다.

"접니다." 히라노가 손을 들었다.

"음, 열심히 해!"

"아, 예."

"무슨 평론가라는 건 어느 쪽이야?"

"접니다." 어쩔 수 없이 히사오도 손을 들었다.

"넌 안 돼!"

"엇, 왜 안 돼요?" 쓴웃음을 섞어 항의했다.

"젊은 놈이 평론가 같은 거 되어서 뭐해? 저기 객석에 앉아서 남이 하는 일에 이러쿵저러쿵 토를 다는 건 노인네들이나 하는 짓이야. 젊은 사람은 무대에 올라가야지! 못해도 상관없어, 서툴러도 상관없다고. 내 머리와 내 몸을 움직여서 열심히 뭔가를 연기하지 않으면 안 돼!"

"이 아저씨, 진짜 못 말리겠다." 히라노가 웃음을 씹어 삼키고 있었다.

"젊다는 건 특권이야. 자네들은 얼마든지 실패해도 괜찮다는 특권을 가졌어. 근데 평론가라는 건 본인은 실패를 안 하는 일이잖아? 그러니 안 된다는 게야."

"아, 예예." 둘이서 어깨를 들썩이며 웃었다.

"실패가 없는 일에는 성공도 없어. 성공과 실패가 있다는 건 참으로 멋진 일이야. 그거야말로 살아 있다는 실감이란 말씀이야!"

"아저씨는 뭘 하세요?" 히사오가 물었다.

"나 말이냐? 딸꾹." 다시 딸꾹질을 했다. "아저씨는 말이지, 소설을 쓰고 있어."

설마, 정말일까 싶었다. 히라노도 쓴웃음을 짓고 있었다.

"나중에 책을 낼 테니까, 응, 그때는 내가 꼭 알려줄 테니까, 응, 그리 알아."

뭐야, 역시 허풍이잖아?

"여기에 오면 아저씨는 대개 있을 거야. 언제라도 만나러 와."

"아저씨, 여기서 뭘 하시는데요?"

"여기는 말이지, 야구장만 있는 게 아냐. 경륜장과 경마의 장외 마권 판매소도 있어."

그렇군, 그래서 여기구나.

"고라쿠엔, 만세~!"

아저씨는 마침내 양손을 처들고 만세까지 불러댔다.

주위에서 무슨 일인가 하고 이쪽을 흘끔거리자 히라노가 난처한 얼굴로 눈짓을 해왔다.

"아저씨, 그럼 또." 둘이서 자리를 털고 일어섰다.

"어이!" 아저씨가 외치고 있었다. "열심히 해!"

히사오와 히라노는 걸음을 옮기며 손을 흔들어 답했다.

"열심히 해서 무슨무슨 평론가라는 거, 꼭 돼야 해~!"

둘이서 소리 내어 웃었다.

손목시계를 보니 슬슬 9시가 되어가고 있었다. 기나긴 하루였다고 히사오는 생각했다. 오늘 아침에는 아직 나고야 집에 있었던 것이다. 그것을 생각하면 자꾸만 신기한 기분이 들었다.

"야, 다무라." 역으로 향하면서 히라노가 말했다. "오늘밤, 내 하숙방에서 자고 갈래?"

"거, 좋지."

상경하자마자 외박이라니, 스스로도 어이가 없었지만 돌아가봤자 딱히 할 일이 있는 것도 아니어서 히라노 하숙집에서 하룻밤 신세를 지기로 했다.

그보다 누구에게 허락받을 것도 없이 자유롭게 외박할 수 있다는 것을 깨닫고 마음이 통통 튀었다. 오늘, 정말로 나의 독립이 시작된 것이다.

　이제 슬슬 캔디스의 콘서트도 끝날 시간이 다가오는 모양이었다. 구장 안에서는 한바탕 커다란 환성이 일더니 마지막 싱글 앨범이 된 〈미소로 보답〉이라는 노래를 부르고 있었다.

　"야, 캔디스는 해산한 뒤에 어떻게 한대?"라는 히라노.

　"나한테 물어봤자 내가 그걸 어찌 알겠냐?"

　"보통 여자애로 돌아가고 싶다니, 어떤 게 보통이냐?"

　"나한테 물어봤자 그걸 어찌 알겠냐고."

　캔디스, 세 여가수의 노랫소리가 등 뒤로 들려왔다.

이사 축하에 대한 보답은

미소로 보내드릴게요

착한 악마와 오래도록 살아온 방

그러면 열쇠는 거꾸로야

너무 우스워서 눈물이 나려고 해

하나 둘 셋, 세 번째 걸음부터는

하나 둘 셋, 저마다의 길

우리 걸어가겠죠

걸어가겠죠

　처음으로 캔디스를 좋다고 생각했다. 다음에 레코드를 사서 들어봐야지.

그날 들은 노래

1980년 12월 9일

1

차곡차곡 승객을 채워 넣은 만원 전차에서 몸을 뒤척였더니 파카가 맞비벼져 쓰얼쓰얼 벌레 우는 소리가 났다. 눈앞의 여자가 불쾌한 표정을 지었다. 괜한 오해를 받기는 싫어서 다무라 히사오는 가방을 가슴에 안고 다시 한 번 몸을 틀어 다른 쪽으로 방향을 바꾸었다.

난방이 지나쳐서 이마에 땀이 맺혔다. 파카 아래로 두툼한 오일드 스웨터*oiled sweater*를 입었더니 체온이 빠져나갈 틈이 없었다. 등에서 땀이 주르륵 흘러내리는 게 느껴졌다. 히사오는 기울어지려는 몸을 가죽 손잡이를 붙잡고 버티며 역시 회사 사무실에서 잘걸 그랬다고 가만히 한숨을 내쉬었다.

일 때문에 회사에서 밤샘을 하는 건 그리 드문 일이 아니었다. 우연한 기회에 입사한 광고대행사 '신광사(新廣社)'는 사원들 모두가 침낭을 귀중한 보물처럼 확보해놓고 있는 그런 회사였다. 아침에 출근하면 대개 한두 명은 그 침낭을 부여안고 바닥에 널브러져 있었다. 사장까지 합해서 다섯 명밖에 안 되는 작은 규모를 생각하면 거의 합숙소나 마찬가지였다.

하지만 어젯밤에는 목욕을 좀 하고 싶었다. 벌써 나흘이나 몸을 못 씻었다. 맨션 한 채를 빌려 회사 사무실로 쓰고 있지만 욕실은 암실로 개조해버렸다. 급히 써 내야 할 광고 카피 하나가 있어서 잠시 고민했지만, 이대로 끙끙거리고 있어봤자 좋은 아이디어가 떠오르는 것도 아니라고 스스로 변명을 하며 막차로 집에 돌아갔던 것이다.

하지만 이제 와서는 후회가 되었다. 목욕을 했어도 상황은 어젯밤과 하나도 달라진 게 없었다. 히사오는 늘 이렇게 나 좋을 대로 생각하곤 했다. 뜨거운 물속에 몸을 담그고 있으면 뭔가 좋은 카피가 떠오르지 않을까, 침대에 벌렁 누워 천장을 보고 있으면 뭔가 기막힌 단어가 번쩍 떠오르지 않을까. 하지만 그렇게 해서 단 한 번도 괜찮은 카피가 나왔던 적이 없다. 매번 그렇지만 다음 날 아침에는 암울한 심정으로 전차에 흔들리며 사무실에 나가는 신세가 되는 것이다.

반드시 써야 하는 광고 카피는 새로운 카세트 데크를 홍보하기 위한 캐치프레이즈 카피였다. 이걸 오전 중에 발주 회사에 들고 가 체크를 받아야 했다. 발주 회사는 사원이 백여 명쯤 되는 '웨스트'라는 회사로, 쉽게 말하면 신광사는 그 웨스트의 하청 회사인 셈이다.

히사오가 신광사에서 카피라이터로 일하게 된 것은 단지 히사오 외에는 하겠다고 나서는 사람이 없었기 때문이다. 대학 중퇴에 경험도 없는 스물한 살짜리 젊은 애에게 잘도 이런 일을 맡겼구나, 하고 두고두고 사장의 용기에 감탄하여 마지않는 대목이다. 사장은 삼십대의 디자이너로, 노상 "어떻게 해서든"이라는 말이 입버릇이 되었다. 평균 수면 시간이 네 시간이라니, 참대단하기도 하다.

도중 터미널 역에서 탄 사람들로 차 안은 더욱 혼잡해져서 히사오는 통로 중간쯤까지 밀려갔다. 바로 곁에 선 대학생으로 보이는 남자의 워크맨 헤드폰을 통해 귀에 거슬리는 소리가 새어나왔다. 앞에 선 중년 샐러리맨이 노골적으로 눈살을 찌푸렸다. 히사오도 마음속으로 '에이, 시끄러워'라고 욕을 해주었다. 음악은 삼시 세끼 밥보다 더 좋아하지만, 작년쯤부터 대유행이 된 워크맨은 영 마음에 안 들었다.

고개를 홱 돌렸더니 차내 주간지 광고가 눈에 들어왔다. '태양족(太陽族. 1955년 이시하라 신타로의 아쿠타가와 상 수상 단편 〈태양의 계절〉에서 비롯된 유행어. 무질서한 행동과 독특한 패션을 선호하는 젊은이를 가리킨다 - 역주) 이후 최대의 충격과 《어쩐지 크리스털》(다나카 야스오의 베스트셀러 소설 - 역주)의 저자는 역시 히토쓰바시 대학생'이라는 제목이 춤을 추고 있었다. 저 작자도 영 마음에 안 들어. 그 소설은 읽지도 않았으면서 히사오는 엉뚱한 화풀이처럼 그런 생각을 했다.

아니, 그보다 카피가 문제다. 한 대로 더빙까지 할 수 있는 새로운 더블 카세트 데크, 그 광고 카피를 어떻게든 써내야 한다.

눈을 감고 생각을 굴렸다.

— 우리들의 음악 사연.

길을 가다 문득 떠오른 카피였지만, 이건 안 통할 거라고 히사오는 생각했다. 오디오 제품에서 가벼운 카피는 별로 환영을 못 받는다. "자네가 무슨 이토이 시게사토(당대 최고의 카피라이터이자 에세이스트 — 역주)라도 된 줄 알아?"라고 비꼬는 소리나 들을 게 뻔하다.

— Sign은 W.

이건 더 안 된다. 완전 바보라는 소리를 들을 것이다. 한숨과 함께 어깨가 축 처졌다.

요즘 한창 떠오르는 카피라이터라는 자신의 직함이 히사오의 자존심을 한껏 올려주기는 했지만, 실상은 가장 말단 사원이라서 잡일이나 떠맡는 경우가 많았다. 오히려 잡일을 하는 틈틈이 카피라이터 업무를 눈치껏 해내야 하는 하루하루였다.

차내 안내 방송이 에비스 역 도착을 알렸다. 히사오는 사람들을 헤치고 홈에 내려섰다. 그 즉시 자신의 입김이 하얗게 퍼졌다.

개찰구를 건너가자 로터리 맞은편 햄버거 가게가 아침 이른 시간인데도 크리스마스 장식 네온 불을 반짝이고 있었다.

12월은 왜 이렇게 빨리 가는 걸까. 며칠 전에 12월 시작이구나 했는데 벌써 오늘이 9일이다.

이대로 가다가는 여자친구도 없이 크리스마스를 보내게 생겼다. 히사오는 고질라처럼 허연 입김을 토해내며 머플러를 단단히 고쳐 맸다.

"다무라, JBL 스피커, '스윙 라이프'에서 '사운드 메이트' 쪽으로 갖다줄래?"

출근하자마자 사장의 지시가 떨어졌다.

"지금요?" 히사오가 목을 쭉 빼며 안쪽 방을 들여다보았다.

사장은 책상 위의 제판 원고에 시선을 박은 채 "응, 지금 당장"이라고 퉁명스럽게 대답했다.

"카피 써야 하는데요?"

이제는 굳이 조심스럽게 말하지도 않는다. 오히려 항의하는 투로 대꾸했다. 어제도 이런저런 잔 일거리로 종일 뛰어다녔던 것이다. 참내, 이러면서 어느 세월에 차분히 앉아 카피를 써 내라는 거야.

"스피커가 더 급해. 겐지하고 둘이 가."

어쩔 수 없이 "네"라고 대답했다. 겐지라는 건 나이 차가 한참나는 사장의 친동생이었다. 경리를 담당하고 있지만 물론 다른 일거리도 닥치는 대로 했다.

"다무라, 운전 좀 해줘." 돌아보니 겐지가 자동차 키를 눈앞에 대고 흔들었다. "내가 간밤에 두 시간밖에 못 잤거든."

히사오는 목뼈를 으드득 울리며 잠시 뜸을 들이다가 마지못한 듯 차 키를 받아 들었다.

주차장에서 왜건 차를 끌고 나와 시바 쪽의 스윙 라이프 편집부로 향했다. 그곳에 빌려준 시청용 스피커를 진보초의 사운드 메이트 편집부까지 갖다주는 것이다. 거래처 제품을 좀 더 많이 기사로 써달라고 부탁하기 위해 회사는 기재 배달까지 도맡았다.

"겐지 씨, 길이 많이 막히는데요?"

지겨울 만큼 길고긴 자동차 행렬을 높직한 운전석에서 내려다보며 히사오가 말했다.

　　"벌써 연말이니까." 겐지는 조수석에서 신나게 루빅큐브를 맞추고 있었다. "어휴, 이런, 겨우 두 면 맞췄네."

　　"겐지 씨, 두 시간밖에 못 잤다더니 밤새 그거 맞췄던 거 아니에요?"

　　"무슨 소리야? 내내 제판 원고 만들었어."

　　라디오에서 마쓰다 세이코(80년대를 대표하는 아이돌 가수로, 히트곡뿐만 아니라 삶의 방식이며 머리 스타일까지 다양한 면에서 일본 대중문화에 막대한 영향을 끼쳤다 – 역주)의 〈파란 산호초〉가 흘러나왔다. 겐지가 따라서 콧노래를 불렀다.

　　"어젯밤에 사토 군도 철야했어요?"

　　"응, 사장한테 된통 혼나고."

　　"가엾어라."

　　"일이 굼떠서 그래."

　　디자이너 사토는 노상 사장에게 혼나는 역할이었다. 게다가 보통으로 혼나는 게 아니다. 일단 시작하면 석 달 전에 잘못한 일까지 거슬러 올라가 족히 30분은 진탕 욕을 먹었다. 히사오가 알고 있는 한, 나중에 살살 달래주는 일도 없었다.

　　사토가 혼나는 장면을 처음 보았을 때, 히사오는 나한테 저런 꾸지람이 떨어진다면 그 즉시 이 회사는 때려치울 거라고 생각했다.

다행히 히사오는 아직껏 사장의 호통 소리를 들은 일은 없었다. 사장도 상대를 골라가며 성질을 부리는 것이다.

"아참, 그렇지." 겐지가 고개를 들었다. "어젯밤에 모리시타한테서 전화 왔었어."

"어젯밤이라니, 나 집에 들어간 뒤에요?"

"응, 12시 넘어서. 다무라 군 아직 있냐고 하던데?"

동갑내기인 모리시타는 사진 전문학교를 막 졸업한 카메라맨이다. 신광사에서는 그에게 간단한 일거리를 주고 있었다.

"그래서요?"

"없다고 했더니, 그럼 됐다고 하던데?"

"예에."

"이제 어지간하면 전화 좀 놓지, 다무라 군 집에도?"

"보너스 나오면 놓을 거예요."

"나올 거야, 이번 겨울에는."

"정말요?"

"응, 한 10만 엔쯤은 될걸?"

기분이 조금 좋아졌다. 월급이 12만 엔이라서 히사오의 생활비는 매달 아슬아슬했다.

"모리시타, 미국에 간다고 하던데요?" 히사오가 운전하면서 담배에 불을 붙였다.

"그거, 옛날부터 하는 소리야. 로스앤젤레스에 가서 서핑 사진을 찍는다나? 여름에도 그런 말을 하던데, 뭐."

"한참 동안 그쪽에 가서 살 거라고, 나한테는 그러던데요?"

"그 녀석, 노상 말만 그래."

겐지는 관심 없다는 듯 루빅큐브만 열심히 주물럭거리고 있었다. 라디오 음악은 어느 새 옐로 매직 오케스트라(사카모토 류이치가 결성한 테크노 팝 오케스트라 – 역주)의 〈테크노폴리스〉로 바뀌어 있었다.

스윙 라이프 편집부에서 JBL 4343을 받아다 왜건 차에 실었다. 냉장고만큼 큼직한 대형 스피커다. 이것 외에도 360킬로그램의 턴테이블이며, 안에 대체 무엇이 들었는지 궁금해지는 묘비석 같은 앰프까지, 신광사의 거래처는 마니아를 대상으로 하는 중량급 오디오 상사들이 대부분이었다. 덕분에 겉으로는 광고회사에 다닌다지만 걸핏하면 근육통으로 끙끙 앓았다.

"이번에는 운전 좀 바꿔줘요."

히사오가 말했다. 겐지는 연극적으로 입을 뾰로통하게 내밀었지만 군소리 없이 운전석에 올라탔다. 이번에는 진보초의 사운드 메이트다.

"카피, 얼른 생각해내야 하는데."

"사이조 씨?"라는 겐지. 차는 난폭하게 급발진했다.

사이조 씨라는 이가 바로 웨스트의 제작부장이다. 늘 턱수염을 슬슬 쓰다듬으며 "흠, 어딘가 아주 약간 아쉽단 말이야~"라고 말끝을 늘였다.

"그 아저씨는 악담하는 게 취미라니까." 겐지가 한숨을 섞어 혼잣말을 흘렸다.

길은 점점 더 혼잡해졌다. 라디오가 계속 가요만 틀어주는지라 FEN(Far East Network. 현재의 AFN(American Forces Network)의 전신 – 역주)으로 돌렸다. 히사오가 좋아하는 외국 록 음악이 차 안에 흘렀다.

"이거, 누구야?" 겐지가 물었다.

"스티브 포버트(미국의 포크록 가수. 〈I'm In Love With You〉는 공전의 히트곡 – 역주)."

"역시나 빠삭하시네."

히사오는 루빅큐브를 대시보드에 올려놓았다.

"다무라, 그거 몇 면이나 맞출 수 있어?"

"한 면."

한심하다는 듯 겐지가 웃었다.

아니지, 지금 겐지 씨와 실없는 소리를 주고받을 때가 아니다. 진짜로 카피를 얼른 써 내야 하는데.

회색 하늘을 쿡 찌르는 듯한 도쿄타워를 올려다보며 'One and Only'라는 문안은 어떨까 하고 생각해봤다.

아니, 그 카세트 데크는 그렇게까지 참신하지도 고급스럽지도 않아. 혼자서 고개를 저었다.

차는 도무지 나가지 않고 마음은 점점 더 초조해져왔다.

스피커 운반에 오전의 귀중한 두 시간을 써버리고 회사로 돌아왔다.

문을 열자 사장의 화난 고함소리가 좁은 사무실을 울리고 있었다.

"사토! 도대체 몇 번을 말해야 알아들어?"

사토는 어린애처럼 시선을 떨어뜨린 채, 새파래진 얼굴로 제판 원고를 만지작거리고 있었다.

"사식(寫植)이 한 글자에 얼마인지 알기나 해? 어째서 인화지 복사를 안 해놨느냐고, 어째서!"

아무래도 사토가 사식에 깜빡 흠집을 낸 모양이었다.

사장이 사토를 혼낼 때마다 사무실 안은 무거운 분위기에 휩싸였다. 사토와 책상을 나란히 쓰는 운노 씨도 어지간히 힘들 것이다. 홍일점인 운노 씨도 디자이너지만 아르바이트 신분이라서 사장에게 꾸지람을 듣는 일은 전혀 없었다.

그나저나 어째서 사토는 입을 꾹 다물고 있는 걸까. 아무리 봐도 너무 소심한 녀석이었다.

"다무라 군." 운노 씨가 옆방의 태풍을 피하려는 듯 히사오 쪽으로 다가왔다. "웨스트의 사이조 씨한테서 전화 왔었어."

"헉! 빨리 오래요?"

"글쎄, 그건 모르겠는데?"

운노 씨는 자기 자리로 돌아가고 싶지 않은지, 은근 슬쩍 "커피, 마실 거지?"라고 중얼거리며 싱크대 쪽으로 걸어갔다.

뭐가 어찌됐건 카피를 어서 빨리 만들어내야 한다. 시계는 벌써 오전 11시를 가리키고 있었다.

어젯밤부터 책상에 쌓아두었던 잡지를 팔랑팔랑 넘겼다. 다른 광고나 기사 제목에서 써먹을 만한 말이 없는지 찾아보는 것이다. 특히나 이제 막 창간된 〈브루투스〉(일본 매거진하우스에서 1980년 5월에 창간한 남성 라이프스타일 잡지 – 역주)에서는 아이디어를 상당히 얻어 썼다.

운노 씨가 타준 커피를 마시며 급하게 페이지를 뒤적였다.

"어이, 다무라. 빈둥빈둥 놀 거면 제판 원고 좀 도와줘."

"놀기는 누가 놀아요?"

항의하는 말투로 옆자리의 겐지를 흘겨봐주었다.

잡지들을 한바탕 훑어봤는데도 아이디어가 떠오르지 않아서 지금까지 생각했던 카피를 책상 위에 늘어놓아봤다.

전부 다 절대로 통과될 것 같지 않았다.

"다무라 군, 전화." 운노 씨가 히사오를 불렀다.

"사이조 씨예요?" 심장이 철렁했다.

"아니, 모리시타 군이야."

뭐야, 바빠 죽겠는데. 입속으로 투덜거리며 눈앞의 수화기를 집어 들었다.

"어, 다무라? 나야."

전화 건너편에서 모리시타의 느리터분한 목소리가 울렸다.

"왜?"

"어젯밤에 일찍 퇴근했어?"

"일찍은 무슨, 막차 타고 갔어."

"응, 그랬구나. 다무라는 회사가 아니면 연락이 안 되니까 너무 힘들어."

"아, 그딴 건 됐고, 왜, 무슨 일이야?"

"너, 집에 전화 좀 놓는 게 좋지 않을까? 휴일 같은 때는……."

"글쎄, 됐으니까 용건을 말하라고."

"왜 화를 내고 그래?"

"화 안 냈어."

"화가 났는데?"

크게 숨을 내쉬었다.

"지금 바쁘단 말이야."

"으응, 그렇구나."

그 태평한 대꾸에 어깨 힘이 쑥 빠졌다.

"제발 부탁이니까 용건을 말해."

"아, 응. 있지, 전에도 말했던 거 같은데, 나, 이번에 미국에 가려고 해."

"언제."

"올해 넘기고."

"진짜 가는 거야?" 아주 약간 놀랐다.

"응. 돈도 30만 엔쯤 모아뒀겠다, 그쪽에 가면 어떻게든 될 거다 싶어서."

"그쪽에 가서 서핑 사진 찍을 거야?"

"응, 나, 서핑보드도 가져갈 거야."

"헤, 대단하네……. 자, 그럼, 열심히 해라."

"응, 열심히 노력해야지."

한참이나 공백이 이어졌다.

"……그럼, 자세한 얘기는 다음에 또 듣자. 끊는다."

"아, 그래서 말인데……."

"뭐?"

"한 가지 물어볼 게 있거든?"

"뭐냐고."

"그렇게 화난 목소리 좀 내지 마라."

"화 안 났다니까?"

"다무라, 너, 좀 화를 자주 내는 편이야. 기무라도 그러더라."

"아, 알았으니까 용건을 말해."

시계를 보았다. 이제 슬슬 오전 시간이 끝나고 만다.

"지난번에는 술집에서 누구랑 싸울 뻔했다고 하던데?"

"뭔 얘기야?"

"기무라가 그랬다고."

"그건 됐으니까 얼른 용건을 말하라잖아!"

히사오는 저도 모르게 퉁명스러운 소리를 내고 말았다.

"아, 알았어. 패스포트라는 거 말이야……."

"그래."

"어디 가서 받는 거야?"

"……몰라, 나도."

"뭐야, 다무라도 모르는구나?"

"너야말로 그것도 몰라? 미국 간다는 놈이? 나야 비행기라고 는 타본 적도 없어."

"자랑이냐, 그게?"

"누가 자랑이래?" 등받이에 몸을 털썩 던지고 머리를 쥐어뜯 었다.

"……누구, 아는 사람 없을까?"

"잠깐 기다려."

히사오는 수화기를 옆자리의 겐지에게 내밀고 "모리시타"라 고만 말했다. 설명해줄 마음도 나지 않았다.

엉뚱한 데 시간을 낭비했다. 히사오는 다시 원고용지를 향해 앉았다. 집중하려고 자세를 바로잡았다.

다시 한 번 신제품의 특징을 줄줄이 써봤다.

더빙하기가 편리하다. 음질 손상이 적다. 하이테크 디자인이 다……

음질 손상이 적단 말이지. 이걸 테마로 밀어볼까.

─ 소리, 좀 더 또렷하게.

그렇게 큼직하게 써서 멀찌감치 떼어놓고 바라보았다. 카피 는 글자 모양새도 중요하다.

"히야, 모리시타가 패스포트 내러 간다는데?" 겐지가 옆자리에서 말했다.

"그야 물론 미국에 가려면 패스포트도 만들어야겠죠."

일어서서 다시 한 번 카피를 쳐다보았다.

"정말 갈 거 같아?"라는 겐지.

"글쎄요."

"안 가는 데 만 엔."

"나도."

"뭐야, 그러면 내기가 안 되잖아?"

우선은 사이조 씨한테 한번 가보자고 생각했다. 지금까지 생각해낸 카피를 전부 다 들고 가면 될 것이다. 다섯 가지나 내보이면 한 개쯤은 통과될 것도 같았다.

전화를 걸어 지금 가겠다는 말을 전했다.

웨스트 사무실은 걸어서 갈 수 있는 거리에 있었다. 야마노테선을 끼고 다이칸야마 쪽으로 큼직한 맨션 한 채, 신광사 창문에서 올려다 보이는 위치에 있었다. 일 년 내내 불이 꺼지는 일이 없어서 이쪽 사장은 무슨 일이 있을 때마다 "야야, 웨스트는 아직도 일하고 있어!"라며 은근히 몰아붙이는 투로 을러대곤 했다.

히사오는 파카를 걸치고 빠른 걸음으로 웨스트 사무실로 향했다.

야마노테선 철로 위에 걸터앉은 육교를 건너가는 것이다.

그 육교에서 바로 아래를 지나가는 전차를 바라보는 건 좋았지만, 대개는 우울한 기분으로 건너가는 일이 많았다. 찾아가는 곳이 별로 즐거운 자리가 아니었기 때문이다.

2

"다무라 군, 영화 〈크레이머 크레이머〉 봤어?"

사이조 씨는 책상 위에 팔꿈치를 짚고 턱수염을 슬슬 쓰다듬으며 우렁우렁한 목소리로 말했다.

"예, 봤습니다."

"그 영화에 더스틴 호프만이 프렌치토스트를 만드는 장면이 있었지, 아침 식사로?"

"예, 생각나요."

"프렌치토스트라는 거, 정말 그런 식으로 만드는 걸까?"

"아, 글쎄요."

무슨 말을 하자는 건지 알 수가 없었다. 사이조 씨는 늘 맥락이 닿지 않는 엉뚱한 이야기부터 시작한다.

"그릇에 우유와 달걀을 풀고 거기에 식빵을 적시잖아. 하지만 그렇게 하면 영 질퍽질퍽할 거 같은데 말이야. 아무리 그다음에 프라이팬에 굽는다지만."

"아, 예." 히사오는 어쩔 수 없이 맞장구를 쳐주었다.

참고로 말하자면, 카피는 전멸이었다. 한바탕 훑어보자마자 "전부 다 뭔가 아주 조금 아쉬워, 흐음"이라며 쓰윽 밀어버렸던 것이다.

"그래서 우리 집사람 말로는 그건 잘못한 거래. 나도 처음에는 집사람 말에 동의했지. 아무래도 그건 아니다 싶어서. 근데 말이야, 잘 생각해보니까 우리가 제대로 된 프렌치토스트 요리법을 전혀 알지를 못하더라고. 누가 만드는 걸 본 적도 없고 말이지. 그렇게 생각했더니 문득 눈앞이 확 트이는 것처럼 퍼뜩 깨달아지는 게 있었어. 그게 뭐냐면, 일본에서는 프렌치토스트라는 게 가정 요리가 아니라 밖에 나가서 사 먹는 근사한 요리라는 거야. 다무라 군, 프렌치토스트를 집에서 해 먹어본 적 없지?"

"네, 그러네요." 히사오는 밖에서도 사 먹어본 일이 없었지만, 일단 박자를 맞춰주었다.

"바로 그거야, 동양과 서양의 거리라는 거." 사이조 씨가 말보로 한 개비를 꺼내 필터 끝을 책상에 대고 톡톡 쳤다. "프렌치토스트 같은 건 그쪽에서는 그야말로 간단한 요리일 거야, 틀림없이. 어린애한테 일상적으로 먹이는 요리라고. 근데 일본 사람은 그걸 귀한 요리라고 생각하는 거야. 요컨대 우리의 이해가 반드시 옳은 건 아니라는 얘기야. 그쪽을 이유 없이 얕잡아보는 부분도 있고 반대로 턱없이 과대평가하는 부분도 있어."

진짜로, 대관절 무슨 말을 하자는 거야.

"광고 역시 그런 거야." 사이조 씨는 지포 라이터로 담배에 불을 붙였다. "우리는 어딘가에서 기성의 정보에 얽매여 있어. 오디오는 대충 이러저러한 것이다, 하고."

연기를 내뿜으며 먼 곳을 응시하는 눈빛을 하고 있었다.

"오디오니까 이러저러한 광고로 하지 않으면 안 된다, 하고 말이지."

"아, 네……."

"그걸 한번 깨뜨려보자고. 소비자의 눈에 낀 막을 깨끗이 벗겨주는 거야."

무슨 소린지는 모르겠지만 히사오는 말없이 고개를 끄덕이고 있었다.

"오디오라는 거, 그게 사치품인가?"

"아, 예……, 적어도 저한테는."

"아니, 이제는 사치품이 아냐." 히사오의 대답은 깨끗이 무시한다. "워크맨도 나왔고 말이지. 이 WW-402라는 카세트 데크만 해도 그래, 더블인데도 가격은 5980엔이야. 이제 오디오는 소비자에게 대단히 캐주얼한 아이템이 되었다는 뜻이야."

"예, 그렇군요." 사이조 씨의 카리스마에 압도되어 자신이 앞서 했던 말을 부정하고 있었다.

"물론 마니아를 대상으로 하는 고가품도 있지. 하지만 이 카세트 데크는 바로 프렌치토스트 같은 거란 말이야. 그것도 일본인의 프렌치토스트가 아니라 서양인의 프렌치토스트."

사이조 씨는 담담하게, 하지만 확신에 찬 어조로 말했다.

히사오는 말없이 듣고 있었다.

문득 창밖을 보니 회색 구름이 낮게 드리워 있었다. 배가 꼬르륵 소리를 냈다.

이런 식의 논리 비약은 매번 있는 일이지만 오늘은 특히 심하게 튀었다. 〈크레이머 크레이머〉에 나온 매릴 스트립이 80년대의 캐주얼리티를 상징하고 있다는 이야기로까지 뻗어나갔다. 이제는 평범한 것일수록 잘 먹히는 시대란다. 그러더니 끝으로 "자, 그럼, 그 정도의 선에서 저녁때까지 다시 한 번 잘 생각해봐"라고 말하며 사이조 씨는 턱수염을 쓰다듬는 것이었다.

히사오는 쏟아지는 하품을 씹어가며 손바닥으로 얼굴을 쓱쓱 문질렀다. 이론은 아무래도 좋으니 제발 구체적인 지시를 좀 내려달라고 말하고 싶었다.

다시 저녁때까지 시계를 흘겨보며 카피를 쥐어짜내야 한다. 그 생각을 하니 히사오는 한없이 우울하기만 했다.

"어이, 다무라, 트러블 발생."

회사에 돌아오자 겐지가 잣대로 자신의 어깨를 툭툭 치며 내던지는 듯한 말투로 안 좋은 소식을 알려왔다.

"뭔데요?"

"사운드 메이트에서 전화가 왔어. JBL 4343의 사란네트가 없대." 사란네트라는 건 스피커 앞면을 덮는 커버였다. "그게 없으면 촬영을 못한다네?"

"아, 그러고 보니 차에 안 실었어요, 스윙 라이프에서 JBL 받아 올 때."

그냥 그쪽에서 건네주는 대로 차에 실었다. 평소에 사란네트를 씌우지 않은 스피커 사진을 자주 봐왔기 때문에 별로 이상하다는 생각도 하지 않았다.

히사오와 겐지는 얼굴을 마주보았다. 무언의 견제가 오갔다.

"다무라 군이 한달음에 다녀오시지?" 겐지가 잣대를 지휘봉처럼 흔들었다.

"가위바위보로 해요." 히사오가 오른손을 내밀며 가위바위보 포즈를 취했다.

"안 된다니까. 나는 이 제판 원고를 오늘 안으로 다 끝내야 된다구용."

"나도요, 나도 카피 써야 한다고용."

"저런, 또 통과가 안 됐구나?"

"사이조 씨가 한 번에 오케이 내주는 거 봤어요?"

"그야 그렇지만……." 겐지가 말끝을 흐렸다. "아무튼 다무라가 가라구. 이제 곧 은행에서도 나올 거야. 다무라가 은행 쪽을 상대해준다면 내가 가도 괜찮지만."

"으, 비겁해~."

히사오가 얼굴을 찌푸렸다. 겐지는 "돈가스덮밥 곱빼기로 배달시켜놨으니까, 응?"이라며 팔을 내밀어 히사오의 뺨을 톡 쳤다.

"돈은 내주는 거죠?"

"아, 알았어. 그러니까 그거 먹는 대로 즉시 갔다와."

슬슬 어르는 데 깜빡 넘어간 꼴이었지만 말단 신세이니 어쩔 수 없다는 생각도 들었다.

사장은 외출한 모양이었다. 디자이너 사토는 푸르스름한 담배연기를 피워 올리며 느긋하게 점심시간을 즐기고 있었다. 사토에게는 사장의 외출이 하늘의 축복일 터였다.

히사오는 돈가스덮밥이 올 때까지 일분일초라도 아껴가며 카피를 생각해내기로 했다.

오전에 마시다 만 커피가 아직도 책상 위에 있어서 그걸로 홀짝홀짝 목을 적셨다.

사이조 씨, 뭐라고 했더라? 맞아, 프렌치토스트.

팔짱을 끼고 의자 등받이에 몸을 기댔다.

— 브렉퍼스트처럼 음악을 맛보고 싶다.

아냐, 이런 건 아닐 텐데, 분명. 한숨만 터졌다.

두 번 세 번 생각해봤지만 좋은 카피는 머릿속에 떠올라주지 않았다.

오후 1시가 되었는데도 돈가스덮밥 배달은 오지 않았다. 전화로 재촉해도 "네네, 지금 갑니다"라는 말만 할 뿐이었다. 배가 고파서 머리까지 둔해지는 것 같았다.

"저기 다무라 군, 정말 미안한데 먼저 사란네트부터 옮겨줄래?" 겐지가 말했다.

"설마, 농담이죠?"

"아니, 진짜야. 사운드 메이트, 지금 한창 촬영 중인 모양이야. 진짜로 급하대."

"왜요?"

"그걸 나한테 물어봤자 내가 어찌 아나?"

"그냥 해도 되잖아요, 사란네트 같은 거 없어도?" 귀찮다는 듯 말을 던졌다.

"그럴 수는 없지. 각 메이커의 스피커를 한쪽은 사란네트를 씌우고 다른 쪽은 그거 없이 촬영하면 되겠어? JBL 쪽만 다르면 영 재미없을 거 아냐."

"그럼, 점심은 굶으라고요?"

"남겨놓을게."

"길이 지금 얼마나 막히는데요? 갔다 오는 데 또 두 시간이라고요. 돈가스덮밥, 다 식어버릴 텐데."

"괜찮아. 카레하고 돈가스는 식어도 맛있다더라?"

"처음 듣는 소리네."

"아이 참, 다무라 군~. 제발 부탁이야." 겐지가 알랑거리는 목소리를 냈다.

히사오는 얼굴을 찌푸리며 자리에서 일어나 파카를 집어 들었다.

일부러 요란하게 한숨을 내쉬었다. 겐지는 쓴웃음을 짓더니 "저녁밥도 경비로 처리해줄게"라고 이번에는 히사오의 엉덩이를 쿡 찔렀다.

회사를 나와 다시 왜건에 올라탔다. 록폰기 거리로 들어서자 자동차는 완전히 줄줄이 사탕이었다. 메이지 대로 쪽으로 가는 게 나았겠다고 생각했지만 이미 때는 늦었다. 하긴 이 시간대에는 어떤 길이든 술술 터질 리가 없었다.

배고픔을 억눌러가며 카피를 궁리했다.

사이조 씨의 말을 생각해내려고 했다. 뭐라고 했더라. 그래, 눈앞의 막이 확 걷힌다.

— 눈앞의 막이 확 걷히는 더블 데크.

뭐야, 그대로 써먹는 거잖아. 그런 게 아니라 좀 다른 각도에서 바라보자는 말일 것이다.

성능도 아니고 디자인도 아니고……. 이 기기를 가지면 어떤 즐거움을 얻을 수 있는가. 어떤 식으로 라이프스타일이 확장되는가.

그렇지, 거꾸로 치고 들어가면 되는 거다.

더블 카세트 데크가 있으면 어떻게 되는가.

한 대를 가지고 테이프에서 테이프로 편집을 할 수 있다. 나만의 오리지널 테이프를 만들 수 있다.

……아니, 그건 메이커에서 괜히 해보는 소리지. 실제로는 어떤 소비자도 그런 귀찮은 짓은 안 할 것이다.

결국 친구들한테 더빙해달라는 부탁이나 잔뜩 받게 되는 것이다.

친구라…….

— WW-402를 샀다. 내게 부탁하는 친구들이 많아졌다.

……흠, 좋은데? 히사오는 그렇게 생각했다.

친구들이 나를 믿고 자꾸 부탁을 해온다는 건 바람직한 일이고 말이지.

우선 저녁 제출은 이걸 메인으로 하자. 사무실에 돌아가 다시두어 개 더 생각해내면 된다.

조금쯤 마음이 가벼워졌다.

라디오의 FEN에서는 존 레넌의 〈스타팅 오버〉가 흘러나왔다.

지난달에 발매된 존 레넌의 5년 만의 새 앨범을 히사오는 아직 사지 않았다.

아마 계속 못 살 거라고 히사오는 생각했다. 갖고 싶은 앨범은 그거 말고도 너무 많았다.

롯폰기 대로에서 가다 서다를 반복하며 바깥 풍경을 바라보고 있었다.

온통 크리스마스로 도배된 거리를 멋있게 차려입은 커플들이 시시덕거리며 걸어갔다.

넘어져라, 넘어져라, 하고 염력(念力)을 보내봤다.

스윙 라이프 편집부에 갔더니 사란네트가 없다고 했다.

어이가 없어서 입만 떡 벌리고 있는 히사오에게 루이 암스트롱처럼 아랫입술이 툭 튀어나온 편집자가 "처음부터 없었던 거같은데?"라고 가볍게 말하는 것이었다.

서둘러 회사에 전화를 걸어 겐지에게 항의했다.

"왜 전화로 미리 확인을 안 했어요?"

"했어." 겐지는 그렇게 말했다. "전화했더니, 그럼 찾아놓겠습니다, 그랬는데?"

"그건 확인한 게 아니잖아요."

"그래도 설마 없으리라고는 나도 생각을 못했지."

"어휴……."

이래저래 할 말이 많았지만 적당한 말이 얼른 떠오르지 않았다.

"그나저나 큰일이네. 대체 어디 있는 거야, 사란네트?"

"내가 어떻게 알아요? 겐지 씨, JBL에 물어봐요."

"아냐, 생각해보니까 사란네트 없이 빌려줄 리가 없어. 유닛에 흠집이 나면 끝장인데."

"그럼, 어디 있냐고요."

"스윙 라이프에 반입했던 게 우리였던가?"

"아니, 난 그런 기억 없어요."

"맞아, 그렇지? 틀림없이 다른 회사가 가져왔던 거야. 오케이, 그게 어디인지 조사해볼게. 다무라는 우선 회사로 들어와."

"어휴, 진짜."

그때 뱃속에서 요란하게 꼬르륵 소리가 났다. 뒤에서 전화를 듣고 있던 편집자가 조심할 것도 없이 노골적으로 웃어젖혔다. 덩달아서 웃는 자신이 비참하기만 했다.

최대한 서둘러 왜건에 올라탔다. 빨리 회사로 돌아가 카피를 정리하지 않으면 안 된다.

차에 대고 괜한 화풀이를 하듯 기어를 마구 다루었다. 배고픔을 달래기 위해 연달아 담배를 피웠다.

회사에 돌아오자, 또 사장이 사토에게 고함을 날리고 있었다.

"사토! 그렇게 잠을 자고 싶으면 당장 집에 가라고!"

아무래도 끄덕끄덕 조는 참에 사장이 돌아온 모양이었다. 겐지에게 왜 그러느냐고 슬쩍 물어봤더니 제판 원고 위에 엎드려 자고 있었단다. 침을 흘려서 괘선이 번진 것이다.

"세 발 연속타!"라고 겐지가 나지막이 말했다. "엊저녁, 오늘 오전, 오후."

나라면 그렇게 자주 혼이 나면 틀림없이 그만두었을 것이다. 사토는 여전히 아무 말 없이 바닥만 쳐다보고 있었다. 대체 무슨 생각을 하고 있는 건지.

"그래서요, 사란네트는 어떻게 됐어요?" 히사오가 물었다.

"지금 확인 중이야. '마스'라는 회사에서 전화해주기로 했어."

"진짜, 난 이제 몰라요." 내던지듯이 말했다.

"아이, 그런 말씀 마시고, 다무라~." 겐지가 뒤에서 껴안았다.

그 팔을 뿌리치고 히사오는 책상 앞에 앉았다. 차 안에서 생각난 카피를 원고용지에 살려놓고 들여다보았다. 역시 나쁘지 않다, 라고 생각했다.

이제는 아무렇게나 써 냈다고 생각하지 않을 정도로 갯수나 맞출 카피를 생각해내면 된다.

사인펜을 오른손에 들고 심호흡을 하는 참에 뭔가 잊어버린 듯한 느낌이 들었다.

아, 그렇지, 돈가스덮밥! 점심을 아직 안 먹은 것이다.

"겐지 씨, 내 돈가스덮밥은?"

"싱크대에 놔뒀어."

그 말에 싱크대로 후닥닥 뛰어갔다.

하지만 싱크대에는 싹싹 비어버린 그릇이 착착 겹쳐져 있을 뿐이었다.

"돈가스덮밥, 없는데요?" 목을 빼고 돌아보며 말했다.

"설마, 거기 있을 텐데?"

다시 한 번 보았지만, 좁은 싱크대인지라 찾아보고 말고 할 것도 없었다.

"아, 그거? 내가 먹었는데." 안쪽 방에서 사장이 나타났다. "뭐야, 그거 다무라 덮밥이었냐? 난 또, 나 먹으라고 시켜놓은 줄 알았지." 이쑤시개를 물고 있었다.

"크윽, 너무해!"

머리칼을 쥐어뜯었다. 사장이 아니라면 고함을 내지르고 싶었다.

"밖에서 먹고 오지 그랬냐?"

히사오의 비참한 얼굴을 보고 사장은 빙글빙글 웃고 있었다.

"그럴 시간이 없었다고요."

"카피, 이제는 통과됐지?"

"아직요."

"뭐야, 다무라, 좀 더 능력 있는 청년이라고 생각했는데?"

사장의 놀리는 말을 들으며, 나는 아직 신입사원이고, 아직 스물한 살이에요, 라고 소리치고 싶었다.

아니, 그건 그렇고, 사장은 회사에 들어오자마자 조금 전까지 사토한테 고함을 치고 있었는데? 그렇다면 이 사람이 돈가스덮밥 곱빼기를 먹어가며 사토한테 소리를 질렀다는 건가?

머리가 어질어질했다.

어쩔 수가 없어서 뒤에서 웃고 있는 운노 씨에게 돈가스덮밥 배달 좀 시켜달라고 부탁했다. "밥값은 내줘야 돼요!"라고 강한 어조로 사장에게 말했더니 "다무라는 먹을 것 얘기만 나오면 갑자기 사람이 험악해진다니까? 어, 무서워"라며 짐짓 겁을 내는 척 장난을 쳤다.

시계를 보았다. 오후 2시 반이다.

배고픔을 꾹 참으며 카피를 생각해내기로 했다.

'눈앞이 확 트이는'이라는 선에서 이제 몇 개만 더 만들면 된다…….

"다무라 군, 전화." 운노 씨의 목소리가 옆방에서 날아왔다. "누구예요?"라고 물었더니 "모리시타 군"이라고 다시 듣고 싶지 않은 이름을 알려왔다.

수화기를 들었다.

"뭐야?"

"어라, 받자마자 화를 내네?"

"화 안 났다니까?"

"그럼, 그냥 보통으로 말해야지."

"보통이야, 나는."

"아니, 아닌데? 보통은 전화를 받으면 '여보세요?' 라든가 '네, 다무라 히사오입니다' 라고 하는 거야. 근데 너는……."

"나, 지금 바빠. 그리고 뻔히 아는 사람한테는 일부러 그런 예의는 안 차리는 거야. 아무튼 됐으니까 용건이나 말해봐."

"참내, 알았어~." 여전히 느리터분한 그 말투에 히사오는 짜증이 치밀었다.

"그래서, 용건이 뭐야?"

"오전에 했던 그 얘기인데 말이지, 아무래도 미국이란 데가 비자가 필요한 모양이더라고."

"응." 맞장구를 쳐보기는 했지만 비자가 어떤 것인지 히사오는 알지 못했다.

"거기서 미국에 가는 목적이니 뭐니 물어보는 모양이야."

"그럼, 대답하면 되잖아. 서핑 사진 찍으러 간다고."

"그게 안 된다니까, 글쎄."

"왜?"

"그런 목적으로는 아무래도 입국이 어려운가 봐. 관광여행 이외에는 심사가 까다롭대. 미우라 씨가 그러더라고."

"누군데, 미우라 씨가?"

"너는 모르는 사람이야."

"야, 진짜……." 어깨 힘이 빠졌다. "그럴 때는 그냥 아는 사람에게 들었다든가 그렇게 말하면 되지, 일부러 이름을 대서 이야기를 복잡하게 만들지 말라고."

"뭘, 복잡하게 만든 것도 없는데?"

"아, 됐으니까 넘어가자. 그래서?"

"그래서 어떻게 해야 하나 고민이야. 다무라, 같이 생각 좀 해주라."

"그래, 내일 같이 생각해줄게. 지금은 진짜 바빠. 자, 그럼."

"아, 잠깐 기다려."

"뭔데?"

"아직도 화가 나 있네?"

"화 안 났으니까 빨리 말해."

"그 문제도 그렇고, 그리고 일단, 뭐랄까, 아득히 머나먼 타국 땅 로스앤젤레스까지 떠나는 거니까, 그게 뭐냐, 전별금 같은 게 좀 있었으면 좋겠다 싶은데……."

"뭐?"

"전별금."

"……너, 지금 나한테 전별금을 달라는 거야?"

"응."

"너, 사실은 그것 때문에 전화한 거였구나?"

"아니, 그렇다기보다······."

"야, 못 줘."

"어, 다무라, 진짜 냉정하네. 한 사람에 2만 엔 정도씩 예정해 뒀는데."

"야야, 웃기지 마. 전별금에 예정은 또 뭐야? 나, 돈 없어."

"그럼, 다무라 선물은 안 사온다?"

"······너, 차라리 관광으로 가는 게 낫겠다. 우선 영어도 전혀 못 하잖아?"

"그건 괜찮아. 어떻게든 의사소통이 될 거야."

모리시타가 수화기 너머에서 소가 되새김질이라도 하듯 느릿느릿 주절거리고 있었다. 어이가 없어 더 이상 할 말도 없었다.

히사오가 억지로 전화를 끊었다. 기분을 바꾸려고 싱크대로 가서 얼굴을 씻었다.

싱크대 작은 창으로 웨스트 사무실이 있는 다이칸야마의 맨션을 올려다보았다.

숲에 둘러싸인 나지막한 언덕에 자리 잡고 있어서 마치 성(城)처럼 보였다. 신광사가 입주한 오래된 맨션과는 달라도 너무 달랐다.

"다무라." 겐지가 큰소리로 히사오를 불렀다. "JBL 사란네트, 발견."

"어디 있는데요?" 자리에 돌아와 물었다.

"신주쿠의 마스라는 회사. 지금 전화가 왔어."

"그럼, 그 마스더러 실어다 주래요. 그 사람들이 잘못한 거니까."

"아이, 다무라 군, 그런 말씀 마시고."

"왜 우리가 갖다줘야 하는데요?"

"그게, 회사끼리의 역학관계라는 게 있잖아."

"우리 회사는 역학관계상 약한 쪽이에요?"

겐지가 외국인처럼 어깨를 으쓱 쳐들었다.

"……그럼, 돈가스덮밥 먹고 나서 갈게요." 부루퉁한 얼굴을 굳이 감추지 않은 채 말했다.

"덮밥, 아직도 안 왔어? 점심시간은 벌써 지났는데?"

"진짜 그러고 보니 그러네?" 옆방의 운노 씨에게 큰소리로 물었다. "저기요, 운노 씨, 돈가스덮밥, 배달시켰지요?"

그런데 돌아온 대답은 "앗, 미안!"이었다.

"식당에 막 전화하려고 하는데 다른 전화가 걸려왔어. 그거 대답하다가 그만 깜빡했네."

핑그르르 현기증이 났다.

"지금이라도 할까?" 미안하다는 듯, 하지만 어디까지나 느긋하게 운노 씨는 말했다.

"다무라, 미안하지만 사란네트, 그거부터 먼저 갖다줘, 제발." 겐지가 히사오의 어깨를 두드렸다. "그리고 왜건은 방금 사장이 타고 나가버렸는데."

"그럼 어쩌라고요!"

"택시로 싣고 가."

"택시에는 안 들어가잖아요!"

"들어가, 틀림없어."

겐지가 웃고 있었다. 눈이 찢어지게 흘겨봤더니 겐지는 잇몸까지 내놓고 웃었다.

3

야마노테선 전차를 타고 신주쿠로 향했다. 열통이 터져서 사란네트를 찾으러 가는 길에도 택시를 타고 싶었지만, 길이 막힐 것을 생각하면 역시 전차 쪽을 택할 수밖에 없었다.

서쪽 출구에서 내려 겐지가 써준 지도를 들여다보며 마스를 찾았다.

눈앞에 몇 개인가의 고층 빌딩이 우뚝 서 있었다. 올해 들어 새 빌딩들이 속속 건설되어 부도심도 상당히 멋있어진 듯한 느낌이 들었다.

아직 4시도 안 되었는데 거리는 야경 같은 분위기였다. 바람이 들고 일어서서 히사오는 머플러로 턱을 감쌌다.

마스는 빌딩이 늘어선 지역이 아니라 작은 상점이며 음식점이 처마를 맞대고 늘어선 골목길 안쪽에 있었다. 바로 옆은 게임 센터여서 거리 쪽으로 내놓은 엉성한 스피커를 통해 존 레넌의 〈스타팅 오버〉가 흘러나오고 있었다. 이 곡을 듣는 게 오늘로 벌써 두 번째구나, 하고 멍하니 생각했다. 그리고 낡아빠진 건물을 올려다보며, 우리 회사가 역학관계상 이런 곳보다 밀린다는 건가, 하고 짜증스러운 마음이 들었다.

사무실 안으로 들어가 용건을 말했다. 수더분하게 보이는 중년 남자가 나와서 라이트블루의 사란네트를 건네주었다. 나무틀에 망뿐이라서 무겁지는 않았지만 역시나 부피가 엄청 컸다.

마치 장지문을 나르듯이 두 손으로 안고 거리로 나왔다. 이게 정말 택시에 들어갈까.

스바루 빌딩 방향으로 걸어갔다. 거리에 몇 대나 되는 관광버스들이 엔진을 켠 채 정차하고 있었다. 뭐야, 이거, 거치적거리 잖아, 라고 조그맣게 혀를 차고 있는데 "다무라!"라고 부르는 여자 목소리가 들려왔다.

히사오가 돌아보았다. 하얀 다운재킷을 입은 젊은 여자가 서 있었다.

"다무라 아니니?"

"어, 안도구나?"

고등학교 때 같은 반 친구였다. 얼굴을 보는 건 졸업 이후 처음이었다.

"어머, 오랜만이다."

"정말 오랜만이네. 너도 도쿄에 올라왔어?"

"응, 아오야마 대학. 다무라 너는?"

"나? 나는 중퇴."

"설마! 대학 관뒀어?"

"아버지 회사가 망하기도 하고 해서." 애써 밝게 말하려고 했지만 제대로 웃는 얼굴을 만들지는 못했다.

안도는 고등학교 때와는 완전히 딴사람처럼 보였다. 귀에는 큼직한 귀걸이가 대롱거리고 있었다. 아마 이런 걸 두고 때를 벗었다고 하는 것이리라.

"사카이랑, 다들 잘 있어?"

안도가 히사오의 친구 이름을 댔다.

"응, 지난번 오봉(お盆. 일본의 명절 – 역주) 때 만났어. 교토에서 밴드 하고 있어."

"사카이는 도지샤 대학이었지?"

"응, 공부는 전혀 안 한다고 하더라."

"기타하라는?"

"그 녀석은 나고야 대학. 다들 뿔뿔이 흩어졌어."

"응⋯⋯. 근데, 그거 뭐야?"

"사란네트."

"사란네트?"

"스피커 커버야."

"그렇구나. 근데, 그거 어쩔 건데?"

"운반하는 거야. 출판사까지. 회사 일이야."

"어머, 벌써 회사에 다니는구나." 안도가 레이어드 커트의 머리를 쓸어 올렸다. "딱하다⋯⋯."

뭔가 한마디 해주고 싶었지만 얼른 말이 나오지 않았다.

"너는 뭐 하고 있어?"

"지금 스키 타러 가려고, 나에바 쪽으로. 지금 출발하면 나이트 스키를 탈 수 있거든."

"이 버스 타고 가는 거냐?" 눈앞의 커다란 관광버스를 턱으로 가리켰다.

"응. 다무라 너는 스키 안 해?"

"응." 해본 적이 없었다. 서핑도, 테니스도. "자, 그럼."

대화가 더 이상 재미있게 이어질 것 같지 않아서 히사오는 사란네트를 안고 그 자리를 떴다.

발치에 빈 깡통이 구르고 있었다. 있는 힘껏 걷어찼다. 하지만 부자유스러운 자세였는지라 제대로 맞추지 못했다.

깡통은 마른 소리를 내며 인도를 굴러가 가로수를 들이박고 멈췄다.

빌딩 틈새로 돌풍 같은 바람이 불어왔다. 사란네트가 연처럼 둥둥 떠오르려고 해서 히사오는 다리가 휘청거렸다. 어서 빨리 이 지겨운 일을 마치고 회사로 돌아가고 싶었다.

길 쪽으로 몸을 내밀고 손을 쳐들었다. 몇 대째인가에 가까스로 빈 택시를 잡았다.

그런데 사란네트는 들어가지 않았다. 역시 너무 컸던 것이다.

겐지, 그 새끼.

분노가 부글부글 끓어올랐다.

전차 차량 안에서 히사오는 완전 구경거리였다.

라이트블루의 천을 씌운 큼직한 나무 틀이 무엇에 쓰는 물건인지 아는 사람이 있을 리 없어서 다들 노골적인 호기심의 눈빛으로 힐끔힐끔 쳐다보았다.

거기에 거치적거려 죽겠다는 듯한 비난의 시선도 한 몸에 받았다. 입구 가까운 자리를 확보하기는 했는데, 역에 도착할 때마다 타고 내리는 승객들이 험한 눈빛으로 쏘아보는 것이었다.

배가 고프다 못해 속이 울렁거렸다. 그러고 보니 아침밥도 겨우 토스트 한 장으로 때웠다.

사무실에 들어가면 일단 뭔가 뱃속에 집어넣고, 그다음에는 겐지에게 잔소리를 해주고……, 그런 생각을 하다 보니 카피 일이 퍼뜩 떠올랐다.

손목시계를 보았다. 오후 4시였다. 이제 정말로 빨리 돌아가 사이조 씨의 체크를 받아야 하는데. 이번에도 통과가 안 되면 분명 오늘은 밤샘이다.

— WW-402를 샀다. 내게 부탁하는 친구들이 많아졌다.

이 카피는 자신이 생각해도 그리 나쁘지 않게 느껴졌다.

여차하면 이거 하나만 들이대서 때려눕혀야지.

진보초에 도착해 사운드 메이트 편집부에 사란네트를 건네주었다.

급하게 필요하다고 펄펄 뛰었으니까 꽤 고마워할 줄 알았더니 시청실(試聽室)에서는 편집자들이 담배를 피우며 담소하고 있었다.

"응, 거기 놓고 가요."

그중 한 사람이 앉은 채로 그렇게 말했다. 촬영은 아직 시작도 안 된 듯한 분위기였다.

"실례합니다." 가볍게 머리를 숙이고 그 자리를 나왔다.

엘리베이터 안에서 구두끈이 풀려 있는 것을 깨달았다. 반사적으로 몸을 숙였다가 벽에 머리를 쿵 찧었다.

돌아오는 길에는 보란 듯이 택시를 이용했다. 약간 늦어도 상관없다는 기분이었다.

시트에 깊숙이 몸을 기대고 운전기사에게 양해를 구해 담배에 불을 붙였다.

차 안의 라디오가 존 레넌의 〈해피 크리스마스〉를 내보내고 있었다.

오늘은 유난히 존 레넌의 곡이 많이 들리네, 라고 생각했다.

창으로 바깥 풍경을 보았다. 어디나 크리스마스 장식으로 꾸며져 있어서 거리 전체가 즐거운 일을 기다리는 것처럼 보였다.

곡이 그쳤다. 이어서 라디오 디스크자키답지 않은 묵직한 목소리가 흘러나왔다.

"조금 전에 전해드린 대로 오늘 현지 시각 12월 8일 오후 10시 50분 뉴욕의 자택 아파트 앞에서……."

뭔가 예사롭지 않은 말투여서 히사오는 눕혔던 몸을 일으켰다.

"……비틀즈 멤버 존 레넌 씨가 신원이 밝혀지지 않은 남자에게 살해되었습니다."

설마, 말도 안 돼! 핏기가 싹 가셨다.

이번에는 몸을 앞으로 쑥 내밀었다.

"자세한 정보는 아직 들어오지 않았으나 존 레넌 씨는 아내 요코 씨와 귀가하던 길에 팬을 자칭하는 젊은 남자가 부르는 소리에……."

"아, 살해되었대요, 비틀즈 멤버……."

택시 기사가 옆에서 말을 끼웠다.

"잠깐만요." 히사오는 손으로 기사 아저씨를 제지하고 라디오에 귀를 기울였다.

아직 자세한 내용은 알지 못하는지 똑같은 정보를 반복해서 전하고 있었다.

뒤를 이어 곡은 〈이매진〉으로 바뀌었다.

"손님, 비틀즈 팬?"이라는 기사 아저씨.

"아뇨, 그건 아니지만." 히사오는 순간적으로 그렇게 대답했다.

"아까 태웠던 손님은 머리가 아주 장발이고 그야말로 연예인 같은 사람이었는데, 라디오를 듣더니 눈물이 글썽글썽 금세 울려고 하더라고. 오늘은 오후 들어서면서부터 내내 이 뉴스만 나와."

아, 그래서 오늘 여기저기서 존 레넌의 곡을 틀었구나. 그제야 이해가 되었다.

다시 한 번 바깥 풍경으로 시선을 옮겼다.

내가 존 레넌의 앨범을 몇 장이나 갖고 있더라. 머릿속에서 헤아렸다.

〈존의 영혼〉하고 〈이매진〉 그리고…….

그것뿐이었다. 팬이라고 할 정도도 못 되는가. 왠지 자신에게 그런 말을 뇌까리고 있었다.

사무실로 돌아오자 단골로 들락거리는 일러스트레이터가 와 있었다. 요코야마라는 두 살 연상의 남자였다. 요코야마는 히사오의 얼굴을 보자마자 흥분한 표정으로 "다무라, 알고 있어? 존 레넌이 살해되었대"라면서 의자에서 벌떡 일어섰다.

"응, 아까 택시에서 라디오로 들었어."

아마도 히사오가 자신과 똑같이 록 팬이라는 것을 알고 있고, 그래서 그 이야기를 함께 나누고 싶었던 것이리라. 겐지는 음악이라고는 도통 아는 게 없고, 사토도 운노 씨도 서양 음악에는 관심이 없었다.

"나, 진짜 쇼크 먹었어."

"응, 쇼크다."

하지만 그보다 먼저 겐지에게 볼일이 있었다.

제판 원고를 보고 있는 겐지에게 한마디를 던졌다.

"겐지 씨, 사란네트, 택시에 안 들어갔어요."

"진짜?" 겐지가 돌아봤다. "그래서 어떻게 했어?"

"전차 타고 갔죠, 어쩔 수 없이."

"와우, 대단해!" 겐지가 과장스럽게 양팔을 펼쳤다.

칭찬으로 대충 얼버무리려고 하시는데, 누가 넘어갈 줄 알고?

"나요, 무지하게 창피했다고요."

"이봐, 다무라, 느닷없이 권총으로 쏴버렸대."

요코야마가 옆에서 말을 끼웠지만 히사오는 대충 억지 대답을 했을 뿐이다.

"게다가 사운드 메이트는 아직 촬영 같은 거는 하지도 않더라고요."

"설마! 전화로는 아주아주 급하다고 했었는데?"

"그건 그냥 말로만 그런 거죠."

"요코가 곁에 있었지만 무사했다나 봐"라는 요코야마.

"다무라, 그건 내 잘못이 아니잖아?" 라는 겐지.

어느 쪽에 대답을 할까 망설이다가 "어휴, 진짜, 출판사에서 하는 소리를 곧이곧대로 듣고 나만 힘들게 한다니까!"라고 히사오는 허리에 손을 짚었다.

"아이, 다무라 군, 그렇게 화내지 마~."

"차라리 요코가 총을 맞았으면 좋았을 텐데."

아직도 화가 가라앉지 않았지만, 요코야마의 그 말에 히사오는 저도 모르게 "그건 너무 심한 거 아냐?"라고 대꾸를 해버렸다.

"이봐, 다무라. 존 레넌의 새 앨범, 가지고 있어?"

"아니, 없는데?"

"나는 아까 샀어. 이거 봐."

요코야마는 존 레넌의 새 앨범을 가지고 있었다. 시부야 레코드점에서 존 레넌의 레코드를 왜건 차량으로 세일 판매하고 있어서 우연히 그 앞을 지나가다 샀다고 했다.

"아무래도 매진될 거 같아서 급하게 샀지. 이때다 하고 팔아대는 상술이 좀 기분 나쁘긴 했지만, 그래도 샀다." 그렇게 말하며 히사오에게 보여주었다.

〈더블 판타지〉라는 신작 재킷 사진은 광고를 통해 이미 알고 있었다. 틀림없이 내일부터 히트 차트를 마구 뛰어오르겠구나, 하고 생각했다.

"근데, 뭐 좀 시켜줘요"라는 히사오.

배가 고프다는 게 갑작스럽게 생각났다.

"이제 곧 저녁 먹을 시간이니까 그때까지 좀 참지? 경비로 사줄 테니까."

그렇게 말하는 겐지의 얼굴을 보며 히사오는 깊은 한숨을 내쉬었다.

요코야마는 히사오가 그다지 관심을 보여주지 않는 게 심히 불만스러운 기색이었다.

시간만 있다면 히사오도 존 레넌의 이야기를 하고 싶었지만, 이래저래 마음이 급해서 그럴 여유가 없었다.

오후 6시가 되어 히사오는 웨스트로 향했다.

바깥은 완전히 어두워져서 다이칸야마 맨션 방의 불빛이 어둠 속에 덜렁 떠 있었다. 야마노테선 철로 위에 걸터앉은 육교에서 그 광경을 바라보며 걸어가고 있으려니, 배가 구르륵구르륵 두꺼비 같은 소리를 내며 울렸다.

그리고 다시금 카피는 통과되지 못했다.

사이조 씨는 카피를 한참이나 들여다본 뒤에 "역시 오서독스한 쪽으로 돌아가는 게 좋겠는데?"라고 말했던 것이다.

"이것도 나쁘지는 않아. 느낌은 잘 드러나 있어. 더블 데크라는 게 결국은 그런 거니까. 친구들한테 더빙을 부탁받는 거지, 귀찮을 만큼. 하지만 이건 바디카피 쪽이야. 캐치카피가 아니라구. 이번에는 포스터도 만들 거니까 역시 간결한 한마디로 제품의 분위기랄까 특징을 표현하고 싶은데 말이야……."

히사오는 두 팔로 배를 꾹 누른 채 듣고 있었다. 깜빡 마음을 놓았다가는 배가 다시 요란하게 구르륵거릴 것 같았다.

"근데 말이야……." 사이조 씨가 턱수염을 만지작거리며 말했다. "다무라 군, 〈올 댓 재즈〉라는 영화 봤어?"

"아뇨." 또 영화 이야기인가 싶어서 지긋지긋했다.

"로이 샤이더가 아주 기가 막혀. 수염을 길렀는데, 흰 터럭이 섞인 수염, 근데, 그게 진짜 너무 좋은 거야."

"아, 네……."

"일본인은 수염이 어울리는 사람이 별로 없어. 다무라 군, 왜 그런지 알아?"

히사오는 고개를 저었다.

"노란 피부와 검은 수염은 서로 맞서는 색깔이야. 그래서 영 칙칙하게 보이는 거라고."

"네에." 고개를 끄덕이면서, 뭐야, 이 사람은 그런 자각을 하면서도 수염을 기르는구나, 하고 일단 감탄했다.

"그래서 내가 테니스니 골프니 열심히 해서 한겨울에도 의도적으로 피부를 태우는 거야."

역시 감탄하는 건 관두기로 했다.

"이런 느낌을 말이지, 뭔가 카피로 만들 수는 없을까? 있잖아, 로이 샤이더의 덥수룩한 수염도, 그건 일부러 덥수룩하게 보이도록 하는 것이고 사실은 상당히 꼼꼼하게 손질을 했을 거란 말이야."

괜히 말려들고 싶지 않아 히사오는 입을 꾹 다물고 있었다. 그나저나 배가 무지하게 고팠다.

"요즘 말로 하자면 드레스업이 아니라 드레스다운인 거야. 드레스다운이라는 거를 단순하게 '옷차림이 흐트러진 것'이라는 식으로 말하는데, 그게 그렇지가 않아. 계산된 흐트러짐인 거야. 이 카세트 데크 역시 그것과 마찬가지야. 얼핏 보기에는 캐주얼하지만 사실 질감은 아주 높단 말이야. 어떨까, 오늘밤은 내가 계속 여기 있을 거거든? 그러니까 그런 선에서 다시 한 번 생각 좀 해봐."

그런 선이란 게 대체 어떤 선이냐고요. 히사오는 머리가 지끈

지끈 아파왔다.

뭐, 아무래도 상관없다. 어차피 이 사람은 자신이 한 말 따위, 한 시간 뒤에는 다 잊어버릴 것이다.

아무튼 회사에 돌아가 밥부터 먹고 싶었다.

그런데 사이조 씨에게서 해방되어 사무실에 돌아오자 겐지가 떨떠름한 얼굴로 "다무라, 안 좋은 뉴스야"라고 말해왔다. 아까 갖다준 사란네트가 모델이 다르다는 것이었다.

"뭔 소리예요, 그게?"

"그러니까 다무라가 갖다준 건 JBL 4344고, 4343의 사란네트가 아니었다는 거야. 사이즈가 달라서 끼워지질 않는대. 사운드 메이트에서 클레임이 들어왔어."

"난 몰라요, 그런 거. 이제 그냥 내버려 둬요."

"그럴 수가 없다니까. 이번에야말로 촬영 중인 모양이야."

"그럼 그 4343의 사란네트는 어디 있냐고요!"

"그게 말이지……, 스윙 라이프에 있대."

"에?"

"아까 다시 한 번 확인차 물어봤더니 창고에 넣어놓고 깜빡 잊어버렸었다네?"

"흐휴……." 조용한 눈빛을 하고서 히사오는 말했다. "그럼, 그 마스인가 하는 회사는 어째서 모델이 다른 사란네트를 나한테 내줬대요?"

"원래 12월은 뒤죽박죽이야, 어디나 다."

히사오는 무릎에 손을 짚고 그 자리에 쭈그리고 앉았다.

"그래서요?"

"부탁이야." 겐지가 두 손을 맞댔다. "내 제판 원고도 진짜 막바지로 다급하거든."

"……이 회사, 정말 인원에 문제가 있다고 생각 안 해요?"

"지당한 말씀."

더 이상 길게 거절할 마음도 나지 않았다.

"밥부터 먹고요." 힘없이 말했다.

"아, 바로 그건데 말이지, 지금 좀 부탁하자. 왜건은 와 있어. 배달은 시켜둘게. 다무라가 돌아오면 곧바로 먹을 수 있게 해줄게."

한참이나 겐지와 마주 쳐다보았다.

"그럼, 돈가스덮밥 곱빼기."

"또?"

"저기요." 히사오는 저절로 목소리가 거칠게 튀어나왔다. "나는 한 숟갈도 안 먹었다고요!"

"아, 알았어, 알았어."

달래는 포즈를 취하며 겐지의 눈이 웃고 있었다.

왜건으로 출동하는 게 오늘 벌써 세 번째였다. 라디오의 FEN은 아직도 존 레넌 특집을 하고 있었다. 시끄러워서 스위치를 오프로 돌려버렸다.

러시아워가 지나서 길이 좀 한가해졌기 때문에 난폭하게 액셀을 밟았다. 타이어도 터덕터덕 울고 있었다.

나 참, 정말 어이없는 회사에 들어왔구나. 그렇게 혼잣말을 흘리며, 오늘 대체 몇 번째인지 모를 한숨을 내쉬었다.

애초에 사원이 많은 큰 회사는 성미에 맞지 않으니 어쩔 수가 없었다. 신광사는 두 번째로 취직한 회사였다.

첫 회사는 사흘 만에 사표를 내버렸다. 사원이 50명 남짓한 그회사의 사장이 티셔츠 차림으로 출근하는 히사오에게 "우리 회사는 번듯한 큰 회사니까 양복을 입도록 해요"라고 지시했던 것이다. 양복이 없다, 돈도 없다고 대답했더니 사장은 시장 기성복이라도 좋으니까 한 벌 사라면서 2만 엔을 빌려주었다. 히사오는 그 돈을 들고 이케부쿠로의 싸구려 신사복 매장을 들여다보았다. 하지만 센스라고는 눈곱만큼도 없는 양복들을 보고 나니 우울해졌다. 이런 옷을 입고 다닐 거라면 차라리 공사판에 나가 삽질을 하는 게 낫겠다는 생각이 들었다. 히사오는 다음 날, 사장에게 2만 엔을 돌려주고 회사를 그만두겠노라고 말했다.

신광사에서 찔찔거리며 고생하는 것도 자업자득이라고 하면 대꾸할 말이 없는 일인 것이다.

뭐, 상관없다. 옷차림도 자유롭고, 아직 스물한 살인데도 내 맘대로 할 말 다 할 수 있으니.

억지로 그렇게 생각하기로 했다.

스윙 라이프에서 JBL 4343의 사란네트를 인수했다. "정말로

4343용이지요?"라고 다짐에 다짐을 했다. 루이 암스트롱을 닮은 편집자는 미안하다는 말도 없이 "그럼, 부탁해~"라고 넉살좋게 말끝을 늘였다.

그걸 싣고 다시 사운드 메이트로 향했다.

도중에 스키 손님을 실은 야간버스를 추월했다. 환한 차 안으로 자신과 비슷한 또래 남녀들의 즐거워서 어쩔 줄 모르는 얼굴이 보였다. 게임 같은 것을 하면서 한창 흥이 오른 분위기였다.

저녁참에 만났던 고등학교 때의 반 친구 여학생이 했던 말이 뇌리에 되살아났다.

"벌써 회사에 다니는구나. 딱하다~"라고?

흥.

눈 쌓인 산속에서 버스 엔진이 덜컥 멈춰버리라고 염력을 보내줬다.

사운드 메이트에서는 정말로 촬영 작업이 진행되고 있었다. 하지만 급하게 서두르는 기색은 없었다. 사란네트를 들고 들어가자 또다시 "거기, 그쪽에 놓고 가요"라며 손끝으로 사람을 다루는 험한 대접을 했다.

그렇게 귀중한 시간을 허비하고 가까스로 회사에 돌아왔다.

겐지가 만면에 가득한 웃음과 박수로 맞아주었다.

이번에는 분명하게 돈가스덮밥이 있었다.

파워쇼벨처럼 히사오는 퍽퍽 퍼먹었다.

"카레와 돈가스덮밥은 식어도 맛있다더라?"라고 하던 겐지의

말은 새빨간 거짓말이었다. 양념간장이 스밀 대로 스며서 밥이
잔뜩 퍼져버렸지만, 그래도 별반 불만은 없었다.

4

덮밥을 퍼먹고 겨우 제정신이 돌아온 참에 히사오는 다시 카
피에 뛰어들었다.

밤 9시. 겨우 누구에게도 방해받지 않고 내 일을 할 수 있게
되었다.

사장은 거래처 접대를 위해 외출한 모양이었다. 운노 씨는 집
에 돌아갔다. 아르바이트라서 잔업은 대충 봐주었다.

사토는 옆방에서 조용히 책상을 마주하고 있었다. 겐지는 여
전히 제판 원고 제작이었다. 농땡이 치는 거 아닌가 하고 의심했
는데 정말로 바쁜 모양이었다.

히사오는 의자 위에 책상다리를 하고 앉아 카피를 다듬었다.

뭐라고 했더라? 그렇지, 로이 샤이더의 수염. 드레스다운이
어쩌고저쩌고 하는 이야기였다. 포스터에도 쓸 거니까 간결한
한 마디가 좋다고도 했다.

포스터라…….

내 손으로 쓴 카피가 포스터가 되는 것을 상상했다. 물론 각
역마다 나붙는 그런 큰 광고는 아닐 것이다. 하지만 가령 판매점

용이라고 해도 히사오에게는 첫 경험이었다. 그렇게 생각하니 가슴이 뛰었다.

처음으로 자신의 카피가 인쇄물이 되어 나왔을 때, 히사오는 너무 좋아서 반나절이나 들여다보았다. 이번에 포스터가 완성되면 또 그럴 것이다.

카피라이터라는 일이 히사오는 마음에 들었다. 자신이 쓴 글이 돈이 된다는 건 특별한 일인 것처럼 생각되었다.

배가 꼬르륵 울었다.

물론 돈가스덮밥을 먹은 직후이기 때문에 배가 고파서 그런게 아니었다.

꾸르르르 하고, 마치 개가 목젖을 울리는 듯한 소리였다. 싸르르한 통증도 느껴졌다.

화장실에 가기로 했다.

현관 옆에 있는 화장실 손잡이를 잡아당겼더니 안으로 잠겨 있었다.

겐지는 옆자리에 있고, 그렇다면 사토밖에 없었다.

"사토 군?"

"⋯⋯응." 가녀린 목소리가 돌아왔다.

"아, 미안." 그렇게 말하고 다시 자리로 돌아왔다.

사인펜을 집어 들기는 했지만 변의 때문에 일에 집중이 되지 않았다.

다시 한 번 화장실 앞으로 가서 말을 걸었다.

"사토 군, 아직?"

대답이 없었다.

노크를 했더니 조그만 소리가 두 번, 안쪽에서 울렸다.

변의가 점점 더 강해졌기 때문에 그 자리에서 기다리기로 했다.

하지만 사토는 도무지 나올 듯한 기척이 없었다. 안에서는 소리조차 들려오지 않았다.

"저기, 사토 군, 빨리 좀 해."

그래도 아무 말이 없는 채였다.

세게 노크를 했다. 그러자 노크만은 슬그머니 되돌려주었다.

"이봐, 사토 군, 부탁이야."

약간 감정적이 되었다. 심술을 부리고 있나 싶었다.

사토는 엄연히 선배 사원이지만, 히사오 쪽에서 만만하게 보는 태도를 취하는 일이 많았다.

"대답이라도 좀 해."

그래도 응답이 없는지라 아랫배를 부여잡은 채 겐지에게로 갔다.

"저기요, 사토 군이 화장실에서 안 나와요."

"엇, 또?" 겐지가 몸을 틀어 화장실 쪽을 돌아보며 얼굴을 찌푸렸다.

또, 라니? 무슨 소리인가.

히사오는 화장실 앞으로 다가가는 겐지를 따라갔다.

"어이, 사토." 겐지가 노크하면서 이름을 불렀다. "또 지난번 그거냐? 괜찮으니까 그만 나와. 우리, 그런 거 별로 신경 안 써."

무슨 얘기인지 알 수 없었다. 그보다 갑자기 변의가 단단히 고
삐를 조여왔다.

"아휴, 진짜로 쌀 거 같은데……."

"똥이야?"라는 겐지.

말없이 몇 차례 고개를 끄덕였다.

"어이, 다무라가 큰일을 봐야 한대. 그러니까 좀 나와주라."

"사토 군." 히사오도 이름을 불렀다.

그렇건만 안에서는 응답이 없었다.

"대체 무슨 일이에요?"

히사오가 험악한 얼굴로 물어보자 겐지는 히사오의 옷자락을
끌며 화장실에서 2미터쯤 떨어진 곳으로 데려가더니 "아마 두드
러기 때문일 거야"라고 귓가에 대고 말했다.

"두드러기?"

"그래. 가끔 온몸에 그런 게 나는 모양이더라고, 사토가."

"그거하고 화장실하고 무슨 관계냐고요."

"우둘투둘 두드러기 난 얼굴을 보여주기 싫어서 숨어 있는 거
아니겠어? 지난번에도 한차례 그랬거든."

"아휴, 그런……." 다음 말이 나오지 않았다. 숨을 거면 차라
리 붙박이장 쪽으로 숨어달라고 말하고 싶었다. "그럼 나는 어
떡해요."

"옆집에 가서 잠깐 화장실 좀 빌리자고 하지?"

"싫어요. 옆집은 일반 가정집이잖아요."

그때 사장이 돌아왔다. 히사오와 겐지를 보더니 "여기서 뭐하고 있어?"라고 이상하다는 얼굴로 말하고는 "아, 오줌 마려워"라며 두 사람을 밀쳐냈다. 앗, 하고 생각할 겨를도 없이 문을 벌컥 잡아당겼다. 물론 열리지 않았다.

"왜 이래?" 사장이 돌아보았다. "누구 들어 있냐?"

겐지가 "형님, 잠깐"이라고 손짓을 하더니 작은 소리로 상황을 설명했다.

히사오의 변의는 점점 더 다급해져갔다. 아마도 얼굴색까지 상당히 나쁠 터였다.

"사토~!" 당장 격노한 사장의 고함소리가 튀었다. "거기서 뭐하고 있어! 빨리 나오지 못해!"

이래서는 역효과라고 생각했지만 사장은 아랑곳하지 않았다.

방 쪽에서 전화벨이 울렸다.

"다무라, 전화 좀 받아줘."

겐지의 말에 히사오는 엉덩이를 누르고 등을 구부린 자세로 전화까지 달려갔다.

받아보니 모리시타였다.

"아, 다무라~?" 남의 속도 모르고 여전히 느긋하기 짝이 없는 목소리였다.

"끊는다."

"뭐야, 느닷없이 끊는다니? 어째서 다무라 너는 항상 화만 내고 그래?"

"화 안 났어. 지금 좀 경황이 없다고."

"사토~!" 사장의 고함소리가 이쪽까지 들려왔다.

"아이, 그런 섭섭한 소리 하지 말고. 금방 끝날 거니까."

"너는 시작하면 끝이 없어."

"야, 존 레넌이 죽었더라?" 모리시타는 멋대로 이야기를 시작했다. "나, 진짜 쇼크 먹어서 말이지."

"너는 튤립 팬이었잖아!" 깜빡 상대를 해주고 말았다.

"응, 튤립의 자이쓰 가즈오(70년대에 활동한 포크 그룹 튤립의 리더. 기타리스트이며 작곡가. 배우로도 활동 — 역주)가 비틀즈 팬이잖아. 그래서 나도 비틀즈 팬이야."

"아, 알았어. 그래서 뭐?"

"그게 말이지, 나, 로스앤젤레스는 관두고 뉴욕으로 가볼까 싶어."

변의가 정점에 달하려 하고 있었다. 수화기를 움켜쥔 손이 부들부들 떨렸다.

"존 레넌이 총을 맞은 다고타 아파트 앞에 가서 꽃이라도 한 송이 놓고 올까 봐. 그거라면 다무라도 찬성이겠지? 너, 비틀즈 좋아했으니까. 비틀즈 앨범, 전부 다 가지고 있다고 전에 말했었지?"

화장실 방향으로 시선을 던졌다. 사장의 고함소리는 멈춰 있었다. 이번에는 겐지가 설득에 나선 모양이었다.

"폴 매카트니보다 존 레넌이 더 좋다고 했었지? 우리 집에서 기타 치면서 〈이매진〉 노래도 불러준 적이 있고."

항문에 힘을 주고 필사적으로 견뎠다. 마침내 한계가 왔다고 생각했다.

"그러니까 말인데, 2만 엔으로 하면 괜찮지 않겠냐? 꽃 값으로……."

전화를 끊었다. 비틀비틀 화장실로 다가갔다.

"아, 잠깐!" 화장실 바로 앞에서 겐지가 손으로 가로막았다. "사토 군, 지금 나온대."

얼굴이 붉으락푸르락하는 사장도 뒤에 서 있었다.

"우리가 이쪽으로 비켜서 잠깐만 기다려주면 사토가 우리 안 보는 사이에 밖으로 나가겠대. 밤바람을 쐬면 두드러기도 가라앉거든."

일반 가정집으로 치면 거실 쪽의 유리문을 겐지가 닫았다.

그 유리문 너머에서 덜그럭거리는 소리가 나더니 사람 그림자가 밖으로 나가는 기척이 들렸다.

"어휴, 저 녀석, 진짜 못 말리겠다."

어이없다는 얼굴로 사장이 냉큼 화장실에 들어가려고 했다.

"형님, 사토 군 돌아오면 너무 혼내지 말아요." 겐지가 사장을 타일렀다.

"저기, 나, 이제 진짜 한계예요"라는 히사오.

"나는 작은 거야. 금세 끝나." 사장이 화장실 문을 열었다.

"아뇨, 나도 금세 끝나요. 두 번으로 나눠도 좋고요."

"안 돼. 다무라가 싸고 나온 뒤는 냄새가 지독해."

히사오의 소원은 받아들여지지 않았다. 별 수 없이 벽에 손을 짚고 변의와 마지막 사투를 벌였다.

일 분 후에 히사오는 드디어 고통에서 해방되었다.

정신을 차리고 보니 온몸이 땀에 흠뻑 젖어 있었다.

변기에 앉은 채 두 다리를 쭉 뻗었다. 마음껏, 실컷, 볼일을 보자고 생각했다. 어쩌면 이렇게도 기나긴 하루인가, 하고 한숨을 내쉬었다.

화장실에서 나오자 겐지가 "방금 사이조 씨한테서 전화 왔어. 빨리 오라던데?"라는 말을 전해주었다. 시계는 벌써 밤 10시로 가고 있었다.

어쩌지? 카피는 아직 만들지 못했다. 서둘러 잡지를 뒤적였다. 뭐든 좋으니 힌트가 될 만한 말이 있었으면. 과거의 광고 파일도 살펴보았다. 테이블에 석간신문이 있어서 그것도 뒤적였다.

그리고 그 석간신문 밑에 깔려 있던 레코드를 문득 깨달았다.

존 레넌의 〈더블 판타지〉였다.

"이거, 누구 거?" 겐지에게 물었다.

"응, 요코야마 거야. 그 바보 녀석이 깜빡 잊고 놔두고 갔어."

더블 판타지라⋯⋯.

그 순간, 머릿속에서 전구가 파팍 켜지는 듯한 느낌이 들었다.

지금 고민 중인 카피는 바로 더블 카세트 데크의 광고 문안이다……. 그래, 이거, 딱 맞잖아!

서둘러 원고지에 사인펜으로 써보았다.

— 더블 판타지.

이건 틀림없이 통과라고 히사오는 생각했다.

하긴 이렇게 똑같으면 표절이 될 테니 그게 문제다.

잠시 생각했다.

한번 이걸로 가보자. 표절이 아니라 인용이라고 생각하면 된다. 죽은 존 레넌에게 경의를 표하고자 이런 카피를 쓰게 되었다고 해설을 붙이는 것이다.

가방에 원고를 쑤셔 넣고 회사를 나섰다.

육교 계단을 경중경중 두 칸씩 뛰어 올라갔다.

"오오, 좋네, 이거!" 카피를 보자마자 사이조 씨는 눈을 큼직하게 뜨고 얼굴이 싱글벙글 환하게 펴졌다.

"음, 훌륭해. 단 한 마디로 더블 데크의 특징이라든가 재미라든가, 아무튼 모든 것을 대변해주고 있어. 이거라면 얼마든지 포스터에도 쓸 수 있겠어. 좋아, 아주 좋았어."

어쩌면 이게 처음으로 사이조 씨에게서 칭찬을 들은 카피인지도 모른다. 고스란히 베껴 온 것이기는 하지만.

좋아 죽겠다는 사이조 씨의 얼굴을 보며 히사오까지 마음이 흐뭇해졌다.

단지 사이조 씨는 이게 존 레넌의 앨범 제목이라는 건 알지 못

하는 것 같았다. 그걸 알게 되면 과연 어떻게 나올지 은근히 두렵기도 했다.

"흠, 이거 존 레넌의 마지막 앨범이 되겠지?"

김샜다. 역시 알고 있었구나.

"이걸 그대로 갖다 쓰는 건 문제가 될까요?"

"글쎄, 어떨까."

베껴 썼다는 것을 알면서도 말투가 축 처지지 않는 걸 보면 사이조 씨는 이 말이 상당히 마음에 든 모양이었다.

"무슨 상표 등록을 한 것도 아닌데, 뭐."

히사오는 사이조 씨의 눈치만 살피고 있었다.

"음, 좀 빌리기로 하자구."

사이조 씨가 이토록 세상사를 잘 아는 유식한 인물인 줄은 몰랐다.

"아니면 좀 어렌지해볼까? 그래, 좀 더 생각해봐."

"아, 그러면……." 히사오는 생각나는 대로 말해보았다. "'또 하나의 더블 판타지'라든가, '내 방의 더블 판타지'라든가……."

"아냐, 역시 단 한 마디가 아니면 안 돼."

사이조 씨는 팔짱을 끼고 천장을 바라보고 있었다.

끄응, 하고 몇 번이나 신음을 했다.

"좋아, 이걸로 가보자. 사식으로 찍어서 프레젠테이션 해버리자구."

그 자리에서 폴짝 뛰고 싶었다. 드디어 오늘이 끝나는구나, 하고 생각했다.

"근데 말이야." 사이조 씨가 손끝으로 히사오를 가리켰다. "보험도 준비해둬."

"보험요?"

"이 카피로 내가 일단 클라이언트를 설득해보기는 할 텐데, 혹시 그쪽에서 난색을 표할 가능성도 있거든."

"네에……."

"그거, 내가 전에 말했던 드레스다운이라는 선에서 한 번 더 좋은 거 좀 생각해봐. 내일 아침까지."

자기가 한 얘기를 기억하고 있었구나. 히사오의 가슴속에서 크게 부풀었던 마음이 급속히 쭈그러들어갔다.

내일 아침이라……. 그렇다면?

"나는 9시까지는 출근할 거야."

어쩌자고 이쪽 업계 사람들은 이렇게도 일하기를 좋아하는가.

"좋아, 오늘은 여기까지. 수고했어. 그만 돌아가도 좋아."

사이조 씨는 자리에서 일어나 상의에 팔을 꿰고 있었다. 눈이 마주치자 "젊으니까 열심히 해봐"라고 입 끝으로만 웃었다.

돌아오는 길에 복도에서 웨스트의 다른 방들을 들여다보았다.

진즉에 밤 10시가 지났는데도 심상치 않은 숫자의 사람들이 바쁘게 일하고 있었다. 사장이 입버릇처럼 "어허, 웨스트는 아직도 일하고 있잖아"라고 떠들던 게 생각났다.

엘리베이터에 탔다. 층수를 가리키는 램프를 바라보며 히사오는 한숨인지 콧숨인지 알 수 없는 거친 숨을 내쉬었다.

회사로 돌아오는 길, 히사오는 육교 한복판에 멈춰 섰다. 건너편에서 야마노테선 전차가 달려왔기 때문이다. 발밑을 지나가는 전차를 바로 위에서 바라보았다.

오늘도 밤샘이구나, 하고 생각했다. 아마 이런 나날이 당분간 이어질 것이다. 나 스스로 선택한 인생인 것이다. 대학을 그만둔 것도, 지금 이 회사에 들어온 것도.

사토는 회사에 돌아왔을까. 화장실에 틀어박혔던 일에 대해서는 이러니저러니 잔소리하지 말기로 하자. 녀석과 함께 한 번쯤 술 마시러 나가는 것도 좋겠다.

그리고 밤하늘을 올려다보았다. 낮에 불던 바람이 구름을 날려버렸는지 별이 몇 개나 나와서 반짝이고 있었다.

문득 생각이 났다. 오늘 존 레넌이 죽었구나…….

한참을 그대로 서 있었다.

코를 한번 훌쩍 들이켰다.

1980년 12월 9일을 나는 아마도 잊지 못하리라.

〈이매진〉을 소리 내어 불렀다.

영어 가사는 고등학생 때 외웠다.

하지만 뭔가 같잖은 짓인 것 같아 중간에 관뒀다.

나고야 올림픽

1981년 9월 30일

1

그날 아침, 다무라 히사오는 전화벨 소리에 눈을 떴다. 손을 내밀어 수화기를 들자 나고야의 누나였다.

"히사오, 자고 있었니?"

조심스러운 목소리에 베갯머리의 자명종 시계를 보았다. 오전 8시 반이었다.

"잤어." 히사오가 컬컬한 목소리를 냈다.

"네가 회사에 전화하면 싫어하니까 어쩔 수가 없잖아. 밤에는 집에 없고."

누나가 항의하듯이 말했다. 누나는 고향 나고야 여대를 졸업하고 현청에 근무하고 있었다. 아마 출근해서 곧바로 전화를 걸고 있을 터였다.

"뭬야?"

히사오가 물었다. 나고야 사투리라 노인네 같은 억양이다.

"오늘 밤에 결정될 거야."

"뭐가?"

이건 도쿄 쪽 억양.

"올림픽. 전부터 말했었잖아, 9월 30일이라고."

"으응, 그랬었나?" 나른하게 대답했다.

"결정되면 아버지한테 전화 좀 해드려."

"왜?"

"왜냐니, 아버지하고 아들 사이잖아? 잘됐네요, 라는 한마디쯤은 해드려야지."

"응, 알았어."

몸을 뒤척이며 한숨을 내쉬었다. 간밤에 마신 술기운이 남았는지 유난히 가래가 걸렸다.

"다무라 집안의 장래가 걸린 일이야." 누나가 목소리를 낮추어 말했다.

"또, 또, 과장한다."

"과장이 아니야. 나고야에 올림픽이 오면 우리도 다시 일어설 수 있다니까."

"뭐, 그야 그렇지만."

"빚도 갚을 수 있고."

"응."

창문으로 눈을 던졌다. 커튼을 뚫고 아침 햇빛이 방 안에 침입하고 있었다.

"올림픽 이야기, 도쿄 쪽에서도 화제야?" 누나가 물었다.

"전혀."

"어머, 말도 안 돼."

"그래도 이쪽하고는 관계가 없잖아."

"도쿄 사람은 정말 인정머리도 없다." 누나는 불만스러운 기색이었다.

"근데 서울이 되면 어쩌지?"

"얘, 재수 없는 소리 하지 마. 틀림없이 나고야로 결정될 거야. 신문도 텔레비전도 다 그렇게 말했는데, 뭐."

누나는 조금 화난 듯한 소리를 내더니 "히사오는 좋겠다, 이렇게 늦게까지 잠도 자고"라며 빈정거리는 말을 하고는 전화를 끊었다.

의미도 없이 신음소리를 올렸다. 아침 댓바람부터 뭔가 했더니만……. 히사오는 천장을 향해 큼직한 하품을 했다.

으, 앞으로 30분은 더 잘 거야. 이불을 뒤집어쓰고 몸을 둥그렇게 말았다. ……아니지, 어중간하게 자면 도리어 개운하지 않다. 양팔을 이불 밖에 내밀고 머리를 가볍게 좌우로 돌렸다.

목이 말랐다. 하지만 일어나서 냉장고까지 가기가 귀찮았다. 잠시 고민하다 관둬버렸다. 손이 닿는 범위에 있는 담배나 피우기로 했다.

불을 붙이고 천천히 연기를 토해냈다.

나고야 올림픽이라ー. 혼잣말을 해보았다.

작년에 회사가 도산했지만 아버지는 지겹지도 않은지 다시 새 회사를 세웠다. 규모는 훨씬 작아졌지만 이번에는 호텔 내장 공사를 취급하는 회사인 모양이었다. 오봉에 고향에 내려갔을 때 아버지는 "올림픽이 이쪽으로 정해지면 진짜 바빠질 거야"라며 콧구멍을 벌름거리고 있었다.

집의 빚이 얼마나 되는지 히사오는 알지 못했다. 집까지 빼앗기지는 않았으니까 그리 큰 건 아니라고 생각하기로 했다. 하긴 돈을 못 부쳐줘서 아들의 대학 중퇴를 허락했을 정도였으니 한가하게 마음을 놓고 있을 만한 상태는 아닐 터였다.

그러면서도 크라운 자가용을 몰고 다니는 아버지는 정말 수수께끼였다. 스타레토로 낮추고 조금이나마 빚을 갚는 게 좋지 않을까, 라고 생각하는 건 아마추어의 짧은 소견인 걸까. 어머니는 뒤에서 "아버지는 사장밖에 해본 적이 없는 사람이라서 그래"라고 투덜거렸다.

히사오는 나고야에 돌아갈 마음은 없었다. 우연한 기회에 입사한 광고대행사 업무는 하루하루를 충실하게 해주었다. 사원은 고작 몇 명, 게다가 죄다 젊은 사람들뿐이라는 게 의욕의 원천인지도 모른다. 좋다 싫다 말할 사이도 없이 일을 떠맡고 곧바로 그 성과를 실감할 수 있는 것이다. 카피라이터로서의 능력도 꽤 연마되었다. 자신의 카피가 포스터로 만들어진 일도 있고 소책자 한 권을 통째로 다 쓴 적도 있었다. 이제 곧 스물두 살이 되는 젊은이로서는 괜찮은 커리어라고 스스로는 생각하고 있었다.

담배를 재떨이에 비벼 끄고 이불을 걷어찼다.

침대 위에서 기지개를 켜고는 다시 신음소리를 올렸다.

윗몸만 일으키고 시스템 콤보의 스위치를 켰다. 이불을 끌어안고 다시 드러누웠다.

FM 방송에서 더 폴리스의 〈데두두두 데다다다〉가 흘러나왔다. 오, 아침부터 기분 좋다. 혼잣말을 해봤지만 아직 머리가 완전히 깨어나지 않았다. 시끄럽네. 조금 볼륨을 낮췄다.

음, 오늘의 스케줄은 뭐냐ー.

이번에는 큰대 자로 누웠다. 천장을 보며 생각을 굴렸다.

오전 중에는 새로 들어간 팸플릿 카피를 다듬고, 오후에는 PR지 회의를 해치우는 한편으로 촬영 현장에 가고, 저녁부터는 발표회 준비를 위해 뛰어다니고······.

우, 바쁘다.

아, 그렇지, 오늘 안으로 오디오 평론가 간노 선생 집에 시청용(試聽用) 제품도 갖다줘야 한다.

두 번째 담배에 불을 붙였다. 연기와 한숨을 함께 토해냈다.

누구한테 시킬까. 스즈키쯤이면 적당하려나.

히사오에게는 후배 사원 세 명이 있었다. 히사오가 의외로 제 역할을 잘해내는 것을 알아본 사장이 PR지 일거리를 따다 히사오에게 배정해주었다. 물론 혼자 다 해낼 수 있는 일이 아닌지라 "부하직원을 붙여줄게"라고 이야기가 맞춰졌다. 스물한 살에 남을 부리는 입장이 된 것이다.

면접도 히사오가 직접 했다. 연상은 싫어서 한 살 아래 두 명, 동갑내기 한 명을 채용했다. 전문대를 막 졸업한 아쓰코와 전문학교 출신인 하라다는 한 살 아래, 대학을 중퇴한 스즈키는 동갑, 그렇게 짜인 진용이다. 덕분에 신광사 직원의 평균 연령은 묘하게 낮았다.

좋아, 오디오 평론가 선생 댁에는 스즈키를 보내자. 하라다는 존댓말 쓰는 게 어째 영 미심쩍으니까 스즈키 쪽이 낫다.

어제 저녁에는 그 후배 직원들과 술을 마셨다. 카메라맨 모리시타까지 섞여서 그만 밤늦도록 마셔버렸다. 허세를 부리느라 자신이 돈을 냈다. 최소한 모리시타에게는 돈을 내라고 하고 싶었지만 그 녀석은 계산할 때만 되면 늘 화장실로 사라졌다.

으, 모리시타, 그놈.

아침의 사색은 늘 두서가 없었다.

히사오는 일어나서 화장실로 갔다. 문을 연 댐처럼 힘차게 소변을 보았다.

냉장고를 열고 우유를 팩째로 직접 마셨다. 어육 소시지가 보여서 그걸 씹어 먹었다. 아침식사는 그것뿐이었다.

얼굴을 씻었다. 슬슬 물이 차갑게 느껴지는 날씨가 되었다. 9월도 오늘로 끝인가. 눈이 말짱해진 참에 스스로에게 작게 기합을 넣었다.

파자마를 벗고 L.L.빈 트레이너를 입었다. 요즘 들어 히사오는 아웃도어 브랜드로 매무새에 신경을 좀 써줬다. 산이나 강은 커녕 근처 공원에도 나가지 않았지만.

헤드 테니스슈즈를 발에 꿰고 아파트를 뛰어나왔다. 역까지 큰 걸음으로 걸어갔다.

회사에 도착하자 스즈키가 겐지의 제판 원고 작업을 거들고 있었다.

"어이, 다무라, 스즈키 좀 잠깐 빌렸어."

겐지는 사장의 동생으로 경리에서 트레스코프(저배율과 고배율의 렌즈를 교환하여 쓰는 예전의 출판 복사용 기계 – 역주) 수리까지 해치우는 이 회사의 넘버 투였다.

"임대료 500엔 내요."

"초등학생 같은 소리 하지 말라구."

가방을 내려놓고 겐지의 옆얼굴을 보았다. 턱에 옅게 수염이 나 있었다. 아무래도 또 회사에서 밤을 새운 모양이었다.

아쓰코가 끓여준 커피를 마셨다. 아쓰코는 아기 같은 얼굴에 자그마한 몸집이어서 '공주'라는 별명으로 불렸다. 히사오가 붙여준 것이었다.

"어이, 공주, 하라다는?"

"아직요."

"한심하네, 간밤에 술은 똑같이 마셨는데."

"다무라 씨는 술이 세니까 똑같이 취급하면 가엾죠."

아쓰코가 하얀 이를 내보였다. 처음으로 씨자를 붙여 불러줄 때는 낯이 간지러웠지만 이제는 이미 익숙해졌다. 대학을 1학년 마치고 중퇴했으니 오랜만에 느껴보는 선배 기분이었다.

"무토! 몇 번을 말해야 알겠어!"

옆방에서 사장의 고함소리가 터졌다. 무토는 반년 전부터 사원으로 합세한, 경험이 아주 조금 있는 디자이너였다. 전임자인 사토가 실종되는 바람에(어느 날부터인가 갑자기 나오지 않았다) 그 대신 구인 광고로 들어온 스물세 살짜리였다.

사장은 디자이너 출신인 탓인지 제자에게는 유난히 엄격했다. 사토도 그렇고 무토도 그렇고 큰소리로 마구 불러대기 쉬운 두 음절의 성씨를 일부러 골라서 채용한 게 아닌가 싶을 정도였다.

작은 회사라서 사원이 들고나는 게 심했다. 히사오가 신광사에 적을 둔 지 1년 반 만에 사장과 겐지 이외에 남아 있는 건 자신뿐이었다.

"어이, 스즈키에게 인쇄소에도 다녀오라고 할 거니까 그리 알아"라는 겐지.

"그럼, 임대료가 천 엔으로 올라가요."

"웃기지 마."

제판 원고를 들고 스즈키가 나갔다. 스즈키는 얌전한 게 약점이었다. 밀어붙이는 힘이 약해서 클라이언트와의 절충은 맡길 수가 없었다.

"아참, 겐지 씨." 돌연 아침에 걸려온 누나의 전화가 생각났다. "오늘 올림픽 개최지가 결정된다는데, 알아요?"

"어, 그래?"

"나고야로 정해질 것 같은데."

"흠……." 얼굴도 돌리지 않고 턱만 쓰다듬고 있었다. "어이, 무토, 아직 안 된 제판 원고 있으면 이쪽으로 가져와."

옆방을 향해 소리친다. 역시 그런 일에는 관심도 없는가.

"다무라 씨, 전화예요." 아쓰코가 돌아보며 말했다. "모리시타 씨."

히사오가 얼굴을 찌푸렸다. 미국에 간다 간다 하면서 좀체 가지 않는 모리시타는 유난히 말이 긴 것이다. 느려빠진 말투가 쓸데없이 시간을 잡았다.

"웅, 뭐야?"

"여보세요. 나, 모리시타인데, 거기 스즈키 군 있어?"

"유감이네. 지금 막 나갔어."

"으웅, 그렇다면 됐어."

"아, 그래? 그럼 또 보자, 빠이빠이."

"아, 여보세요?" 모리시타가 허둥거렸다. "그렇다면 됐다고 말한 건 볼일이 없다는 뜻이 아니라 스즈키 군이 없는 편이 더 좋다고 할까, 너한테 말하기가 더 쉽다고 할까, 그런 얘기……."

"뭐야, 나한테 볼일이 있었어?" 그새 히사오는 답답증이 났다.

"어라, 화내지 마, 아침부터. 너는 늘 화를 내더라."

"화 안 났어."

"화났는데, 뭐. 목소리가 뻣뻣하고 말이지. 전화를 받는 태도는 조금 더 따스함이 있어도 좋은 거 아닐까?"

눈을 감고 한숨을 내쉬었다.

"알았어. 되도록 짤막하게 말해줘."

"어젯밤에 말이지, 다들 함께 술을 마셨잖아?"

"웅, 그래, 너, 돈 내. 노상 화장실로 숨어버리고."

"어? 어젯밤에는 다무라 군이 내는 거 아니었어?"

"이 녀석, 꼭 이런 때만 '군'을 붙여주고."

"다음에 개런티 들어오면 한 판 살게."

"이런 거짓말쟁이. 지난번에도 그렇게 말해놓고 렌즈 할부금으로 다 써버렸잖아."

"카메라맨은 원래 돈이 드는 거야."

"알았어, 그건 됐어. 빨리 용건이나 말해."

"그럼, 어젯밤은 네가 산 거다?"

"볼일이나 말하라니까." 저도 모르게 말투가 거칠어졌다.

모리시타는 그래도 "다무라는 정말 노상 화만 낸다니까"라고 한참이나 투덜거리며 냉큼 용건으로 들어가지 않았다. 히사오는 커피를 마시고 한차례 심호흡을 해서 마음을 가라앉히려고 했다.

"내가 어젯밤에 생각해봤는데 말이지, 다무라 너, 스즈키 군에게 '군'을 붙여서 부르게 하고 있잖아."

모리시타가 느릿느릿 말했다.

"이거, 본론이냐?"

"그래."

"그럼, 계속해봐."

"……다무라하고 스즈키 군, 동갑이잖아? 나도 그렇지만 말이야."

"59년생 모임이라도 만들자는 거야?" 깜빡 말려들어서 말을 끼워 넣고 말았다.

"그게 아니라 내가 말하려는 건 다른 얘기인데……. 다무라, 너는 스즈키 군을 호칭도 없이 마구 부르는데, 사실은 '군'을 붙여서 불러주는 게 좋지 않겠어?"

"무슨 소리야?" 의미를 알 수 없었다.

"나이는 같은데 한쪽은 반말이고 다른 한쪽을 꼭꼭 '군' 을 붙여서 말하는 건 좋지 않다고 생각한다는 거야, 내 말은."

"뭔 소리야, 그게?" 히사오는 어리둥절했다.

"만일 스즈키 군이 너를 마구 부르면 기분이 어떻겠어?"

"싫지, 그야. 내 쪽이 선배인데."

"하지만 나이는 똑같잖아?"

"무슨 소리를 하는 건지 모르겠네, 진짜."

"잘 들어봐, 요컨대 내가 말하려는 건, 스즈키 군 입장에서 보면 자신은 다무라를 꼭꼭 '군' 이라는 호칭을 붙여서 부르는데 다무라는 자기를 호칭도 없이 마구 불러대니까 영 재미없다고 생각할 거라는 얘기야."

"스즈키가 너한테 그렇게 말했어?"

"아니, 그런 말은 안 했어."

"근데 왜 네가 그런 일에 참견을 하고 나서냐?"

"어젯밤에 그게 묘하게 마음에 걸렸었거든."

"야야!" 약간 화가 났다. "학교도 아니고 말이지, 마구 부르네 마네, 그런 차원 낮은 이야기는 하지 말라고. 이건 회사 업무인데 어쩔 수가 없잖아? 스즈키가 나보다 경험도 많고 일도 잘한다면 내가 '씨' 자라도 붙여줄 수 있어. 하지만 현재 상황에서는 내가 업무의 이니셔티브를 쥐고 있잖아."

"이니셜이라니, 그게 무슨 말이야?"

"너, 학교는 나왔냐?"

"일단 다마 사진 전문학교를 졸업하기는 했지."

히사오는 머리를 쥐어뜯었다.

"용건이라는 게 그런 시시한 소리였어?"

"시시한 소리가 아니야. 다무라, 어젯밤에 스즈키 군한테 네 미즈와리(술에 얼음물을 섞어 알코올 농도를 낮추는 칵테일 – 역주)까지 만들라고 했지? 그런 거, 아무래도 별로 좋지 않아."

"알았어. 다음부터는 내가 네 것까지 만들어줄게."

"어라, 또 화를 내네? 친구로서 충고를 해주는 건데."

"끊는다."

"진짜 다무라는 성질이 급하다니까……. 자, 그럼 앗 쨩에게 인사 전해줘."

"잠깐, 앗 쨩이라니, 그게 누구야?"

"그야 당연히 아쓰코 쨩이지."

"앗 쨩이라니, 괜히 친한 척하지 마, 내 어시스턴트한테." 미워서라도 엊저녁 술값은 반드시 내게 해야겠다고 생각했다. "아, 참!" 다시 생각이 났다. "오늘 올림픽 개최지 결정된다는 거, 알아?"

"아니, 난 모르는데?"

제기랄, 이놈이고 저놈이고 다들 인정머리도 없네.

"1988년에는 나고야에서 올림픽이 개최될 거라고."

"아, 그러고 보니 다무라 고향이 나고야였구나?"

"그래, 올림픽 경기 보고 싶다면 특별 요금으로 재워줄게."

"그치만 말이지, 지금은 81년이잖아? 앞으로 자그마치 7년 뒤의 일은 정말 어떻게 될지 모르는 거야."

"하긴 그렇다."

"그럼, 다시 전화할게."

"안 해도 돼."

전화를 끊었다. 그렇군, 올림픽이라고는 해도 아직 7년 뒤의 일인가ㅡ. 히사오는 등받이에 몸을 맡기고 담배에 불을 붙였다.

올림픽 때 나는 스물여덟 살인가. 천천히 담배 연기를 뿜었다. 그때는 뭘 하고 있을까. 피어오르는 연기를 멍하니 바라보고 있었다. 결혼은 했을 테지⋯⋯. 커피를 마셔 잔을 비웠다. 아이가 둘쯤 딸렸다거나⋯⋯. 아니, 그때 일을 지금 어떻게 알아.

7년 후의 일 따위, 히사오에게는 너무나 먼 미래였다.

의자에서 다시 정좌를 하고 앉아 어깨를 빙빙 돌렸다. 좋아, 일이나 하자.

책상을 마주하고 있으려니 하라다가 드디어 출근을 했다.

"죄송합니다. 역에서 BVD 팬티를 입은 아저씨가 자꾸 쫓아와서요."

"이 녀석이. 그런 변태 아저씨가 도대체 몇 명이나 되는 거야?" 그 얼마 전에 후카가와 길거리에서 그런 무차별 살인사건이 일어났었다. "너, 오는 길에 그런 개그를 궁리하면서 왔지?"

"에헤헤." 머리를 긁적거렸다.

"지난주에 취재한 원고는 다 됐어?"

"예, 다 됐어요."

"그럼 보여줘."

후배들의 업무를 체크하는 것도 히사오의 중요한 일거리였다. 그들이 작성한 원고를 그대로 쓸 수는 없었다. 대개는 히사오가 새로 손을 봐야 했다.

"이봐, 문장을 두 번이나 연달아서 체언으로 끝내지 말라고."

"아, 예."

"여기 '흑산(黑山) 같은 컬렉션'이란 건 뭐지? 무슨 뜻이야?"

"많다는 뜻이에요."

"바보 아냐? '흑산 같은' 뒤에는 '사람 떼'라는 단어가 따라오는 거지. '흑산 같은 사람 떼'라는 건 사람이 많이 모인 상태를 나타내는 조어(造語)야. 사람 머리 색깔이 검잖아? 거기서 나온 말이라고."

"아, 그런가요? 그럼, 대머리 아저씨들이 많이 모였을 경우에는 어떻게 되죠?"

이런 식이니 히사오가 느긋하게 손을 놓고 있을 수가 없었다. 요즘 들어 일요일까지 계속 일인 것이다.

스즈키가 심부름을 갔다가 돌아왔다. 모리시타가 했던 말이 생각났다.

"어이, 스즈키, 오후에 간노 선생 댁에 시청용 오픈 데크 좀 갖

218

다줄래?"

"응, 알았어."

역시 이제 와서 새삼스럽게 '군'이니 뭐니 붙여주기는 좀 그랬다.

어쩔 수 없잖아. 내가 일을 더 잘하는데.

"어이, 공주. 웨스트의 사이조 씨한테서 전화 없었어?"

"없었어요."

"뭐야, 급하다고 재촉했으면서."

광고 카피는 대개 웨스트의 사이조 씨에게서 체크를 받았다. 간밤에 원고를 보냈었다. 약간은 참신하고 쌉싸래한 카피를 써보았다. 사이조 씨의 반응을 은근히 기대하고 있었는데.

팸플릿용 카피를 다듬었다. 요령을 습득했기 때문에 이제는 자신만만했다. 이러다 머지않아 이토이 시게사토처럼 유명해지는 거 아냐? 그런 공상까지 해보는 히사오의 요즘이었다.

2

"그러니까 좀 널찍한 스튜디오를 잡아서 제대로 된 부감(俯瞰)으로 촬영해줬으면 좋겠다는 거야."

회사 근처의 찻집에서 히사오는 카메라맨에게 상세하게 주문을 붙이고 있었다. 회사에서가 아니라 찻집에서 상담을 하는 건

이곳에 예쁘장한 웨이트리스들이 있었기 때문이다.

"비주얼에는 공을 좀 들여야지, 안 그러면 클라이언트도 쉽게 넘어가주지 않을 거야."

문제의 웨이트리스가 주문한 음료들을 내올 때, 일부러 이쪽 업계의 전문용어를 써보기도 했다.

"그리고 차체 상품 촬영 때는 다중 노광(露光)으로 찍어줘. 전원 램프가 붙어 있으니까."

이제는 전문용어도 멋지게 구사할 줄 아는 것이다.

카메라맨도 카피라이터도 외주 스태프는 모두 히사오보다 나이가 많았지만 그렇다고 기가 죽는 일은 없었다. 그들도 히사오만은 한 수 높게 쳐주었다. 기껏해야 16페이지의 PR지였지만 사실상 편집장 같은 존재였다. 명함에 '편집장'이라고 넣어볼까. 히사오는 진지하게 그런 생각까지 하고 있었다.

"원고는 남성 패션지 〈브루투스〉처럼 남자는 반드시 이러저러해야 한다고 정해주는 식이 좋겠어. 외국 이야기 같은 것도 좀 넣어주면 고맙겠고. 뉴요커의 휴일은 좋아하는 레코드를 턴테이블에 얹는 것부터 시작된다, 라든가 말이지."

"정말 잘한다, 다무라 군. 역시 카피라이터는 다르네"라는 라이터.

"아이, 뭘 그렇게까지." 장난스럽게 가슴을 젖혔다.

"사장도 그러던데? 회사 설립 이후로 다무라 군이 가장 성공작이래."

"어, 이거 부끄럽네. 핫핫하."

뒤통수에 손을 대고 가야마 유조(일본의 가수, 배우 - 역주) 말투로 두 사람을 웃겼다.

하지만 실제로 그건 사장이 공언하는 말이었다. 언젠가 둘이서 밤샘을 했을 때, 사장은 "다무라가 우리 회사에 들어온 덕분에 나는 정말 살았어"라고 절절하게 말했던 것이다.

돈가스 샌드위치를 베어 먹었다. 회의를 겸하면 밥값이 경비에서 나간다는 거, 이건 실로 유쾌한 일이었다. 얼마 전에 대학시절의 여자 친구와 차를 마셨을 때는 "아니, 됐어. 경비로 낼 거니까"라면서 계산서를 척 집어 들었다. 그 여자 친구는 마치 어른을 바라보는 듯한 눈빛이었다.

"이번에 들어온 신입사원들은 어때?"라는 카메라맨.

"흐음." 히사오가 미간에 주름을 잡았다.

"기대 밖?"

"성공이라고 하기는 좀 어려워." 그런 은근한 대답으로 나갔다.

"뭔가 약간 부족하지?"

"음, 아마도."

"하라다 군이라는 친구, 지난번에 전화받을 때 '다무라 씨, 지금 화장실에 있어요' 라고 대답하더라니까."

"정말?"

"다행히 나였으니 상관없지만, 다른 클라이언트라면 그건 좀 문제 아니야?"

"전화 응대도 제대로 못 하나……."

"스즈키 군의 경우는 좀 더 심해." 이번에는 카피라이터가 히쭉히쭉 웃었다. "우리 사무실에 왔었는데, 미안하지만 가는 길에 현금서류(현금을 넣어 보내는 우편용 봉투. 환금 절차가 생략되어 편리하지만 반드시 우체국 창구에서 수속을 거쳐야 한다 — 역주) 좀 부쳐달라고 부탁했더니 그걸 그냥 우체통에 넣었더라니까?"

"엑, 설마!" 히사오는 눈을 휘둥그렇게 떴다.

"정말이야. 우체국에서 연락이 왔는데, 뭐. 와서 찾아가라고."

"어휴, 미안해. 애가 영 시원찮아서."

"하긴 들고 튀지 않은 것만도 다행이지."

두 사람은 배를 부여안고 웃었지만 역시 히사오는 함께 웃을 수가 없었다.

"스즈키, 나하고 동갑인데."

"그 녀석은 절대로 쓸 만한 물건 못 돼." 카메라맨이 잘라 말했다.

"맞아. 어디 나사가 하나 빠진 거 같기도 하고." 라이터도 동조하고 있었다.

"모르면 물어보기라도 할 것이지."

"스물 넘은 녀석이 그래서야 싹수가 노랗지."

"그러고 보니 지난번 촬영 때 스타일리스트, 그 여자도 나사가 좀 빠졌더라." 히사오가 목소리를 낮추었다. "화분을 좀 구해

오라고 했더니 어디서 시들어빠진 선인장을 들고 왔어. 정말 머리가 지끈거리더라."

"일 잘하는 사람, 정말 찾기 힘들어."

"맞아, 어이가 없을 정도야."

셋이서 요란하게 탄식을 했다.

"아쓰코 짱은 귀여우니까 그나마 용서가 되지만"이라는 카메라맨.

"아니, 우리 공주는 노력 많이 해. 휴일 출근도 잘 해주고." 히사오도 변호에 나섰다.

"어제는 필름 ASA400 있느냐고 물어봤더니 냉장고 속을 찾고 있더라고."

"왜?"

"영양 드링크제 같은 거라고 생각했대."

셋이서 몸을 젖히고 웃었다.

"아참!" 왠지 여기서도 한번 물어보고 싶어졌다. "저기, 올림픽 개최지가 오늘 정해진다는데, 알고 있어?"

"호오, 그래? 근데 그게 왜?"

"응? 아냐, 아무것도."

히사오는 계산서를 집어 들고 자리에서 일어섰다. 역시 그 일에는 아무도 관심이 없구나.

회사에 돌아와 일을 하고 있으려니 평론가 간노 선생에게서 전화가 왔다. 스즈키가 갖다준 시청용 오픈 데크에 테이프가 들어 있지 않다는 클레임이었다.

"이건 무슨 뜻이지? 테이프는 나더러 직접 사서 쓰라는 얘기인가?" 비꼬는 투로 말씀하신다.

"아, 죄송합니다. 저희가 큰 실수를 했습니다." 히사오는 수화기를 쥔 채 머리를 조아렸다.

"댁에서 심부름 온 친구에게 물어봐도 그냥 모르겠다고만 하고. 이러면 곤란해, 일처리를 똑바로 해야지?"

"죄송합니다. 그 친구, 전화 좀 바꿔주실 수 있을까요?"

"조금 전에 갔어. 현관에 털썩 내려놓고. 택배 배달 온 사람인 줄 알았어. 대개는 상자에서 꺼내 세트해서 제대로 가동이 되는지 확인해주고 가는 거 아냐? 우리는 메이커나 대리점에 나갈 때도 케이크쯤은 준비하는데 말이야."

"아, 정말 죄송합니다."

히사오는 몇 번이나 사죄하고, 테이프는 즉시 가져다드리겠노라고 말한 뒤에 전화를 끊었다.

스즈키, 그 녀석. 얼굴에 후끈 열이 올랐다.

하지만 녀석이 할 만한 짓거리였다. 면접할 때 착실해 보여서 채용했는데 두고 볼수록 착실한 게 아니라 사람 대하는 게 영 서툰 녀석이었다.

"어이, 하라다." 책상을 맞대고 있는 오동통한 녀석에게 말을 붙였다. "오픈 테이프, 메이커에 수배해서……. 아니, 사는 게 더 빠르겠다. 어딘가 전자 제품점에서 사다가 간노 선생님 댁에 좀 갖다 드릴래?"

"원고 수정, 아직 안 했는데요?"

큼직한 소리가 돌아왔다. 이 녀석은 목소리가 커서 힘깨나 쓰겠다고 예상했었는데 힘보다는 그저 시끄럽기만 했다.

"언제까지 붙잡고 있을 거야, 그걸? 30분이면 해치울 일거리 잖아? 아, 됐어, 이리 줘. 내가 리라이팅할 테니까."

원고를 책상까지 가져오게 했다. 일단 쓰윽 훑어보려고 했다.

"……너, 아라비아어 쓰냐?"

판독할 수 없는 지렁이 같은 문자가 원고지 위에서 꿈틀거리고 있었다.

"아, 그건 나만 알아보게 흘려 쓴 거예요." 하라다가 태연히 말했다.

히사오는 두 콧구멍으로 숨을 흘리며 고개를 설레설레 저었다.

내가 쓰는 게 더 빠르겠다. 아예 처음부터 그렇게 했으면 좋았을걸. 어깨가 축 처졌다.

"내가 읽어볼까요?"

"읽기는 뭘 읽어?" 그만 목소리가 거칠어졌다.

평론가 선생 댁의 지도를 그려서 건네주었다. "다녀오겠습니다~!"라고 다시 우렁찬 목소리. 현관으로 향하는 하라다의 등짝을 쳐다보며 우리 회사가 카바레라면 호객하기에는 딱 적임자일 텐데, 라고 말도 안 되는 상상을 했다.

"다무라 씨, 사식 집에서 전화 왔어요. 나머지 원고 아직 안 됐느냐고 하던데요?" 아쓰코에게서 보고가 들어왔다.

"지금 하고 있어. 앞으로 30분."

연필을 손에 들고 원고에 집중하려고 했다.

아예 처음부터 내가 쓸까. 어차피 판독 불능이기도 하고.

"무토~! 뭐야, 이 괘선은? 평행이 안 맞았잖아!"

첫머리 한 줄을 막 생각해낸 순간, 옆방에서 사장의 고함소리가 터져 나왔다.

어휴, 못 살아, 회사가 좁아터져서. 연필을 내려놓고 머리를 쓸어 올렸다. 아차, 뭔지 잊어버렸잖아? 저놈의 부르르 끓어오르는 '순간 급탕기' 사장. 히사오는 옆방 앞까지 가서 "사장님, 목소리 좀……"이라고, 상대는 일단 사장인지라 조심스러운 포즈로 항의했다.

"아, 미안, 미안."

사장이 가볍게 손을 쳐들며 사과했다. 이 회사에서 사장에게 당당히 의견을 말할 수 있는 건 겐지와 히사오뿐이었다.

원고는 30분도 걸리지 않았다. 다시 읽어봐도 꽤 괜찮았다. 흠, 나, 아무래도 천재인가 봐. 턱을 슬슬 쓸며 혼자 만족했다. 당장 아쓰코에게 갖다주라고 했다.

이렇게 쉬운 원고를 하라다는 왜 몇 시간이고 붙들고 늘어져 끙끙거리는가. 뇌에 주름이 없는 거 아냐? 겐지에게 하소연을 했더니 "신입이잖아, 너 그럽게 봐줘"라며 가볍게 웃어넘겼다.

"그래도 나는 입사하자마자 엄청나게 일했다고요."

"그건 다무라가 특별한 거야. 자기하고 비교하면 불쌍하지."

그 말을 들어내고서야 조금쯤 기분이 가라앉았다.

이어서 다른 원고를 처리하고 있으려니 스즈키가 돌아왔다. "다녀왔습니다." 이쪽은 하라다와는 달리 영 패기가 없었다. 머리는 둔한 주제에 보트하우스의 트레이너를 입었다. 아오야마 매장에 줄을 서서 산 것일 터였다. 그런 노력을 어째서 업무 쪽에는 쏟아 붓지 않는 거야, 라고 비비 꼬아주고 싶었다.

"어이, 스즈키, 보고할 일 있지?" 낮은 목소리로 으르렁거려 줬다.

"아, 간노 선생이 테이프는 없느냐고……."

그러면서 스즈키가 의자에 깊숙이 기대어 담배를 피워 무는 통에 불끈 성질이 났다.

"왜 테이프도 없이 갖다줬냐고!"

"하지만 다무라 군이 '이거 갖다줘'라고 했으니까 나는 그냥 들고 간 것뿐인데……." 스즈키는 입을 부루퉁하게 내밀었다.

"미리 알아서 처리해야지, 그런 것쯤은. 데크를 갖다줄 때는 녹음 테스트를 해달라는 거고 그러면 당연히 테이프는 필요할 거잖아? 테이프가 안 들었는데 괜찮겠느냐, 라든가 나한테 좀 물어봤어야지!"

"응……, 알았어."

"그리고, 어째서 근처에서 테이프를 사다 드릴 생각은 못 한 거야?"

스즈키는 말없이 시선을 아래로 떨구었다.

"그냥 터덜터덜 돌아오는 건 뭐야? 지금 하라다가 테이프를 가져다주러 갔다고. 낭비잖아, 이건. 제발 머리를 좀 써줘."

"응."

네, 라고 대답해, 이놈아. 그렇게 소리칠 뻔하다가 꾸욱 참았다.

등받이에 몸을 맡기고 손으로 목 뒤를 문질렀다. 기분을 좀 가라앉히려고 했다.

말이 좀 심했나. 스즈키는 동갑인데. ……아냐, 나무랄 일은 따끔하게 나무라야지.

깊게 숨을 들이쉬고, 다음에는 어떤 일을 시킬 것인지 생각했다. 내가 지금 안고 있는 일거리가 뭐였더라…….

"어이, 스즈키. 촬영 현장에 가 볼 수 있어?" 안색을 살피면서 말을 꺼냈다.

"응……, 할 수 있을 거야."

"에비스 스튜디오에서 오후 2시부터야. 카트리지 상품 촬영. 그림 콘티는 벌써 카메라맨에게 건네줬어. 디자이너도 입회할 거니까 촬영 방법에 대해서는 말하지 않아도 돼. 근데 상품이 하나도 빠짐없이 촬영되는지, 개수 체크는 꼭 해줘. 리스트는 나중에 줄 테니까. 이상. ……괜찮겠지?"

"웅." 스즈키는 굳은 표정으로 고개를 끄덕였다.

"아 참, 현장에서 약간 변경되는 사항이 있을지도 모르지만, 기본은 그림 콘티 그대로, 세부적인 일에는 임기응변으로……."

말을 하면서 생각했다. 하지만 이 녀석은 그 임기응변을 못해 내잖아. 담배를 꺼내 필터 꽁지를 책상에 톡톡 쳤다.

"중간에 클라이언트가 상황을 보러 올 텐데, 그때는 똑똑히 인사하고 의자도 권하고 마실 것도 배달시키고……."

아, 맞다, 클라이언트가 오는구나. 혹시 부장님이 직접 나오거나 하면…….

담배에 불을 붙이고 천천히 빨아들였다.

"역시 안 되겠다, 내가 갈게." 마음이 바뀌었다. 스즈키로는 아무래도 힘들 것 같았다. 머리도 잘 안 돌아가니. "겐지 씨, 무슨 일거리 있어요?" 스즈키의 머리 너머로 말을 붙였다.

"아주 산더미처럼 쌓였소이다." 겐지가 옛 영웅담 말투를 흉내 내며 말했다.

"스즈키에게 좀 나눠줘요. 임대료는 공짜여도 좋으니까."

"바보, 네가 돈을 내야지. 네 후배한테 일 가르쳐주는 거니까 수업료를 내."

"홍, 됐네요. 그 대신 공주가 끓여주는 커피는 앞으로 유료로 할 테니 그리 알아요."

"아잉, 싫어~." 왠지 겐지가 교태를 부렸다.

두 사람의 대화에 스즈키가 잔뜩 굳어버린 웃음을 띠고 있었다.

이거, 오래 안 있겠네. 그 옆얼굴을 보며 생각했다.

뭐, 상관은 없다. 사표를 던지셔도.

히사오는 마른 기분으로 목뼈를 울렸다.

"그러니 사람을 들였는데도 편해지기는커녕 괜히 일거리가 더 늘어났다니까요. 계속 뒤치다꺼리만 하고." 히사오의 목소리가 널찍하고 텅 빈 스튜디오에 울렸다. "문장이 서툴다거나 업무가 늦다거나, 그런 얘기를 하는 게 아니에요. 도무지 센스가 없어. 그게 가장 화가 나. 전체적으로 파악을 못 하니까 내가 일일이 일러주는 것밖에 못 해."

파이프 의자에 깊숙이 들어앉아 다리를 내던지고 있었다. 스튜디오의 어시스턴트가 끓여준 차를 한 손에 들고 담배를 피웠다.

"기분이 완전 꽝이네?"라는 디자이너.

"아예 어린애 심부름 시키는 거 같아요. 저기 어디쯤의 초등학생을 데려다가 심부름 값 좀 쥐어주고 부탁하는 게 훨씬 더 경제적이겠다니까? ……어휴, 요즘 젊은 애들은 정말."

말을 하고 나서 아차 싶었다.

"어이, 다무라. 자네는 몇 살인데?" 디자이너가 재미있다는 듯 웃었다.

"아뇨, 요컨대 센스가 없는 친구들이 너무 많다는 얘기예요." 히사오는 얼굴을 붉혔다.

"근데, 어디나 다 똑같아." 디자이너가 양어깨를 축 늘어뜨리고 말했다. "우리도 디자인 학교 막 졸업한 친구들을 몇 명 들였는데 쓸 만한 놈은 다섯 명에 한 명 꼴이야. 그 밖에는 전부 쓰레기. 트레스코로 지형(紙型) 뜨는 일 정도밖에 쓸 데가 없어."

"우리도 마찬가지야." 라이팅의 지시를 내리고 있던 카메라맨도 대화에 가담했다. "어시스턴트 고용하는 거, 그게 거의 도박이나 마찬가지야. 핀트도 못 맞추는 녀석들이 아주 널렸다니까."

"게다가 그런 놈일수록 웬만해서는 그만두지도 않아요"라는 히사오.

"그래, 맞아." 디자이너가 내 말이 그 말이라는 듯 고개를 끄덕였다. "머리 잘 돌아가는 놈은 냉큼 독립해서 나가버리고, 쓰레기는 그만두면 재취업하기 힘드니까 악착같이 붙어 있고. 프로덕션 경영이라는 게 거의 자원봉사야, 자원봉사."

"누가 아니래요. 아, 어디 마음씨 좋은 여자 은행원 좀 없나?"

카메라맨의 조크에 모두 함께 웃었다. 최근에 은행 예금 담당 여직원이 온라인을 악용하여 사귀던 남자에게 1억 엔의 거액을 갖다 바친 사건이 터지는 바람에 세상이 한참 떠들썩했던 것이다.

"죄송한데요, 신광사의 다무라 씨 계세요?" 그때 스튜디오의 어시스턴트가 이름을 불렀다. "회사에서 전화 왔어요."

받아보니 아쓰코였다.

"방금 간노 선생님한테서 전화가 왔는데, 그 회사는 싸구려 테이프로 시청을 시킬 작정이냐고 화를 내셨어요."

"엑, 무슨 소리야, 그게?"

"글쎄, 하라다 군이 가져간 테이프가 아무래도 싸구려 물건이었나 봐요."

"정말?" 히사오가 얼굴을 찌푸렸다.

"제대로 안 해주면 다른 회사 데크로 잡지 기사를 쓰시겠대요. 화가 많이 나신 거 같던데……."

"큰일났네, 이거. 하라다는 어디 있어?"

"아직 안 왔어요."

그 바보 새끼. 뱃속에서 있는 힘껏 욕을 퍼부었다.

"공주, 미안한데 지금 바로 이쪽 스튜디오로 와줄래? 그래서 간노 선생네 집에 제대로 된 테이프 좀 갖다 드렸으면 좋겠는데."

"네, 알았어요."

전화를 끊었다. 하라다 그 새끼. 돌아오면 베란다에 거꾸로 매달아놓고……. 아니지, 우선은 간노 선생에게 사과부터 해야 한다.

우울한 마음으로 전화를 걸었다. 간노 선생은 진한 불쾌감을 억누르다 못해 나가시마 시게오 감독처럼 목소리가 상냥해져 있었다.

"허어, 그 회사 참 경제 관념이 뛰어나시네. 30만 엔이 넘는 고성능 데크의 시청에 싸구려 테이프를 보내주시고. 처음이야, 이런 회사는. 나도 덕분에 아주 좋은 경험을 했어, 하하하."

"정말로 죄송합니다."

히사오는 수화기에 대고 허리를 꺾어가며 사과했다. 식은땀이 등줄기를 타고 주르르 흘렀다.

디자이너가 히사오의 그런 모습을 보며 웃고 있었다. 눈이 마주치자 "참 힘들겠다, 다무라도"라며 딱하게 여겨주었다.

어쩔 수 없이 히사오는 직접 테이프를 사러 갔다. 오디오에 깜깜한 아쓰코에게 맡겼다가는 자칫 전기 코드를 사 들고 갈 수도 있었다. 스튜디오에 달려온 아쓰코에게 그 테이프를 건네주며 부디부디 정중하게 사과하라고 몇 번이나 당부했다.

"케이크라도 사가지고 갈까요?"라는 아쓰코.

오옷, 어쩌면 이리도 머리가 잘 돌아가는 공주님인가.

"그래, 그렇게 좀 해줄래?" 히사오는 아쓰코의 어깨에 손을 얹었다. "공주뿐이야, 내 심정을 알아주는 건."

아쓰코는 쑥스러운 듯 하얀 이를 내보이며 웃었다.

3

촬영을 마치고 회사에 돌아오니 하라다가 책상에 앉아 콧구멍을 파고 있었다.

"하라다, 너! 간노 선생 댁에 싸구려 테이프를 사 갔다면서?"

뒤를 지나는 참에 머리를 쥐어박았다. 의자에 자리를 잡고 앉아 다시 흘겨봐줬다.

"예, 마침 세일을 하기에. 세 개에 1500엔. 나도 그 참에 카세트테이프 샀어요." 주눅 드는 기색도 없이 그 테이프까지 내보인다. "영수증을 함께 끊었는데, 어떻게 하죠?"

"이 바보, 네가 다 내! 오디오 평론가한테 어떻게 싸구려 테이프를 들고 가냐, 진짜. 너, 일단 머리를 쪼개서 그 속 좀 보여줘라."

"내가 잘못했나?" 하라다는 우렁우렁한 목소리로 그렇게 말하더니 머리를 긁적였다.

저, 저, 저걸 어떻게 해야 하나, 저 바보를.

"어이, 다무라." 겐지가 의자를 빙그르르 돌려 이쪽을 보았다. "발표회 준비하러 슬슬 나가봐야지?"

"알았어요." 머리를 쓰다듬어 내리고, 두 명의 바보 녀석들에게 눈을 던졌다. "스즈키하고 하라다도 따라와. 상품 반입하고 전시하는 거, 좀 거들어줘."

"나, 원고 써야 하는데요?"라는 하라다.

"시끄러! 그딴 거, 이따 밤에 써."

회사 차에 카탈로그며 회사 홍보용 중정품을 싣고, 넷이서 아카사카의 호텔로 향했다. 겐지가 핸들을 잡았다. 히사오는 조수석에서 다리를 쭉 뻗고 있었다.

해가 떨어지는 게 완연히 빨라졌다. 동쪽 하늘에는 성질 급한 별이 나와 희미하게 반짝이고 있었다. 진구(神宮) 앞의 은행나무 가로수도 슬슬 잎이 떨어져갔다.

이제 곧 스물두 살인가─. 11월생인 히사오는 가을이 되면 늘 나이를 계산했다. 물론 나이를 먹고 싶지 않은 건 아니었다. 어서 빨리 스물다섯 살쯤이 되고 싶었다.

회사 일을 하다 보면 상대방은 항상 나이를 물었다. 그리고 그때마다 깜짝 놀라는 반응을 보이는 게 히사오는 지겨웠다. 개중에는 "뭐야, 아직 신입이구먼?"이라고 가볍게 보는 사람도 있고 너무 어리다고 못 미더워하는 사람도 있었다. 나이 들어 보이려고 턱수염을 길렀던 적도 있었지만 듬성듬성 빈약해서 겐지에게 놀림만 당했다. 어서 나이를 먹어 그런 번거로움에서 해방되고 싶었다.

같은 또래들은 아직 대학생이었다. 만나면 영 어린애들 같아서 이제는 함께 어울릴 마음도 나지 않았다. 아마도 자신은 한참 앞서가고 있는 것이리라.

라디오에서 뉴스를 하고 있었다.

"오늘, 일본 시각 오후 10시 반부터 서독 바덴바덴에서 IOC 총회가 개최되어 1988년의 올림픽 개최지를 결정할 예정입니다. 후보지는 나고야와 서울, 두 개 도시로 거의 좁혀져 있어서……."

일단 뉴스거리는 되었구나, 하고 약간 마음이 놓였다.

"나고야로 결정될까?"라고 옆에서 묻는 겐지.

"가장 유력한 후보지라고는 하던데, 글쎄 어떻게 될지."

"구경하러 갈 거야?"

"안 갈 거예요, 아마." 부러 관심이 없는 척했다.

"하지만 나고야에서 올림픽이라니, 좀 창피하네요."

뒷좌석에서 하라다가 몸을 쑥 내밀고 말했다.

"뭐가 창피해?" 히사오가 물었다.

"전 세계 사람들이 모일 텐데 말예요. 금 범고래(성곽 용마루나 뱃머리에 붙이는 금빛 장식물로 나고야의 상징 – 역주)하고 파친코하고 새우튀김(나고야 사람은 새우튀김을 좋아한다는 속설에서 – 역주) 밖에 없잖아요, 나고야는?"

겐지가 웃음을 꾹 참고 있었다.

"게다가 다 함께 먀먀(나고야 사투리의 억양 – 역주) 하면서 키홀더나 짤짤거리고, 정말 나고야는 일본의 수치예요."

"홍, 그러시겠지." 히사오도 박자를 맞추었다. "신호등도 안 지키고 옆으로 죽 늘어서서 걸어다니고 프라이버시도 없고, 한마디로 시민의 수준이 낮다는 거지?"

"맞아요, 그거. 시민 수준이 영 떨어지죠."

"이 새끼가!"

"에?"

"너, 내가 나고야 출신인 거 알고 하는 얘기지?" 몸을 돌려 하라다의 멱살을 쥐어 잡았다.

"엑, 그랬어요?" 하라다가 눈을 휘둥그렇게 떴다.

"이제 너는 진짜 못 봐줘. 내일부터 책상 없어. 귤 상자 깔고 일해!"

"다무라 씨는 세련되고 멋있어서 도쿄내기인 줄만 알았어요."

"시끄러! 그걸 칭찬이라고 하냐?"

하라다를 덮쳐 헤드록을 먹였다.

신입 주제에 오데코롱 냄새가 풍풍 나서 더 화가 뻗쳤다.

호텔 이벤트 홀에 도착하자 샹들리에 조명 아래서 수많은 사람들이 바쁘게 움직이고 있었다. 메이커의 크고 작은 대리점 관계자들이 뒤섞여서 누가 누구인지 알 수 없었다. 겐지가 이윽고 아는 얼굴을 찾아 지시를 받아 왔다.

"나는 기자석 설치하는 거 거들 테니까 다무라 일행은 저기 자료 넣는 거 맡아줘."

그렇게 말하며 겐지가 턱으로 옆을 가리켰다. 홀 한구석에 팸플릿이 산처럼 쌓였고 벌써 몇몇이 작업을 하고 있었다.

의자도 테이블도 없어서 카펫 바닥에 책상다리를 하고 앉아 몇 종류나 되는 팸플릿이며 선물용 키홀더를 종이봉투에 넣어나 갔다.

"이걸 다 하라는 거예요?" 엄청난 양에 미리 질렸는지 하라다가 목소리를 낮추어 말했다.

"투덜거리지 마. 이것도 업무야."

"이런 단순 작업은 학생 아르바이트를 쓰면 좋을 텐데."

"잔소리하지 말라니까. 거래처가 이사를 가면 도와주러 가는 거하고 똑같은 일이야."

하라다가 아랫입술을 툭 내밀고 어깨를 으쓱 쳐들었다. 스즈키는 묵묵히 작업을 계속하고 있었다.

실제로 이런 작업은 대행사 서비스로 학생 아르바이트 대신 해주는 일이었다. 특히 규모가 작은 대행사는 몇 명을 파견했느냐에 따라 메이커에 대한 충성도가 고스란히 드러났다.

히사오는 콧노래를 부르며 작업했다. 그리 환한 기분이 아니어서 〈7인의 형사〉 주제곡을 코로 흥얼거렸다.

한 시간쯤 작업을 하고 있는데, 감색 정장을 차려입은 스물다섯 살쯤 된 여자가 눈앞에 나타났다.

"이봐요, 이 종이봉투에 키홀더 벌써 다 넣었어요?"

허리에 손을 짚고 히사오 일행을 내려다본다.

"예, 넣었는데요?"

히사오가 대답했다.

"여기 있는 건 딜러들에게 나눠줄 거예요. 그거, 다시 꺼내줄래요? 그 대신 저기 탁상시계를 넣어줘요, 복도에 쌓아뒀으니까."

마치 마님이 머슴 부리듯 딱딱하게 명령하는 말투였다.

그런 얘기는 미리 좀 해줘야지. 속으로 욕을 했더니 그게 그만 얼굴 표정에 그대로 드러나고 말았다.

여자도 그런 눈치를 챘는지 갑자기 안색이 변했다. 한 옥타브 높은 마쓰다 세이코 같은 음성이 터져 나왔다.

"이봐요, 당신들, 어디 회사 사람?"

"신광사예요."

"신광사? 어머, 미안하네, 그게 어디에 있는 회사죠?"

웃고 있었지만 눈은 웃고 있지 않았다.

"에비스 쪽인데요……."

"에비스? 글쎄, 웨스트라면 알겠는데."

"아, 그게, 우리는 웨스트 출입 회사예요."

"아, 웨스트 쪽의 하청이구나?"

"아, 네……."

"그럼, 우리 회사에서 보면 하청의 하청이 되네요?"

히사오는 말없이 듣고 있었다.

여자가 자기 회사의 이름을 댔다. 그건 세계에서 가장 큰 광고 대행사였다.

"당신들에게는 배송도 좀 부탁드릴까? 봉투에 넣는 게 끝나면 일단 위층 회의실로 옮겨줘요. 아, 그리고 엘리베이터는 사용하지 말아줘요. 기재 수송 때문에 풀 회전하고 있으니까. 자, 무슨 질문 있나요?"

"없는데요……."

"좋아요. 그럼 부탁해요."

여자는 은근히 미소를 짓더니 발길을 돌려 두툼한 카펫 위를 천천히 걸어갔다. 타이트스커트에 감싸인 모양새 좋은 엉덩이가 리드미컬하게 흔들렸다.

"대체 뭐예요, 저 기분 나쁜 여자?" 하라다가 얼굴을 찌푸리며 말했다.

"조용히 해."

"저런 여자는 홀딱 벗겨서……."

"시끄럽다니까. 입 다물고 일이나 해."

일단 넣은 키홀더를 꺼내고 탁상시계로 바꿔 넣었다. 누구와도 말을 섞고 싶지 않아서 조금 떨어진 자리에서 작업을 했다. 하라다도 말이 없었다. 스즈키와는 대화 상대가 되지 않는 것이리라.

히사오의 배가 꼬르륵 울었다. 밥 때였지만 물론 저녁 먹을 틈은 없었다.

"다무라 씨."

누군가 이름을 부르는 듯한 느낌이 들었다. 얼굴을 쳐들자 호텔 보이가 팻말을 들고 히사오의 이름을 연거푸 부르고 있었다.

"신광사의 다무라 씨, 안 계십니까?"

"아, 난데요."

손을 들자 보이가 다가왔다.

"회사에서 전화예요. 엔트런스 홀 오른편, 5번 박스에서 받아주세요."

무슨 일일까. 전화 박스를 향해 뛰어갔다. 받아보니 사장이었다.

"다무라, 사식 집에서 클레임이 들어왔어. 오후에 입고한 원고, 급수 지정이 엉망이래. 내일까지 마감시킬 거면 지금 수정하러 오라는데?"

눈을 감고 벽에 등을 기댔다.

"스즈키나 하라다에게 일을 맡기는 건 좋은데, 사전 교육은 똑바로 해야지. 이미 사식을 쳐버린 분량도 있다던데, 그건 고스란히 손해라고."

"죄송합니다."

"지금 바로 사식 집에 가봐. 그리고 거기 일 끝나면 곧바로 회사로 들어와. 그쪽 일은 겐지한테 맡겨두면 돼. 내가 잠깐 할 얘기도 있고."

"네." 공손하게 대답을 하고 전화를 끊었다.

분통이 터진다기보다 그만 지겨워졌다. 쓸모가 없는 것도 정도가 있지. 이 녀석들은 이제 필요 없다. 아쓰코하고 둘이면 충분하다.

히사오는 힘없이 로비를 건너갔다. 두 사람이 있는 곳으로 가서 "잠깐 밖으로 나올래?"라고 내던지듯이 말했다.

스즈키도 하라다도 조용한 얼굴로 따라왔다. 기둥 그늘까지 데리고 나와서 온도 없는 눈빛으로 한숨을 쉬어 보였다.

"너희가 입고한 원고, 급수 지정이 엉망이란다."

"아, 네에"라는 하라다. 스즈키는 입을 꾹 다물고 있었다.

"내가 수없이 가르쳐줬잖아? 급수 계산하는 거, 급수 지정하는 거. 근데 왜 그걸 자꾸 틀리는 거야? 어이, 하라다 군."

"죄송합니다."

"아니, 됐어. 사과할 거 없어. 어째서 틀렸는지, 그 말이나 해봐. 나는 그걸 알고 싶다고."

"……내가 계산에는 영 젬병이라서요."

"흠, 그래? 그럼, 뭘 잘하는데?"

"르포라든가, 그런 건 잘할 거 같은데요."

"르포?"

"여기저기 여행을 다니고 그에 대한 글을 쓴다든가……."

이마에 손을 짚고 잠시 가만히 서 있었다. "알았어. 다음, 스즈키 군."

"나는 시간에 쫓기면 그만 초조해진다고 할까……." 모기 우는 듯한 목소리였다.

"시간에 쫓기지 않는 일거리 같은 건 없다고 생각하는데?"

"응, 다무라 군에게 계속 폐만 끼친다는 건 잘 알겠는데……."

"그래서, 그 타개책은?"

"아무래도 이 일에 소질이 없는지도 모르겠다는 생각도 들고……."

"흠, 그건 대단히 솔직한 의견이네." 팔짱을 끼고 스즈키를 정면으로 바라보았다.

잔혹한 말이었지만 이미 동정할 마음은 없었다. 최대의 피해자는 자신인 것이다.

스즈키는 그뿐, 입을 꾹 다물어버렸다. 답답한 공기가 흘렀다.

"나는 지금 그 뒤처리를 하러 사식 집에 가야 해. 다음 일은 겐지 씨 지시에 따라 움직여줘."

두 사람이 각기 고개를 끄덕였다.

"끝나면 곧장 퇴근해도 좋아. 자, 갔다 올게."

히사오가 걸음을 떼자 "잘 다녀오세요!"라는 하라다의 우렁찬 목소리가 등에 쏟아졌다.

앞으로 풀썩 쓰러질 뻔했다. 하지만 더 이상 잔소리를 할 마음도 나지 않았다.

대체 어떻게 해야 하나, 저 두 녀석. 한꺼번에 모가지를 내기는 어려울 거고, 게다가 둘 다 없어져버리면 심부름 보낼 사람도 아쉬울 거고……

좋아, 하라다는 때려서라도 가르쳐보자. 스즈키는 모가지다.

하긴 스즈키는 자기 쪽에서 먼저 그만둘 것 같았다. 이 일에 소질이 없다는 걸 스스로 인정하기도 했으니.

택시를 잡아 타고 사식 집으로 향했다. 차창으로 거리를 내다보니 샐러리맨이며 OL들이 귀갓길을 서두르고 있었다. 좋겠다, 일찌감치 퇴근하는 사람들은. 그런 혼잣말을 중얼거렸다.

회사에 돌아왔을 때는 밤 10시를 넘어서고 있었다.

겐지도 벌써 발표회 준비를 마치고 돌아와 늘 하던 제판 원고 작업을 하고 있었다. 스즈키와 하라다는 없었다. 아쓰코는 히사오가 지시했던 교정지 작업을 하고 있었다.

"오늘 안에 끝낼 수 있겠어?"

히사오가 그렇게 묻자 아쓰코는 왠지 긴장된 표정으로 예에, 라고 고개를 끄덕였다.

"어이, 다무라. 잠깐 이리 와봐."

사장이 손짓을 하고 있었다.

아, 그렇지, 전화로 뭔가 할 얘기가 있다고 했었다. 옆방으로 들어갔다.

"베란다로 나가서 얘기하자."

사장이 그렇게 말하는지라 둘이서 베란다로 나갔다.

"있지⋯⋯." 사장이 입을 열었다. "아쓰코가 그만두고 싶다네?"

"엑?"

저도 모르게 말이 턱 막혔다. 방 쪽을 돌아보았다. 그 각도에서 아쓰코의 모습은 보이지 않았다.

"프라이벗한 시간이 없어서 너무 힘들대."

"서, 설마⋯⋯." 무슨 말을 해야 좋을지, 선뜻 단어가 찾아지지 않았다.

아쓰코는 이 일을 즐기면서 하고 있다고 생각했었다. 늘 명랑했고 히사오의 농담에도 배를 부여잡고 웃어주었다. 휴일 출근에도 싫어하는 내색 한번 없었다. 새로운 것에는 무엇이든 흥미를 보이며 적극적으로 나서주었다. 스즈키나 하라다보다 훨씬 더 머리도 좋고 노력도 하는 성격이었다.

"아쓰코의 이번 달 타임카드를 좀 봤는데, 휴일이 이틀밖에 없더라고. 이건 아직 어린 여자한테는 너무 심한 거 같아. 아쓰코보다 그 집 부모들이 아주 깜짝 놀라신대. 우리 딸이 대체 어떤 회사에 들어간 거냐고. 다무라, 아쓰코가 자기 집에서 출퇴근한다는 거, 깜빡했었지?"

"아, 예……." 그런가, 자택 출퇴근인가. 전혀 의식도 못 했다.

"자네가 일을 열심히 하는 건 잘 알아. 다무라가 들어온 뒤로 우리 회사는 단골도 많아졌고 실적도 상승했고, 정말 큰 도움을 받고 있어. 그러니 그 나름대로 월급도 올려줬지. 앞으로도 이런 식으로 열심히 해줬으면 해. 하지만 말이지, 내가 하니까 주위 사람들도 당연히 해야 한다고 생각한다면, 그건 좀 아니야."

사장이 손잡이에 팔꿈치를 짚었다. 히사오도 나란히 따라했다.

"사람들이 너나없이 일에만 전념하는 건 아니야. 그야 우리처럼 작은 회사에서는 정시 퇴근도 못 하고, 업무를 무엇보다 우선해주지 않으면 정말 곤란하지. 첫째로, 젊은 시절에 일에 열중하지 않고서야 뭐가 되겠어? 취미 중심으로 산다는 건 노인네나 할 짓이지. 하지만 말야, 역시 거기에도 어느 정도 선이라는 게 있어."

"예……."

"책도 읽고 영화도 보고, 아쓰코에게는 그런 시간도 필요한 거야. 부모님도 안심시켜드리고 말이지."

"네……."

"자네는 나를 꼭 닮았어." 사장이 베란다 너머 바깥 경치를 바라보며 먼눈으로 말했다. "나도 젊은 시절에는 남들에게 엄격했어. 나하고 똑같은 능력을 다른 사람에게도 원했거든. 그래서 항상 싸움만 했어. 스즈키하고 하라다, 호되게 다룬다면서?"

"아뇨, 그렇진 않은데……."

"후배한테 이것도 못 하고 저것도 못 하는 놈이라는 식으로 생각하는 거, 별로 안 좋아. 발상을 좀 바꿔봐. 아, 이놈은 이런 쪽을 잘하는구나, 이런 장점이 있었구나, 그런 식으로 생각하라고. 되도록 좋은 점을 봐주라는 거야."

"네."

"뭐, 이제 겨우 스물한두 살의 다무라한테 일을 죄다 떠맡긴 나한테 더 큰 책임이 있을 테지만."

"그건 그래요." 투정이라도 부리듯이 대꾸했다.

"아쓰코에게 하룻밤만 더 생각해보라고 말해뒀어. 꼭 필요하다면 자네가 설득해봐."

"필요해요."

"자, 그럼, 그렇게 해." 사장이 밤하늘을 향해 기지개를 켰다. "후배 눈치를 볼 건 없어. 하지만 배려는 해줘. 칭찬하고 다독여주라고. 알겠지?"

"네."

사장은 히사오의 고분고분한 얼굴을 들여다보며 쓴웃음을 짓더니, 자신의 주먹으로 어깨를 툭툭 치면서 방으로 돌아갔다.

불필요하도록 팽팽하게 긴장했던 몸의 힘이 스르르 빠지는 것을 느꼈다. 볼 살까지 느슨해지는 듯했다.

사장하고 이런 이야기 나눈 거, 처음이네. 의미도 없이 히사오는 한숨을 내쉬었다.

스즈키하고 하라다에게 오늘 너무 심하게 대했나? 내일은 좀
더 다정하게 말을 걸어주자.

히사오는 조금 반성했다. 그래, 내가 요즘 노상 화만 냈다.

그때 사장의 고함소리가 베란다까지 들려왔다.

"무토~! 그렇게 자고 싶으면 당장 집에 가!"

엥?

"제판 원고에 침을 흘리는 놈이 어딨어!"

어라, 잠깐만요, 사장님. 말하는 거하고 행동하는 게 영 다르
잖아요?

                              4

베란다에서 한참이나 밤바람을 쐬고 히사오는 방으로 돌아왔
다. 그리고 아쓰코의 등 뒤에 말을 붙이려는 참에 "다무라!"라고
겐지의 부름을 받았다.

"웨스트의 사이조 씨한테서 전화야."

이 늦은 시간에? 어휴, 내일로 좀 해주지. 그렇게 생각하며 전
화를 받았다.

"오늘 내내 외출했다가 지금 막 돌아온 길이야. 자네 카피를
지금 막 읽어봤는데 말이지, 이게 뭐야?"

"예?"

"이게 뭐냐고 물었어." 노기를 품은 어조였다.

"저어, 그건……." 대답이 막혔다.

"잠깐 건너와. 하고 싶은 말도 있으니까."

"네……."

뭣 때문에 화가 난 걸까. 무슨 잘못된 일이라도 있었는가.

아무튼 가보는 수밖에 없었다.

"어이, 공주." 아쓰코에게 말을 붙였다. "웨스트에 다녀올게. 나 올 때까지 기다려줬으면 좋겠는데, 괜찮겠어?"

"아, 네." 가녀린 목소리가 돌아왔다.

"금방 올게."

그런 말을 남기고 히사오는 회사를 뛰어나갔다. 웨스트와 신광사는 바로 코앞이었다. 야마노테선 철로를 걸터듬고 올라선 육교의 계단을 세 칸씩 건너뛰었다. 숨을 헐떡이며 언덕 위에 있는 큼직한 맨션에 도착했다.

사이조 씨는 가장 안쪽 책상에서 턱수염을 쓰다듬고 있었다.

"어, 왔구나?" 쓰윽 눈을 치뜨고 노려본다. "거기 앉아."

역시 화가 난 듯한 느낌이 들었다. 히사오는 시키는 대로 옆에 앉았다.

"전화에서도 물어봤지만, 이게 뭐야?"

사이조 씨는 어제 히사오가 보낸 카피 원고를 툭툭 치며 말했다.

"저어……, 이번에 출시된 시스템 콤보의 카피인데요."

"아닌데?"

"네?"

"이건 광고 카피가 아니야. 자네의 에세이지."

사이조 씨가 등받이에 몸을 던지자 의자에서 삐거덕거리는 소리가 났다.

"아니면 자네의 선동 문구겠지."

"아, 예……."

"다무라 군, 누가 자네한테 에세이를 쓰라고 부탁했나? 선동을 해달라고 했어? 자네가 작가야? 평론가야? 아니지, 카피라이터겠지. 여기 세 번째 행, '그럼, 오늘밤은 토킹 헤즈(1974년에 결성되어 1991년에 해산한 미국의 록 밴드―역주)의 아프리카 폴리 리듬에 흠뻑 빠져볼까요?'라는 게 뭐야? 대체 몇 명의 소비자가 토킹 헤즈라는 걸 알겠느냐고."

히사오는 말없이 듣고 있었다.

"자기 취미를 억지로 들이대서 뭘 어쩌자는 거야? 안 그래? 여기 여덟 번째 행은 또 뭐야? '음악이 없는 인생은 불행하다'라니, 보통 사람들이 이런 소리를 할까? 괜한 참견이고 실로 오만하기 짝이 없는 태도야. 언제부터 자네가 소비자를 향해 설교를 하실 만큼 훌륭한 사람이 되었지?"

천천히 핏기가 빠져나갔다.

"요즘 자네 카피에서 유난히 이런 게 눈에 띄어. 상품은 뒷전이고 자기주장만 펼치려고 하고. 자네도 깨닫고 있어?"

"아, 아뇨……."

"그렇겠지. 거울에 빠져 있는 사람은 자기 자신밖에 눈에 안 들어와. 주위의 풍경은 눈에 들어오지도 않지. 자의식이란 바로 그런 거야."

"네……."

"하지만 뭔가 창조해내는 쪽에 선 사람이 자기 자신에 빠져 있어서는 곤란하지. 요즘 자네가 바로 그래. 카피 라이팅이라는 업무를 빙자해서 세상을 향해 한 말씀 해주시려고 한다든가 내 눈에는 이게 옳으니까 너희는 잔말 말고 따라오라는 식의 공명심이 뻔히 다 보여. 자네가 장래 뭐가 되고 싶은지, 나는 그건 모르겠어. 하지만 현재의 다무라 군은 카피라이터야. 뒤에 숨어 있어야 할 카피라이터라고."

사이조 씨가 찻잔의 차로 목을 적셨다. 한차례 기침을 한다.

"나는 자네 회사의 상사가 아니니까 이런 말을 할 자격이 없는지도 모르겠어. 하지만 벌써 1년 반을 자네와 함께 해왔어. 때로는 농담도 주고받는 사이야. 생판 타인처럼 예의를 차리는 일도 없고. 그래서 말하는 거야. 부디 우쭐하지 마."

맑고 굵은 사이조 씨의 목소리였다.

"초심으로 돌아가. 광고 카피라는 건 상품을 빛나게 하기 위한 거야."

완전히 박살이 났다. 히사오는 대꾸할 말이 아무것도 없었다. 입을 굳게 다물고 고개를 떨구고 있었다.

무릎도 약간 떨려왔다. 이런 식으로 꾸지람을 들은 게 언제였던가.

자신보다 나이 많은 스태프와 대등하게 맞서고 사장에게도 불평을 하고 후배는 턱짓으로 부려왔다. 자신은 능력 있는 일꾼이라고 굳게 믿어왔다.

사이조 씨가 책상에서 목캔디를 꺼내 입에 던져 넣었다. "어이, 이거"라며 히사오의 손바닥에 두 개를 얹어주었다. 입에 넣었다. 살짝 약 냄새가 나는 달콤함이 혀 위에 퍼졌다.

"근데 다무라 군, 지금 몇 살이지?" 사이조 씨가 불쑥 물었다.

"이제 곧 스물두 살입니다."

"그러면 몇 년생이지?"

"1959년생입니다."

파핫 터지듯 쓴웃음을 짓는다. "1959년생이라, 내가 대학에 입학했던 해잖아? 햐, 이거 참."

"네?"

"왕세자께서 성혼했던 해지?"

"예. 히로노미야 왕세자와는 같은 학년입니다."

"흐음." 눈을 내리깔고 미소를 짓는다. "제대로라면 아직 대학생이군."

"네."

"왜 관뒀다고 했지?"

"아버지 회사가 도산하는 바람에⋯⋯."

"그래, 거, 참 힘들었겠다."

"아뇨……."

"다무라 군은 장래 뭐가 되고 싶은 거야?"

"아직 모르겠습니다."

"하긴 그렇지. 모를 거야. 나도 스물두 살 때는 대충 그런 정도였어."

히사오의 배가 꼬르륵 울었다. 아직 저녁을 먹지 못했다.

사이조 씨가 씨익 웃었다. 두 손을 머리 위로 끼고 기지개를 켰다. 와이셔츠가 버석거리는 소리를 냈다. 한숨인지 기지개인지 알 수 없는 큼직한 숨을 토해낸다.

"좋아. 새로 쓴 카피는 내일 보자고. 오늘은 여기까지."

"죄송했습니다."

히사오는 자리에서 일어나 깊숙이 머리를 숙였다.

"그렇게 기죽을 거 없어."

그러면서 하얀 이를 내보였다. "젊다는 건 바쁜 거야. 하루하루 산이 있으면 계곡도 있고."

사이조 씨는 다정한 눈빛을 하고 있었다.

웨스트를 뒤로 했다. 언덕길을 내려갔다. 돌아가는 길은 천천히 걸었다.

가로등이 비춰진 철둑길을 떠돌이 고양이가 건너갔다.

가을 밤바람이 불어와 히사오의 머리칼을 쓰다듬고 갔다.

우쭐하지 마라. 입속으로 말해보았다.

기껏해야 사원 대여섯 명의 회사에서 골목대장 노릇을 한 것 뿐이었어, 정말.

스즈키나 하라다를 채용한 것도 일부러 경험 없는 사람으로 뽑은 것이었다. 자신보다 경험 많고 나이 많은 사람은 처음부터 제쳐버렸다. 내가 일등이고 싶었기 때문이다.

나는 어쩌면 이렇게도 바보인가. 구멍이라도 파고 숨고 싶은 기분이었다.

야마노테선 전차가 히사오를 추월해 달려갔다.

회사에 돌아오자 아쓰코가 기다리고 있었다.

"교정, 이제 끝났어?" 히사오의 물음에 네, 하고 고개를 끄덕 인다. "그럼, 내가 역까지 바래다줄게. 걸으면서 이야기할까?"

둘이서 밖으로 나왔다. 그새 괴괴하게 고요해진 상점가를 걸 었다.

"사장한테 들었는데, 그만두겠다는 거 정말이야?"

"죄송해요." 아쓰코는 가만히 머리를 숙였다.

"아냐, 사과할 일은 아니지. 내가 나빴던 거야. 매일 밤늦게까 지 일 시키고, 일요일에도 출근하게 하고."

"아녜요, 일도 재미있었고 다무라 씨나 다른 분들이랑 일하는 것도 즐겁고 충실한 느낌이긴 했는데……."

"지나치게 바빴지?"

"약간." 아쓰코가 장난스럽게 말했다.

"약간 정도가 아니지. 우리 회사, 이러다 죽는 사람 나올 거야. 디자이너 무토 군은 우리 회사에 들어온 뒤로 3킬로그램이나 빠졌다고 하던데."

"후후."

"그래서, 만약 그만둘 경우에는 무슨 일을 할 건데?"

"만화를 그려볼 생각이에요."

"만화?" 놀라서 아쓰코를 처다보았다.

"네. 나, 만화가가 되고 싶거든요."

아쓰코가 손을 뒤로 맞잡고 부끄러운 기색으로 말했다.

"햐아, 전혀 몰랐어, 그런 꿈이 있는 줄은."

"있어요, 제가 꿈이 있답니다."

얼굴을 붉히고 있었다.

"전문대 졸업하고 일반 기업체에 취직해서 OL 생활을 해봤는데, 3개월 만에 지겨워졌어요. 제복은 꼭꼭 입어야 하고, 업무라고 해봐야 차 준비 아니면 복사 같은 것뿐이라 너무 따분했어요. 게다가 퇴근 후에는 억지로 서클에 가입해서 꽃꽂이 강습 같은 걸 하래요. 인간관계도 너무 힘들어서 점심을 함께하는 팀에 끼지 않으면 뒤에서 숙덕거려요. 화장 안 하면 잔소리하고 화장이 진하면 따돌리고, 그런 게 진짜 너무 싫었어요……."

아쓰코가 혼자서 말을 하고 있었다. 히사오는 보폭을 작게 줄였다. 너무 빨리 역에 도착해버리는 건 싫었다.

"그래서 그만두기로 마음먹었어요. 그만두고 뭘 할까, 하고 생각해봤는데, 내가 어렸을 때부터 만화를 무지 좋아했고 그림 그리는 것도 좋아했어요. 나름대로 특기라고 할까, 내 그림 실력을 확인해보고 싶은 마음도 있었구요. 그래서 만화가 선생님한테 이력서도 보내봤는데, 완전 전멸. 뭐, 그렇다면 독학으로 하지 뭐. 그렇게 생각했어요."

"지금도 그리고 있어?"

"아뇨. 시간이 없어서."

"아 참, 그렇구나." 히사오는 머리를 긁적였다. "그래서 그만두려는 거였지?"

"지금 내가 스무 살이니까 스물세 살까지 어딘가에서 신인상을 타고 누군가에게 인정을 받고, 스물다섯 살까지는 만화 잡지 연재를 따내고 싶어요. 안 될 일일지도 모르지만, 그래도 내 스스로 나서지 않으면 아무 일도 안 일어날 거고, 안 하고 후회하느니 하고 후회하는 게 훨씬 낫잖아요?"

"그건 그래."

"그래서 아르바이트하면서 만화 그리려구요. 나, 한번 도전해볼 거예요."

"그렇구나……." 한숨이 새어나왔다.

"한마디 해두겠는데, 소녀 만화 아니에요. 나, 소녀 취미라고는 별로 없거든요."

"그럼 어느 쪽인데?"

"다카하시 루미코를 좋아해요. 남자 애들도 읽을 만한 그런 코믹 만화를 그려보고 싶어요."

"그렇구나."

"지난주에 전문대학 동창 애가 회사 그만두고 런던으로 어학연수를 떠났어요. 반드시 통역사가 될 거래요. 그걸 봤더니 나도 도저히 가만있을 수가 없더라구요. 그래서 일주일 동안 고민하다 내린 결론이에요."

아쓰코는 말을 다 하고 속이 시원해졌는지 환한 표정을 하고 있었다. 약간 눈물도 글썽거렸다. 이제야 처음으로 알아보았지만 아쓰코는 눈썹을 가지런히 다듬고 있었다. 아, 역시 여자 애구나, 라고 생각했다.

"그럼, 붙잡을 수도 없겠네?" 히사오가 웃음을 지으며 말했다.

"죄송해요."

"근데, 아르바이트라면 우리 회사에서 하는 건 어때?"

"하지만 그건……."

"어려울까?"

"그게 아니라, 너무 뻔뻔하다고 할까, 다른 분들에게 미안하다고 할까……."

"아니, 전혀 그런 거 없어. 9시부터 5시까지. 토요일, 일요일은 휴무. 그거면 되지 않을까?"

"사장님이 뭐라고 안 하실까요?"

"안 해. 내가 말할 거니까 그건 괜찮아. 그런 사장, 찍소리도 못하게 하지, 뭐."

"후후." 아쓰코가 재미있다는 듯 웃었다.

"그럼, 결정된 거지?"

"다무라 씨는 사장님에게 불만도 당당히 말할 줄 아는 유일한 분이에요."

"그야 내 말을 안 들어주면 당장 그만두겠다고 위협을 하니까 그렇지."

"우리 회사, 다무라 씨가 이끌어가는 거나 마찬가지예요."

"그런가? 앗핫하." 높직하게 웃었다.

그때 앞쪽에서 목소리가 날아왔다.

"엇, 다무라 씨!"

바라보니 하라다였다.

"뭐야, 너? 집에 안 갔어?"

"사우나에 들러서 옷 좀 갈아입고 왔어요. 아직 일거리도 남았고. 다무라 씨는 퇴근하는 거예요?"

"웅, 지금부터 공주하고 심야 데이트. 부럽지?"

"아이, 그럼 나는 여기서 실례할래요." 아쓰코가 웃으며 뛰기 시작했다. "수고하셨습니다~." 구두 소리를 울리며 역 쪽으로 달려간다. 머리채가 찰랑찰랑 흔들렸다.

"다무라 씨, 바람맞았네?"

"시끄러워!" 헤드록을 걸었더니 오데코롱 냄새가 풍풍 코를 찔렀다. 이놈이 욕실도 없는 아파트에서 사는 주제에.

"아야얏! 아 참, 다무라 씨."

"시끄러워, 다음은 코브라 트위스트야."

"올림픽, 나고야가 떨어졌어요."

"거짓말!"

하라다에게서 화들짝 떨어졌다.

"정말이에요."

"거짓말하지 마!" 말투가 거칠게 튀어나왔다.

"정말이라니까요? 텔레비전에 나왔어요."

히사오는 우두커니 서버렸다. 묘한 공백을 맛보고 있었다.

"저거 봐요, 거짓말 아니지요?"

히사오는 회사 텔레비전 앞에 서 있었다. 뒤에서 하라다가 입을 뾰족하게 내밀고 말했다.

NHK에서는 특별 방송을 하고 있었다. 나고야 거리의 고요한 풍경과 서울 거리의 축제 분위기를 번갈아 중계하고 있었다.

52표 대 27표라는 하단 자막이 몇 번이고 흘러갔다.

나고야가 압도적으로 유리하다고 했었는데 막상 뚜껑을 열어 보니 서울이 큰 표 차로 이긴 것이었다.

이게 무슨 일이람. 혼자서 중얼거려봤다.

그다지 마음에 담아두지도 않았던 일인데 막상 나고야가 떨어지고 나자 큰 충격이 몰려왔다.

아버지 얼굴이 떠올랐다. 어머니도. 누나도.

우리 집, 이제 어떻게 되는 거지?

담배에 불을 붙이고 깊숙이 빨아들였다.

"무슨 일 있어?" 겐지가 곁으로 다가와 말했다.

"아뇨, 별로." 마음 없는 억지 대답을 했다.

"내일, 스즈키 좀 빌려줄래?"

"예, 좋을 대로 하세요."

"이봐, 다무라, 이참에 아예 스즈키를 나한테 넘겨줄래?"

겐지를 보았다. "왜요?"

"그 녀석, 꽤 재주가 있어. 제판 원고 작업에 소질이 있더라니까?"

"아, 그래요……. 뭐, 좋아요."

"그럼 트레이드 확정이네? 그 대신 내가 여직원 소개시켜줄게."

"예……."

"뭐야, 왜 이렇게 기운이 없어?" 겐지가 쓴웃음을 짓고 있었다.

그렇구나, 스즈키에게도 재주가 있었어. 잘됐네. 바싹 마른 기분으로 생각했다.

아니, 그보다 집이다. 다들 침울해져 있을 것이다. 생각지도 못했던 결과가 나왔으니.

전화라도 해줘야 할까? 시계를 보았다. 벌써 밤 11시를 넘기고 있었다.

이미 자고 있으려나. ……아니, 잠이 올 리가 없다.

히사오는 호주머니의 동전을 확인해보고 회사를 나섰다. 전화 내용을 누구에게도 들키고 싶지 않았다. 회사 바로 앞에 공중

전화가 있었다. 거기서 걸자고 생각했다.

　번호를 누르자 어머니가 받았다.

　"나야. 벌써 자고 있었어?"

　"응, 히사오냐? 일어나 있었어." 어머니의 밝은 목소리였다.

　"올림픽, 섭섭하게 됐네."

　"응……. 여기도 다들 깜짝 놀랐다야. 틀림없이 나고야로 결
정될 줄 알았는데, 다들 어깨가 축 처져버렸어."

　"아버지는?"

　"아직 안 들어오셨어. 상공회 사람들하고 축하 장식까지 준비
했던 모양이던데. 지금쯤 어딘가에서 술잔깨나 기울일 거야."

　"홧술인가?"

　"그럴지도 모르지. 다들 올림픽에 기대를 걸었으니."

　"흐음…….."

　"다모리(개그맨이자 사회자. 나고야 및 나고야 사람에 대한 오해와
편견을 퍼뜨려서 나고야 출신에게 맹렬한 비판을 받았다 – 역주)가 못
돼먹었어. 나고야를 아주 우습게 알고. 그런 사람 때문에 떨어진
거야."

　"뭐, 꼭 그것 때문은 아니고……." 히사오가 쓴웃음을 지었다.

　"아냐, 이미지라는 게 중요한 거야. 나고야는 이미지 만들기
에 실패했어."

　"응, 그럴지도 모르겠네……."

　잠시 대화가 끊겼다. 한숨이 새어나왔다. 어머니가 알아차릴

까 봐 서둘러 헛기침을 했다.

"……히사오, 집안 일은 걱정 안 해도 된다." 어머니가 말했다.

"응."

"그야 돈 될 일은 날아가버렸지만, 아버지 새 회사도 그럭저럭 잘 돌아가니까."

"응."

"너는 그쪽에서 네가 하고 싶은 일 하고 있으면 돼."

"응."

"어디 아픈 데는 없냐?"

"없어."

"몸만 건강하면 돼. 건강하기만 하면 부지런히 일해서 어떻게든 살아갈 수 있어. 병 같은 거 걸리면 큰일이야. 너, 아냐? 기모노 옷집 가네코 씨가 위궤양으로 입원해서……."

어머니가 이웃 사람들 이야기를 하기 시작했다. 아들을 걱정시키지 않으려고 부러 명랑하게 말하는 것이었다. 어머니 역시 낙담이 컸을 텐데.

"아무튼 건강 조심해. 네가 도쿄에서 열심히 해주니까 엄마도 큰 격려가 된단다. 네 목소리 들으면 엄마도, 그래, 한번 열심히 해보자, 그런 마음이 들어."

"정말?"

"응, 정말이고말고. 지금도 그렇다야, 내일도 열심히 살아보자, 그런 생각이 드는고만."

"그럼 좀 더 자주 전화할게."

"암, 자주 해, 자주 해." 어머니의 목소리가 신이 났다.

"지난번에 회사 사람들하고 하코네에 놀러 갔었는데, 그 사진 보내줄까?"

"응, 꼭 보내줘, 꼭." 한층 더 목소리가 높아졌다. "엄마도 한 번 보고 싶다야, 히사오가 어떤 사람들하고 일하는지."

"정기 건강검진 진단서도 보내줄까? 전부 '이상 없음'으로 나왔거든."

"야야, 그런 것까지는 안 보내줘도 괜찮아." 어머니가 웃고 있었다.

"그럼, 또 전화할게."

"응, 고맙다, 히사오."

"아, 그렇지! 아버지는 아직 크라운 타고 다녀?"

"응, 타고 다니시지. 그게 뭐?"

"아니, 아무것도 아냐. 자, 그럼."

전화를 끊었다. 어깨 힘이 스르르 풀어졌다. 유리에 비친 자신을 한참이나 바라보고 있었다.

공중전화 박스를 나와 밤하늘을 향해 가슴을 젖혔다. 별이 아름답게 반짝이고 있었다.

됐어. 아버지가 크라운을 타고 다니는 동안은 우리 집은 괜찮아. 억지로라도 그렇게 생각하기로 했다.

첫째로 도쿄에서 아무리 걱정해봤자 별 수도 없었다. 내가 할 수 있는 일은 부모에게 폐를 끼치지 않고 독립 독보, 당당하게 살아가는 일이다.

보통이라면 아직 부모 슬하에서 어기적거리고 있을 나이가 아닌가. 나는 대단한 효자 아들이라고.

자신에게 에에잇, 하고 기합을 넣었다. 아무도 없는 밤길에서 섀도복싱을 했다.

"어라라, 다무라 씨, 뭐 해요?" 또 하라다였다.

"응, 사람들한테는 비밀로 하고 있지만, 실은 내가 이번에 웰터급으로 데뷔할 거야."

"헤에, 그러셔요? 헤드록은 반칙이니까 시합할 때는 조심하세요."

이 녀석, 입만 살아가지고.

"너야말로 뭐야? 어디 가?"

"소고기덮밥 먹으러 가요."

"오, 그거 좋네!" 그제야 생각났다. 저녁 먹는 걸 까맣게 잊어버리고 있었던 것이다. "나도 가야지."

"그럼, 경비로 내줄 거예요?"

하라다의 등판에 점핑 니 배트(Jumping knee bat. 무릎을 내민 상태에서 점프하여 상대의 안면이나 등판을 공격하는 프로레슬링 기술−역주)를 먹여줬다.

"역시 프로레슬링 쪽이 낫겠는데요?"

"닥쳐!"

가로등 아래 아스팔트에 두 사람의 그림자가 흔들리고 있었다.

그녀의 하이힐

1985년 1월 15일

"너, 차림새가 그게 뭐냐!"

오전 11시 반. 긴자의 호텔 로비에 나타난 다무라 히사오를 보자마자 그날 나고야에서 도쿄에 올라온 어머니는 입을 연 첫마디에 그렇게 말했다. 마치 진흙 구덩이에서 놀고 온 아이를 나무라듯이 미간을 잔뜩 찌푸리고 있었다.

"맛있는 거 사줄 테니까 정장 차려입고 나오라고 했잖아."

히사오는 면바지에 스웨터, 감색 다운재킷을 입고 있었다.

"너, 양복은 없어?"

"양복이야 있지만……." 히사오는 입을 툭 내밀고 대꾸했다. "아무거나 입으면 됐지, 엄마 만나서 밥 먹는데 굳이 양복까지야."

"얘가 무슨 소리야? 여기 호텔에서 먹는 거라고, 꼭대기 층 레스토랑에서."

"에이, 설마. 저기 어디쯤의 돈가스 집 같은 데서 먹는 거 아니었어?"

히사오의 눈이 휘둥그레졌다. 호텔은 그저 만나는 장소라고만 생각했었다.

로비에는 후리소데(성인의 날에 입는 여성용 전통 예복 ─ 역주) 차림의 여자들이 몇몇 눈에 띄었다. 오늘은 성인의 날이다. 그 밖에도 세련되게 차려입은 젊은이들이 많아서 아닌 게 아니라 히사오의 캐주얼한 복장은 그 자리에 맞지 않았다. 발에 워크부츠를 꿰고 있는 것도 두툼한 카펫과는 어울리지 않았다. 그걸 깨닫는 즉시 마음이 영 편치 않았다. 사람 사는 동네에 내려온 멧돼지의 심경이었다.

"정말 너는 사람 말을 안 들어서 탈이라니까." 어머니가 부루퉁하게 팔짱을 끼고 있었다.

올 정월에 히사오는 나고야 집에 돌아가지 않았다. 12월 31일에 이벤트 일거리가 있어서 그 구성 대본을 써야 했기 때문이다. 약간 무리를 하면 행사 참석은 사양할 수도 있었지만 도쿄에서 새해를 맞는 것도 괜찮겠다 싶어서 그냥 눌러 있었다. 고향 집에 돌아가기가 귀찮다는 마음이 있었던 것도 사실이었다. 나이가 스물다섯 살쯤 되고 보니 부모 보고 싶은 마음도 별로 없고 이제 슬슬 지겹기도 했다.

"너도 이제 장래 계획을 세워야지"라는 게 지난해쯤부터 어머니의 입버릇이었다. 2년 전에 다니던 회사를 그만두고 독립했다. 프리랜서 카피라이터 따위, 어머니가 보기에는 머나먼 혹성의 수수께끼 같은 직업임에 틀림이 없었다.

"너는 어떻게, 밥이나 먹고 사나?"

"그러다 아프기라도 하면 어쩐다냐?"

"이불은 햇볕에 잘 말려서 덮냐?"

고향에 내려갈 때마다 도쿄에서의 생활을 시시콜콜 캐묻는 통에 히사오는 그만 질릴 대로 질려 있었던 것이다.

게다가 결혼 이야기도 얼핏얼핏 내비치기 시작했다. 아직 스물다섯인데 결혼은 무슨 결혼이냐고 항변해도 어머니한테는 통하지 않았다. 나고야는 대체적으로 결혼이 빨랐다. 누나는 진즉에 처리를 해버려서, 눈물이 나올 만큼 귀엽고 천사 같은 조카를 둘이나 낳았다. 그렇게 되자 친손자도 갖고 싶다는 욕심이 솔솔 일어나는 게 인지상정일 것이다.

"너, 도쿄 여자하고 결혼할 거야?"

"좋아하는 사람은 있어?"

"야야, 눈 깜짝할 사이에 서른 되는 거야."

어머니의 질문은 밤낮으로 이어져서 내 집에 왔건만 거의 고문을 당하는 듯한 기분이었다.

정말 부모라는 생물은. 열여덟 살에 도쿄로 올라갈 때는 "네가 원하는 대로 마음껏 살아가면 돼"라고 했으면서.

그래서 오늘도 어머니를 만나는 게 별로 내키지 않았다. 어머니는 어릴 적 친구가 가부키 구경을 함께 하자고 해서 도쿄에 온다고 했다. 그 참에 불초 아들놈과 점심식사를 함께 하겠다는 거였다.

그나저나 긴자의 일류 호텔은 호화스럽기도 했다. 게다가 어머니는 최상층 레스토랑에 예약을 해뒀다니, 히사오는 어리둥절했다. 나고야에서는 택시비도 아까워서 벌벌 떠는 어머니가 대체 무슨 바람이 불어서 이러시는지.

엘리베이터 안에서 어머니는 함께 왔다는 어릴 적 친구 이야기를 했다. 초등학교부터 중고등학교까지 나란히 같이 다녔고 서로 셋 짱, 밋 짱이라고 부르는 사이란다. 남편은 공무원이고 히사오와 동갑인 딸이 있다고 했다. 그 딸도 도쿄에 와서 지낸다는 모양이었다.

"요코라는 아이인데 도쿄에서 대학 나와서 여기서 취직했어. 처음에는 도요타 회사에 들어가서, 아, 도요타라면 언젠가 나고야에 돌아올 수 있으니 좋겠다고 했더니만 거기는 1년 만에 그만두고 이번에는 외국계 상사에 다시 취직을 했다더라. 사진을 잠깐 봤는데 정말 예쁜 아가씨야. 스키하고 다이빙이 취미래."

"응."

마음 없는 억지 대답을 했다.

하지만 왜 그런 이야기를 하는 거지? 뭔가 안 좋은 예감이 들었다.

그래서 레스토랑에서 테이블 안내를 받고 이미 셋 짱과 그 따님께서 자리에 앉아 기다리고 있는 것을 보았을 때, 히사오는 아차, 걸려들었구나, 하고 마음속으로 혀를 찼다.

"미안해, 셋 짱. 우리 멍텅구리 아들 녀석이 이런 차림으로 왔지 뭐야?"

"아냐, 됐어, 됐어. 우리 요코도 똑같아, 미용실에도 안 가고."

"이것 좀 봐. 어디 산에라도 올라갈 것 같은 신발을 신고 왔어, 얘가. 여기 레스토랑에서 안 받아주면 어쩌나, 은근히 걱정을 했다니까, 내가."

"우리도 그래, 화장도 제대로 안 하고, 무슨 장례식장에 나갈 사람처럼 시커먼 옷 꼴이라니……."

어머니들끼리 낭랑한 목소리로 서로 자식의 흉을 보고 있었다.

대략 꼼 데 가르송 제품으로 보이는 옷을 입고 있는 요코라는 여자를 보았다.

부루퉁하게 아래만 쳐다보고 있었다. 히사오와는 눈도 마주치려 하지 않고 손목시계만 만지작거렸다. 아, 그렇구나, 이 여자도 깜빡 걸려든 처지로군, 이라고 생각했다. 아마도 이곳에 오기 직전까지 어머니와 입씨름을 했을 것이다. 관자놀이 언저리가 불그레하고 입술 쪽은 거꾸로 새치름했다.

"그 아나운서, 어떻게 되는 거지?"라는 어머니.

"시말서 정도로는 안 되지 않겠어?"라는 셋 짱.

요리는 양식 런치 코스였다. 수프와 샐러드에 이어 송아지의 무슨무슨 구이라는 게 나왔다.

"히사오, 이번 홍백가합전(紅白歌合戰. NHK가 매년 12월 31일 밤에 방송하는 남녀 대결 형식의 대형 가요 방송—역주) 못 봤니?"

"안 봤어." 고기를 볼이 불룩해지도록 몰아넣었다. 맛은 꽤 괜찮았다.

"요코는?"

"나도 안 봤어." 딸이 자기 어머니의 물음에 난폭하게 대답했다.

뭐라나, 12월 31일 홍백가합전에서 아나운서가 미야코 하루미(일본의 대표적인 가수 ─ 역주)를 깜빡 "미소라……"라고 다른 가수로 소개하는 대실수를 연출했다고 한다. 게다가 미야코 하루미가 은퇴를 표명해서 이번 홍백가합전은 그녀의 마지막 무대였던 것이다.

"애초에 스즈키 겐지(당시의 NHK 아나운서로, 홍백가합전의 사회자. 대베스트셀러 《배려를 추천》의 저술가로도 유명 ─ 역주)가 너무 주제넘게 나서더라고. 갑자기 '내게 일 분간만 시간을 주십시오'라면서 미야코 하루미한테 무리하게 노래를 시키려고 하니까 그렇게 된 거 아니야?"

"남에 대한 배려를 추천한다는 사람이 그래서야 안 되지."

어머니들끼리만 이야기를 하고 있었다. 이따금 이쪽으로도 말을 던져오기는 했지만 요코라는 여자가 퉁명스럽게 쏘아붙이는 통에 히사오도 그 말을 받아줄 마음이 나지 않았다.

"근데 로스앤젤레스 의혹 사건의 미우라 씨(1981년부터 1982년에 걸쳐 미국 로스앤젤레스에서 일어난 일본인 총격 사건. 후에 '보험금을 목적으로 아내를 살해한 사건'으로 밝혀져 사회적으로 큰 충격을 주었다 ─ 역주)는 대체 어떻게 되는 거야? 히사오, 너 아냐?"

"내가 알 리가 있나요." 빵을 베어 물었다.

"요코 짱은 모르니?"

"내가 그걸 어떻게 알아?" 요코는 요리를 반쯤이나 남긴 채

물을 마시고 있었다.

"그럼, 고 히로미하고 마쓰다 세이코는(1980년대 최고의 인기를 누리던 두 가수가 공식적으로 교제를 발표하여 매스컴과 팬들의 폭발적인 관심을 받았다 – 역주) 어떻게 됐다냐?"

"모른다니까."

"괴인 21면상(일본의 일류 식품 회사들을 협박하며 금품을 요구한 사건. 자신들을 '괴인 21면상(面相)'이라고 자처하며 협박장을 보내 경찰과 매스컴을 조롱했다 – 역주)은 정월에는 휴전하겠다나 어쨌다나 하던데, 또 무슨 일을 저지를까?"

"모른다니까, 진짜."

맞은편에 앉은 요코의 얼굴을 이따금 훔쳐보았다. 짧게 자른 머리가 그야말로 커리어우먼다운 분위기의 아가씨였다. 상당한 미인이었지만 느낌은 별로 좋지 않았다. 자기만 피해자라는 듯 뾰로통하게 토라져 있었기 때문이다.

허 참, 나도 똑같은 입장이라고요. 설마 이 아가씨, 히사오가 얼씨구 좋아라 선보는 자리에 뛰어나왔다고 생각하는 거 아냐?

"너희도 좀 대화를 나누지 그러니?" 식사를 마친 어머니가 말했다. "이런 때는 남자 쪽에서 리드를 하는 거야."

참내, 죄다 어머니 맘대로. 냅킨으로 입가를 닦았다. 눈치 채이지 않을 만큼 작은 한숨을 내쉬었다.

"아, 저기, 음악은 좋아하세요?" 일단 체면치레로 질문을 던져봤다.

"······네."

"어떤 쪽?"

"오페라요."

이건 완전 틀렸군. 손톱으로 유리 긁는 소리, 그리고 오페라 소프라노 소리는 정말 질색이었다.

"참고로 말씀드리자면 나는 록을 좋아합니다."

그러자 요코가 우습다는 듯이 말했다.

"헤비메탈 같은 건가요?"

"아니, 헤비메탈은 좀······."

히사오가 불끈했다. 뭐야, 이 여자?

"파바로티라고 아세요?"

"아뇨."

"흥, 그러세요?" 요코가 차가운 눈빛으로 미소를 지었다.

점점 더 안 좋은 여자로 느껴졌다.

"요코가 작년에 패키지 투어로 이탈리아에 다녀왔거든." 금니도 화사한 셋 짱 아줌마가 옆에서 말을 끼웠다. "거기서 오페라를 보고 오더니 갑자기 팬이 됐다네? 그야 뭐, 팬이 된 것까지는 좋은데 그거 들으면서부터 내가 노래방에서 전통 가요를 부르면 아주 바보 취급을 한다니까? 도쿄에서 살면 시골 사람들을 얕잡아보게 되어서 탈이야."

"엄마, 그런 말을 왜 해?" 요코가 얼굴을 붉히며 눈초리를 치켜올렸다.

"그래도 사실이잖니?"

"얕잡아본 적 없어."

"얕잡아봤어."

"안 봤어."

갑작스럽게 모녀 간에 싸우는 상황을 연출한다.

"우리 히사오도 그래." 이쪽 어머니도 질세라 아들 비난에 나섰다. "나고야 집에 올 때마다 나고야 사람은 운전 예절이 형편 없다느니 음식을 후룩후룩 소리 내며 먹는다느니 만날 그런 소리만 해. 끝장에는 나고야에 올림픽이 안 오기를 다행이라는 소리까지 하더라니까?"

"내가 언제 그런 소릴 해?" 히사오도 항의했다.

"했어."

"안 했어."

옆 테이블의 커플이 이쪽을 흘끔거리며 킥킥 웃고 있었다. 그걸 알아보고 넷이서 일제히 소리를 낮추었다.

"역시 도쿄에서 살면 사람이 변하는가 봐"라고 속삭이듯이 말하는 셋 짱.

"정말 그렇다니까. 이러다 나중에는 나고야 말도 못 하게 될까 봐 걱정이네"라는 어머니.

"어서 빨리 나고야로 데려와야지."

"맞아."

맞기는 뭐가 맞아? 어째서 이야기가 그런 식으로 흘러가는 거야.

요코를 쳐다보았다. 요코는 이제 불쾌감을 감추려고도 하지 않고 말없이 디저트 케이크를 쪼아 먹고 있었다.

히사오도 그 이상 말을 하지 않았다. 커피에 밀크를 떨어뜨리고 소용돌이치듯이 녹아드는 그 모습을 물끄러미 쳐다보고 있었다. 어서 빨리 식사를 마치고 집에 돌아가고 싶었다. 오늘은 오후 2시부터 럭비 일본 선수권 대회가 있다. 신일철 가마이시('신일본 가마이시(釜石) 제철소' 소속의 럭비 팀 – 역주)가 이번에도 이기면 7연패가 된다.

"그러면 우리는 이제 슬슬 가부키나 보러 갈까?"라는 어머니.

"그래. 이다음은 젊은 사람들끼리 잘해봐"라는 셋 짱 아줌마.

히사오는 허둥거렸다. 어라, 이건 또 무슨 말씀? 그런 얘기는 안 했었잖아?

"우리 같은 아줌마들은 텔레비전 이야기밖에 못 하지 뭐야."

"도쿄 사는 젊은 사람은 인텔리들이니까 어려운 이야기는 히사오 군하고 요코, 둘이서 하면 되지, 뭐."

어라, 이보세요. 셋 짱 아주머니.

"히사오, 영화표 예매해뒀으니까 요코하고 둘이서 재미있게 봐."

어머니가 그렇게 말하며 티켓 두 장을 내밀었다. 지금 한창 화제인 〈고스트 버스터〉였다. 그딴 영화, 관심도 없는데. 아니, 그보다 이 아가씨랑 영화를 보러 가라고?

"너, 에스코트 잘해야 돼, 알았지?"라는 어머니.

"아니, 그게……."

"히사오 군, 우리 요코, 잘 부탁해." 셋 짱 아주머니가 머리까지 숙이며 말했다.

"아, 예, 예."

히사오는 저도 모르게 고개를 끄덕이고 말았다.

요코는 아예 말도 하지 않았다. 내내 무표정인 채였다.

그리고 네 사람이 일어서는 참에 히사오는 흠칫 놀랐다.

요코가 히사오보다 키가 컸던 것이다. 히사오가 똑바로 앞을 보면 눈의 위치가 요코의 입술 언저리가 되었다.

레스토랑을 나와 엘리베이터에 탔다.

거울이 박힌 벽에 네 사람의 모습이 비쳤다.

"요코, 미안하구나. 우리 멍텅구리 아들 녀석이 어디 바다낚시 나갈 이런 차림이어서." 어머니가 몹시 미안하다는 듯 요코에게 말했다.

"아, 아니에요……." 요코가 어색하게 웃음을 돌려주었다.

"아냐, 나야말로 미안하지. 히사오 군, 우리 딸이 이런 까마귀 같은 차림이라서 정말 미안해."

"아, 아뇨, 무슨 그런 말씀을……." 히사오의 뺨이 팽팽히 당겨졌다.

키에 대한 이야기는 셋 짱 아줌마가 꺼냈다.

"얘, 요코, 왜 하이힐을 신고 왔어?"

딸의 발치를 흘겨보며 비난에 찬 어조로 말했다. 요코는 굽이

7센티미터쯤 되는 구두를 신고 있었다. 요코는 그 말에는 대꾸도 하지 않았다.

"히사오 군은 키가 몇 센티지?"

"아, 예, 174입니다."

하지만 사실은 172였다. 남자는 대개 2센티쯤은 슬쩍 속이는 법이다.

"어머, 그래? 우리 요코는 170이거든. 히사오 군이 더 크네."

그렇다면 분명 둘이 똑같은 정도일 것이다. 키가 큰 여자는 대개 2센티쯤 낮춰서 말하는 경향이 있다.

나란히 걸어가는 거, 진짜 싫다. 저절로 어깨가 축 처졌다.

호텔 앞에서 어머니들과 헤어졌다.

"자, 그럼, 히사오." 어머니가 소녀처럼 손을 흔들었다. "오봉에는 꼭 집에 와야 한다?"

"요코도 꼭 와, 알았지?" 셋 짱 아줌마가 금니를 그대로 드러내며 말했다. "여행을 가더라도 한 번은 꼭 얼굴을 보여줘, 응?"

요코는 귀찮은 듯, 알았어, 라고 말하고 어머니에게서 곧바로 시선을 돌려버렸다.

두툼한 코트를 입은 아주머니 둘이서 주춤주춤 멀어져갔다. 즐거운 듯한 옆얼굴이 보였다.

저 나이쯤 되면 여자들은 고민 같은 것도 없겠지? 왠지 그런 생각을 했다.

"내가 자동차를 가져왔는데, 걸어가는 편이 더 빠르겠지요?"

히사오가 말했다.

"그렇겠죠"라는 요코의 퉁명스러운 대답.

그래서 차는 호텔 주차장에 그대로 놔두기로 했다. 요즘에 새로 산, 자랑스러운 혼다 프렐류드. 히사오의 생활 수준은 해마다 향상되고 있었다.

작년 가을에 새로 들어선 유라쿠초의 '마리온'을 향해 둘이 나란히 걸어갔다. 긴자 거리의 보행자 천국에는 울긋불긋한 파라솔이 활짝 펼쳐졌고 그 아래 테이블마다 가족을 동반한 사람들이며 커플들이 즐겁게 이야기를 나누고 있었다. 아무 말도 없이 걸어가는 것도 이상할 거 같아서 업무에 대한 것 등을 물었다.

"회사에서는 어떤 일을 하시죠?" 나고야 사투리는 쓰지 않았다.

"기성복 수입 업무예요." 요코가 앞만 쳐다보며 대답했다.

"그럼, 영어를 잘하시겠네."

"읽고 쓰기, 일상 회화 정도는 하죠." 목소리는 부드러웠지만 어디까지나 사무적인 말투였다.

"그래도 대단하시네. 외국 레스토랑에서 겨우 음식 주문하면서 땀이 줄줄 나서 100킬로칼로리쯤 소비해버리는데."

"아, 그러세요?"

"언젠가 한번 하와이 레스토랑에서 치킨을 주문했는데 한 마리가 통째로 나온 일이 있었어요. 뭐, 전부 먹었죠. 열심히. 친구들 사이에서 아직까지 '다무라의 하와이 전설'이라는 소리를 들어요."

요코가 말없이 걷고 있었다.

히사오는 코를 한차례 훌쩍 들이켰다.

"아, 그렇지. 고등학교는 어디였어요?"

"아사히오카 고등학교."

"헤에, 수재시네. 나는 기타 고등학교."

"그러세요?"

"아사히오카라면 수영 선수 이와세라고 알아요? 나하고 중학교 동창이었는데."

"아뇨."

"100미터 자유형 기록 보유자예요. 대표 선수로 뽑혔는데 유원지 수영장 대형 미끄럼틀에서 꼬리뼈를 다치는 바람에 어쩔 수 없이 은퇴한 얼간이 녀석이죠."

"아뇨, 몰라요."

요코는 여전히 무표정이었다. 아름다운 콧날이 꿈쩍도 하지 않았다.

휴일의 긴자 거리를 행인들을 피해가며 걸었다. 마리온에 들어가보는 건 처음이었다. 유리로 마감한 큼직한 건물을 바로 밑에서 올려다보았다. 도쿄는 자꾸자꾸 변해갔다. 고색창연한 '일본극장' 건물이 재작년까지 이 자리에 있었다는 것을 벌써 까맣게 잊어버리고 있었다.

매표소에서 시간표를 보았다. 〈고스트 버스터〉는 벌써 상영

중이었다. 다음 회까지 한 시간 넘게 기다리지 않으면 안 되었다.

"중간부터라도 볼까요?"

히사오가 그렇게 묻자 요코는 "어느 쪽이든 상관없어요"라는 마음 없는 대답을 할 뿐이었다.

진짜 귀여운 데라고는 없네, 이 무뚝뚝한 껑다리 여자. 마음속으로 욕을 해버렸다.

다른 영화 간판을 올려다보았다. 〈고질라〉, 〈그렘린〉, 〈W의 비극〉. 어떤 것에도 구미가 당기지 않았다.

요코의 발 쪽으로 깜빡 눈이 갔다. 마치 시비라도 거는 듯한 검은 하이힐에 히사오의 기분은 완전히 차갑게 식어버렸다.

2

어쩔 수 없이 마리온 뒤쪽의 카페에서 시간을 때우기로 했다. 손목시계를 보니 오후 1시 반이었다. 앞으로 30분 뒤면 럭비 일본 선수권 킥오프 시간이다. 이 일만 아니었다면 오늘은 텔레비전으로 그 시합을 관전할 예정이었다. 눈앞의 요코가 점점 더 보기 싫어지고 있었다.

요코는 명백하게 이 데이트인지 뭔지 알 수 없는 만남을 지겨워하고 있었다. 그렇다면 자기 쪽에서 먼저 집에 가야겠다고 말해주면 좋을 텐데. 그러면 서로 짜증나는 시간에서 해방되는 것이다.

내가 먼저 말해볼까. 오늘은 이쯤에서 물러갈까요? 아니지, 셋 짱 아주머니에게 "우리 요코, 잘 부탁해"라고 인사까지 받은 터에 히사오 쪽에서 먼저 그런 말을 꺼낼 수는 없었다.

훈훈하게 난방이 잘된 카페여서 히사오는 시원한 레몬스쿼시를 주문했다. 요코는 눈을 내리깔고 조용히 홍차를 마시고 있었다.

요코는 속눈썹이 길었다. 손가락도 길고 아름다웠다. 옷 고르는 센스도 좋고, 아마 괜찮은 여자 축에 속할 터였다. 하지만 쳐다보고 있어도 달콤한 마음은 솟구치지 않았다. 역시 여자는 마음씨가 고와야지. 창밖의 혼잡을 멀거니 바라보며 마음속으로 혼잣말을 하기도 했다.

홍차를 다 마시더니 요코는 가방에서 담뱃갑을 꺼냈다. 유난히 가늘고 긴 외국제 담배를 입에 물더니 불을 붙였다.

그녀가 연기를 토해내는 겨를에 눈이 마주쳤다.

"담배 피우는 여자, 싫어요?"

요코가 처음으로 먼저 입을 열었다. 하지만 냉랭하게 비웃는 듯한 말투였다.

"아니." 히사오가 고개를 저었다. "나도 피워도 될까?"

"……피우시죠."

히사오는 호주머니에서 꾸깃꾸깃해진 하이라이트 담배를 꺼내 한 개비 뽑아 들었다. 필터를 손목시계의 문자판에 톡톡 두들

겨 잎을 꼭꼭 채운 뒤에 불을 붙였다. 그 모습을 요코가 흥미 깊은 듯 쳐다보고 있었다.

"하이라이트, 처음 봐?"라는 히사오.

"아니." 요코가 고개를 젓고 있었다. 잠시 틈을 두더니 "지금까지 왜 피우지 않았지?"라고 물어왔다.

"요코 씨가 담배를 안 피울 거라고 생각해서."

"그럼, 나 때문에 안 피운 건가?"

"음, 그럴지도. 근데, 왜?"

"……미안하네요, 나는 그런 배려도 못 하는 여자라서." 자조하듯이 슬쩍 몸을 움츠렸다.

이 여자, 정말 친해지기 힘들겠네. 점점 더 집에 가고 싶어졌다.

지금이라면 럭비 일본 선수권, 시간을 맞출 수 있을지도 모른다. 게다가 저녁때는 스모도 한다. 요코즈나(일본 스모의 최고위 — 역주) 기타노우미가 첫째 날, 둘째 날을 연달아 패하여 은퇴할 위기에 처해 있었다. 오늘도 패하면 틀림없는 은퇴였다. 특별히 그의 팬은 아니지만 역시 역사적인 순간에는 입회하고 싶은 법.

"영화, 볼 거예요?"

요코가 담배를 재떨이에 짓누르며 불쑥 물었다.

"아니, 뭐, 나는 아무래도 상관없는데?"

대답하면서 히사오의 마음이 뛰놀았다. 여자 쪽에서 먼저 가겠다고 말해준다면 이보다 더 큰 행운은 없었다.

"〈고스트 버스터〉, 어차피 어린애들이나 보는 영화겠지?"

"아마 그럴걸?" 전혀 그렇게 생각하지 않았지만 얼른 박자를 맞춰주었다.

"휴일이라 사람도 너무 많고, 다음 회에 자리가 난다는 보장도 없고."

"그렇지. 줄 서 있기도 좀 그렇고."

"그럼, 패스해도 괜찮을까?"

"응, 괜찮지."

야호, 라고 히사오는 생각했다. 나중에 어머니가 잔소리를 해도 이걸로 변명거리가 생긴다.

"그리고……." 요코가 앉은 자세를 바로 하며 정색을 한 어조로 말했다. "정말 미안한데, 나는 당분간 결혼할 생각이라고는 없으니까 다른 사람을 찾아줄래요?"

"에?" 히사오가 미간을 좁혔다.

"결혼할 마음이 없다구요."

"나도 마찬가진데……."

"우리 엄마한테 무슨 이야기를 들었는지는 모르지만, 나는 나고야에 돌아갈 생각도 없고……." 요코는 히사오의 말은 듣지 않고 일방적으로 떠들고 있었다. "일은 평생 계속할 생각이에요. 애초에 나는 댁에서 원하는 그런 전업 주부 타입이 못 돼요."

"아니, 나는……."

"나, 앞으로 해외 유학이라든가 다이빙 인스트럭터 자격증이라든가 다양하게 도전해보고 싶기도 하고. 그렇게 되면 결혼은 어찌됐든 출산은 한참 나중 일이 될 거예요. 가업을 이어받을 사람의 아내가 될 수 있을 리가 없죠."

가업을 이어받을 사람이라고?

"게다가 요즘 세상에 중매라니, 전근대적이라고 할까 봉건적이라고 할까, 아직도 부모 그늘을 못 벗어났다고 할까……."

"아, 잠깐." 히사오는 슬슬 화가 나기 시작했다. "그러니까요, 나도 결혼 같은 건 할 생각이 없다니까?" 말투를 강하게 해서 대꾸했다.

"예?"

처음으로 요코가 반응을 보였다. 비둘기처럼 목을 쭈욱 뽑는다.

"무슨 착각을 했는지는 모르지만, 나 역시 결혼할 마음도 없을 뿐더러 나고야에 돌아갈 마음도 없다고요."

잠시 침묵이 흘렀다. "그, 그래요?"

"오늘도 그냥 어머니가 나오라고 해서 나간 것뿐인데."

요코는 히사오의 얼굴을 찬찬히 들여다보더니 미간에 깊은 주름을 지었다.

"양쪽 어머니들이 억지로 우리를 엮어주려고 한 거 아니겠어요? 나는 아까 레스토랑에 가서야 처음으로 어머니 친구의 따님, 즉 댁이 와 있다는 걸 알았는데, 뭐."

요코가 입을 반쯤 벌리고 있었다. 그리고 "어머, 저런……" 이라고 작은 소리를 냈다.

"중매라는 거, 몰랐어요?"

"음, 몰랐지."

"그, 그러면……, 이야기를 좀 정리해볼까?" 그 즉시 말투가 부드러워졌다.

"좋은 제안이네." 히사오는 두 번째 담배를 입에 물었다.

"나는 중매라는 이야기는 어젯밤에 들었는데……."

"그래요?" 불을 붙이고 천천히 연기를 토해냈다.

"그래서 나는 절대로 싫다고 했는데, 엄마 체면이 뭐가 되겠느냐고 위협을 하는 바람에 어쩔 수 없이 나온 건데……."

"그런 느낌이 들더라고."

"댁에서는 마음이 있다고 들었는데?"

"우리 어머니가 그러시다는 얘기 아닌가?"

"그렇구나."

"당연히 그렇죠. 우선 나는 완전히 불의의 기습이었는데?"

"그랬구나. 내가 뭘 한 거야, 아휴, 싫다……." 요코가 양손으로 자신의 볼을 감쌌다. "내가 들은 말로는 엄마 어렸을 때 친구의 아드님이 도쿄에 나와 있고 그 사람이 앞으로 3년쯤 뒤에는 나고야로 돌아가서 가업을 이어받을 계획이라고……."

히사오의 얼굴이 뒤틀렸다. 무슨 부모가 그렇담, 내 인생을 아주 마음대로 주무르셨네.

"그래서 도쿄 아가씨를 데려오는 것보다는 나고야 사람이 좋겠다는 식으로 얘기가 흘렀고, 결국 내가 그 대상으로 낙점이 되었다고…….."

두 손으로 머리털을 뒤로 잡아당겨 꾹 눌렀다. 스멀스멀 화가 밀려왔다. 으, 어머니~! 셋 짱 아줌마도 마찬가지다.

"사실은 그게 아니었구나?"

"아니지. 몇 번이나 말하지만 나는 나고야에는 돌아갈 생각이 없다니까? 물론 가업도 이어받을 생각이 없고."

"어머, 그랬구나."

"그래."

"전부 거짓말이었네?"

"그렇다니까."

요코가 푸웃 작은 웃음을 터뜨렸다. 어깨가 가늘게 흔들리고 있었다.

"당신 말이지, 내가 얼씨구 좋다 하고 선보러 뛰어나온 걸로 생각한 모양인데……."

"응, 하지만 그런 사람치고는 붙임성이 좀 없다 싶기는 했지."

"붙임성이 없기는, 누가 더 붙임성이 없었는데?"

"아, 미안."

하얀 이를 가득 내보인다. 더 참을 수 없다는 듯 소리 내어 웃고 있었다.

뭐야, 웃으니까 꽤 귀여운데? 깔깔거리며 웃는 얼굴을 히사오는 멀거니 쳐다보고 있었다.

"정말 마음에 안 드는 여자라고 생각했겠네?"

"생각했지." 솔직하게 말해주었다. "빨리 집에 가고 싶어서 죽을 뻔했어."

"그랬을 거야. 나도 너무 못되게 굴었나 싶어서 반쯤 후회하긴 했는데, 새삼스럽게 고분고분하게 굴기도 그렇고 해서……." 그렇게 말하더니 요코가 몸을 앞으로 내밀었다. "역시 영화는 볼까?"

"에?"

"〈고스트 버스터〉, 요즘 한창 화제니까 얘깃거리삼아 보고 싶기도 한데."

"아까는 어린애들이나 보는 영화라면서?"

"아까는 나도 집에 가고 싶은 생각밖에 없었거든." 갑작스레 친한 사람처럼 군다. "아 참, 그리고 이와세 군, 나도 알아."

"뭐야, 심술 사납기는." 히사오는 얼굴을 찌푸렸다.

"미안." 장난스럽게 미소를 지었다. "아까는 함께 이야기하는 것도 싫어서 그랬지. 이와세 군, 2학년 때 나랑 같은 반이었어. 근데 유원지 풀에서 어쨌다고?"

"여기 올 때 말했잖아."

"미안, 안 들었어. 다시 한 번만." 요코가 스스럼없이 검지를 쳐들었다.

"여름방학 때 함께 유원지 풀에 갔었다고. 점보 미끄럼틀 점 프하는 데서 얼마나 멀리까지 뛸 수 있는지 내기를 했어. 근데 그 바보가 있는 힘껏 점프를 하다가 코스를 벗어나 손잡이에 꼬리뼈를 들이박은 거야. 그 뒤로 발차기를 하기만 하면 엉덩이가 아파서 결국 대표 선수에서 밀려났어."

"아, 그래서 이와세 군이 중간에 수영부 관뒀었구나."

"그래. 천재 소년이라는 말을 듣고 올림픽을 목표로 뛰었던 친구인데. 인생의 분기점이라는 거, 그거 어디 숨어 있는지 모르겠더라고."

요코가 손뼉을 치며 웃었다.

"저기, 저기, 기타 고등학교라면 노무라 군, 알아? 중학교 때 함께 다녔었는데."

"알지. 아주 친했어. 마작 친구였거든. 우리끼리는 '바카혼'이라고 불렀어."

"바카혼? 바카봉(만화가 아카쓰카 후지오의 히트작 《천재 바카봉》 시리즈의 주인공 – 역주)이 아니고?"

"응, 설명하면 길어지니까 생략하자고."

"그럼, 가네시로 군은? 기타 고등학교에서도 별명이 '눈 튄 금붕어'였어?"

"아니. '량핑(兩筒. 마작 통수패 중의 2통 – 역주)'이라고 불렀지."

"어머, 그건 또 뭐야?"

한참이나 둘 다 알고 있는 친구들 얘기를 줄줄이 했다. 조금 전까지의 어색함은 어디론가 사라지고 갑자기 허물없이 녹아드는 분위기가 되었다.

막상 말을 하다 보니 요코는 명랑하고 쾌활한 여자였다. 입을 크게 벌리고 깔깔깔 웃었다. 짧은 머리와 함께 어딘가 남자 같은 성격으로 보였다. 분명 기가 셀 터였다. 같은 고향에 같은 학년이라는 편안함 때문인지 히사오를 금세 '다무라 군'이라며 스스럼없는 친구처럼 대했다. 히사오는 그런 그녀를 '요 짱'이라고 부르기로 했다. 자연스럽게 그렇게 되었다.

"이럴 줄 알았으면 아까 점심, 제대로 먹어둘걸."

요코는 호텔 요리를 거의 남기고 오다시피 한 것을 킥킥 웃어가며 후회하고 있었다.

"저녁은 싸고 푸짐하게 나오는 식당으로 가자구."

요코의 그 말에 약간 달콤한 기분이 샘솟았다. 요코는 저녁때까지 함께 보내자는 말을 하고 있는 것이다.

아주 조금, 스스로 괜찮은 남자라는 기분이 들었다. 계산은 당연히 히사오가 했다.

찻집을 나와 다시 마리온으로 향했다. 후리소데 차림의 여자들이 거리 여기저기에 몰려 다녔다. 거리 전체가 축제 무대 같았다.

뒤편으로 들어갔더니 바로 옆에 대형 스크린이 있고 수많은 사람들이 몰려 있었다. 눈을 던지자 신일철 가마이시와 도지샤 대학의 럭비 일본 선수권 대회를 방영하고 있었다.

도지샤가 리드하고 있었다.

어, 진짜? 히사오는 저도 모르게 발을 멈췄다.

"왜 그래?"라는 요코.

"도지샤가 이기고 있어."

"그래?" 요코는 별로 관심이 없는 기색이었다.

만일 도지샤가 이긴다면 일대 파란이 일어난다. 신일철 가마이시 럭비 팀은 사상 최강의 팀이라는 평가를 받았고, 모두들 일본 선수권 7연패는 확실하다고 예상했던 것이다.

"저기, 다무라 군." 요코가 어깨를 두드렸다. "아직 시간이 남았으니까 잠깐 쇼핑 좀 하고 와도 괜찮겠지?" 손끝으로 마리온 빌딩의 세이부 백화점을 가리켰다.

"응, 좋지." 다행이다 하고 히사오는 사람들 틈에 섞여 럭비 중계를 보기로 했다.

따스한 가을 같은 날씨여서 그런지 국립경기장은 초만원이었다. 텔레비전 화면으로 보는 한에서는 스탠드는 모조리 관중으로 채워져 있었다.

"시합 시작 3분 만에 도지샤가 트라이." 우연히 눈길이 마주친 아저씨가 물어보지도 않았는데 설명을 해주었다. "그다음에 신일철의 곤노 선수가 페널티킥으로 3점."

"가마이시, 질까요?"

"글쎄, 어떨지. 마쓰오가 영 제 컨디션이 안 나와서 말이야."

야구모를 쓴 아저씨는 턱을 슬슬 문지르고 있었다.

스탠드오프의 마쓰오는 발목에 마취주사를 맞고 이번 시합에 출장했다는 이야기였다. 오늘 아침 신문에서 읽었다.

몰려선 사람들 중에는 젊은 여자들도 많았다. 후리소데 차림들도 섞여서 열심히 화면을 바라보고 있었다. 최근 2, 3년 동안 럭비는 공전의 붐을 일으키고 있었다. 신일철 가마이시의 마쓰오, 도지샤 대학 팀의 히라오와 오오야기 선수 등은 웬만한 인기 스타보다 훨씬 나았다. 스포츠에 여성 팬들의 교성이 여기저기서 터져나오다니, 이건 아마도 처음 있는 일일 것이다.

물론 히사오도 벼락 팬이었다. 딱히 어느 팀을 응원하는 것도 없고, 한마디로 열성적인 구경꾼 정도였다.

도지샤가 다시 트라이를 결정했고 마리온 빌딩 통로에는 일제히 환성이 터졌다. 이것으로 다시 점수 차가 벌어졌다.

왠지 도지샤 쪽을 응원하고 싶었다. 약한 팀에 은근히 동정이 가는 것도 있고, 신일철 가마이시 팀의 마쓰오는 매스컴에서 지나치게 영웅으로 띄워주는 게 거슬리기도 했다.

이번에는 도지샤의 히라오가 드롭 골을 결정했다. 앞에 있던 여자가 폴짝폴짝 뛰었다. 스코어는 13 대 6. 이러다 정말 도지샤가 이기는 거 아닐까.

그때 요코의 목소리가 났다.

"오래 기다렸지?"

어라, 이상하다, 싶었다. 눈의 높이가 히사오와 똑같았다. 반사적으로 발치를 쳐다보았다. 요코는 바닥이 납작한 구두를 신고 있었다. 오른손에는 종이봉투가 들려 있었다.

"구두 샀어." 요코가 미소를 지으며 말했다. "가게에서 아예 갈아 신었지."

"왜?" 히사오도 입가가 헤실헤실 풀어졌다.

"내가 정말 심술궂은 데가 있나 봐. 회사에서도 마음에 안 드는 상대를 만날 때는 일부러 하이힐을 신고 나가서 실컷 내려다 봐주거든. 그러면 남자들이 엄청 싫어하잖아. 그걸 보고 속으로 코웃음을 치는 거야."

히사오는 쓴웃음을 지었다.

"그 반대로 예쁘게 보이고 싶을 때는 굽이 낮은 구두를 신고 나가서 제가 너무 키가 커서 죄송해요, 라고 하는 거야."

"일단 심경의 변화가 있었다는 얘기군."

"흐응, 그렇다고 할까?" 요코가 히사오의 머리끝으로 시선을 던졌다. "다무라 군이 2센티쯤 크네, 뭐."

하지만 히사오에게는 거의 똑같은 키로 보였다.

요코는 그러잖아도 마침 구두를 살 계획이었다고 귀여운 거 짓말을 했다.

"자, 그럼 〈고스트 버스터〉 보러 갈까?"라는 요코. 럭비에 미련이 있었지만 그 자리를 뜨기로 했다.

엘리베이터를 타고 위층으로 향했다. 별로 관심이 없었던 영화인데도 왠지 얼른 볼 수 있었으면 하는 마음이 들었다. 텔레비전에서 어지간히도 광고를 많이 해서 주제곡은 전 국민이 다 외우고 있을 정도였다.

하지만 영화관 층에서 엘리베이터를 내리다가 깜짝 놀랐다. 넓은 로비에 사람들이 장사진을 치고 있었던 것이다.

정말 구경거리라면 사족을 못 쓰는 인종이다. 미국에서 히트만 쳤다 하면 금세 이런 난리법석이다.

줄 끝을 찾아가 장내 정리 직원에게 물어봤더니 앉을 수 있을지 어떨지 아무래도 좀 애매하다는 대답이 돌아왔다.

"어쩌지?" 히사오가 물었다.

"점점 더 보고 싶긴 한데, 서서 보기는 좀 그렇고……." 요코가 고민하는 얼굴로 말했다. "저기, 다음 회에 보기로 하고 두 시간 동안 드라이브라도 하는 건 어때? 다무라 군, 차 가져왔다고 했지?"

"응, 그것도 좋겠네."

정말로 데이트답게 되었다.

마리온을 나와 다시 긴자 거리를 걸었다. 나란히 걷자 보폭이 똑같아서 마치 행진이라도 하듯 구두 소리가 리드미컬하게 울렸다. 옆에서 보면 아마 연인 사이로 보였으리라.

알게 모르게 히사오의 얼굴이 그새 활짝 피어 있었다.

사랑의 예감?

아, 그건 아닌가. 혼자서 쓴웃음을 지었다.

중매 건을 받아들일 마음은 없지만, 느닷없이 행운이 튀어나온 듯한 오늘의 만남을 히사오는 한껏 즐기자는 마음으로 바뀌었다.

어머니를 용서해주자. 셋짱 아주머니도 마찬가지.

3

"그래서, 올 설날에 내가 대학 때 친구들하고 스키를 타러 가느라고 나고야 집에 못 갔었거든. 그랬더니 엄마가 나를 무슨 불효자식처럼 마구 나무라는 거야."

조수석에서 요코가 말을 하면서 콧등에 주름을 잡고 있었다. 히사오가 운전하는 빨간 프렐류드는 꽉 막힌 긴자 거리를 빠져나와 우치보리 거리를 달렸다.

"우리 집도 마찬가지야. 아들 녀석이 인정머리가 없다, 성묘도 안 하고 어떻게 조상님 앞에 얼굴을 들려고 하느냐, 뭐, 욕 엄청 먹지."

히사오도 집의 현재 상황을 하소연했다. 그때는 누나까지 합세해서 어머니 편을 들었던 것이다.

"우리 집은 더 심해. 이웃 사람들한테 뭐라고 말해야 좋을지 모르겠다나? 아주 그런 소리까지 해요. 왜 거기에 이웃 사람이 등장하느냐고. 이웃 사람이 이 일에 대체 무슨 상관이냔 말이야."

히사오를 향해 덤비듯이 말하고 있었다.

"나고야가 원래 그래. 이웃 간의 체면이 모든 것인 동네야."

"맞아. 나고야에서 효자효녀라는 건 도쿄에서 당당히 독립하는 게 아니라 부모 밑에서 살다가 일찌감치 결혼해서 손자를 낳아주는 거라니까."

"나는 큰아들이라 더 비참해. 할머니 장례식 때, 한 번 본 적도 없는 당숙이 나타나서 '너는 장남이니 반드시 조상 묘를 지켜야 하느니라' 그러더라고. 그게 대체 뭔 소리냐? 조상 묘를 지키라니, 누가 무덤에 쳐들어오기라도 한다는 거야?"

"하지만 다무라 군은 남자라서 그래도 괜찮잖아? 흥, 나는 심지어, 여자야. 갈 때마다 결혼, 결혼, 결혼, 진짜 귀찮아서 죽을 지경이라구." 요코가 눈을 뒤집었다. 이마까지 벌겋게 붉히고 있었다. "한 살 아래 남동생이 있거든. 걔가 벌써 결혼을 하네 마네 하는 거야. 왠지 알아? 여자친구가 학교 동창인데 나이가 스물넷이래. 그래서 그 여자 쪽에서 빨리 결혼하자고 서두른다? 좋다구, 사정이 정 그러시다면 자기들 원하는 대로 어서 빨리 결혼하면 되잖아? 근데 우리 부모는 큰애가 앞에 있는데 작은애부터 결혼시킬 수는 없다는 거야. 진짜 바보 아냐? 무슨 우무 뽑아내는 것도 아니고."

"결국 나고야라는 동네는 부모에게서 독립하는 것도 자식에게서 독립하는 것도 허용이 안 되는 지역색을 가진 곳이야."

"누가 아니래. 개인주의는 당장 죄악이 되는 땅이라니까."

"시민의 수준은 낮고."

"프라이버시는 없고."

"음식마다 된장은 끼었고."

"찻집에서 새우튀김을 내놓고."

둘이서 콧김을 씩씩거리며 제가 태어난 고향땅을 욕했다.

요코는 그간 불만이 얼마나 울울하게 쌓여 있었는지 "이렇게 되면 오기로라도 나고야 남자하고는 절대 결혼 안 해"라는 단언까지 했다. 그리고 눈앞에 있는 남자가 바로 그 나고야 출신이라는 것을 퍼뜩 깨달았는지 "아, 아냐, 다무라 군이 그렇다는 건 아니고……"라고 서둘러 말을 덧붙였다.

"괜찮아." 히사오가 쓴웃음을 지었다.

"다무라 군, 별로 나고야 사람 같지 않아."

"아, 그래?"

"하지만 결혼하겠다는 뜻은 아냐."

"알았어."

요코도 조금쯤 화장을 한 것일까, 좋은 냄새가 차 안에 감돌았다. 카스테레오에서는 웸(Wham. 1980년대 초에 결성된 영국의 팝 그룹. 매년 연말이면 이들의 대표곡 〈라스트 크리스마스〉가 흘러나온다 — 역주)의 최신작. 요코는 히사오의 애차(愛車)를 보고 멋있다고 감탄해주었다.

자동차는 아오야마 거리로 들어섰다. 휴일이라 도로는 한산했다. 날씨도 좋은지라 선루프를 열었다. 진구가이엔 공원 근처나 한 바퀴 돌아볼까. 차에서 내려 가로수 길을 산책해도 좋을 것이다. 그런 생각을 하고 있는데 요코가 앞을 본 채 불쑥 말했다.

"결혼 붐이야, 아예."

"응?"

"내 주위가 온통 그래." 한숨을 쉬고 있었다. "작년에만 네건, 그중 두 건은 나고야. 여자 나이 스물다섯은 이래저래 압력에 시달리는 때인가 봐."

"그래?"

"특히 나고야에서 결혼식이 있을 때는 엄마가 하객 선물까지 체크를 하는 거야. 이건 좀 짜게 굴었네, 이건 너무 초라하네, 일일이 평가를 하면서 그 끝에는 반드시, 너 결혼할 때는 하객 선물을 뭐로 하지? 라고 하는 거야. 정말 못 말린다, 못 말려."

아오야마 니초메 삼거리에서 우회전했다. 은행나무 가로수가 원근법 그림처럼 이어진 저 끝에 가이가칸(繪畵館)이 보였다. 히사오가 가장 좋아하는 도쿄 풍경이었다.

"우리 집 뒷마당에 창고가 있어. 거기에 여기저기서 받은 타월이불이며 식기 세트를 잔뜩 넣어뒀어. 그러고서 우리 엄마, 뻔질나게 그러는 거야. 이건 네가 시집갈 때를 위해 챙겨두는 거란다……. 나 들으라는 듯이 그런 말을 할 수 있는 거야, 상식적으로? 기왕 받은 거니까 그냥 쓰면 되잖아. 마치 내가 못 쓰는 물건을 만들어내는 거 같다니까."

요코는 바깥 경치를 내다보지도 않고 혼자서 떠들고 있었다. 웸의 테이프가 끝났는지라 신디 로퍼로 바꾸었다.

"가장 화가 났던 건 사촌언니네 아이가 쓰던 베이비카를 받아

왔을 때야. 그것도 창고에 같이 들어 있어. 비싼 수입품 베이비 카라서 받아 왔다나? 작년 오봉에 내려갔을 때는 아예 일부러 보여주더라니까. 그거, 어서 빨리 손자를 낳아달라는 소리나 마찬가지 아니야? 우리 부모, 진짜 독립을 못해. 자기들끼리 즐길 취미거리를 찾아내라고 그렇게 말했는데도."

요코의 목소리 톤이 다시 높아졌다. 그녀가 결혼 때문에 부모에게서 받는 스트레스는 상당한 것인 모양이었다. 역시 남자인 히사오로서는 실감하기 어려운 이야기였다.

일방통행의 로터리로 들어섰다. 오후의 햇살이 앞 유리에 비쳐 들었다. 아직 한겨울이지만 동지를 지나면서 조금씩 해가 길어진 느낌이 들었다. 이렇게 한걸음 한걸음, 도쿄는 봄으로 다가가는 것이리라.

"애초에 도쿄 쪽 대학에 온다고 했을 때도 한바탕 난리를 치렀어." 요코는 아직도 입가에 거품을 물며 넋두리를 쏟아내고 있었다. "나고야 대학은 떨어졌지만 난잔 대학 영문과에는 합격했었거든. 그랬더니 부모뿐만 아니라 친척들까지 나서서, 너는 도쿄에 나갔다가는 안 돌아올 테니까 안 된다느니, 타지 사람하고 결혼하면 그쪽으로 빼앗겨버리니까 안 된다느니, 그런 소리까지 하더라구. 다무라 군, 어떻게 생각해?"

"요코 짱도 참 힘들겠다." 일단 맞장구를 쳐주었다.

"우리 부모는 내가 도쿄에서 직장 다니다가 혹시라도 아주 먼 데 출신 사람을 만나서 결혼할까 봐 그게 가장 걱정일 거야. 만

일 홋카이도 사람하고 결혼하면 명절에 어디로 귀경하느냐, 그게 문제가 되잖아. 아마 반반이 될 테지만, 그러면 아무래도 손자를 안아볼 기회가 줄어들겠지. 오늘도 그래서 다무라 군하고 억지로 엮어보려고 한 거야."

잘도 떠드는 아가씨네, 요코 짱. 히사오는 슬그머니 쓴웃음을 지었다.

그때 희미하게 환성이 들려왔다. 저도 모르게 그쪽을 돌아보았다. 시선의 끝에 국립경기장이 있었다. 깜빡 잊고 있었다. 바로 지금, 여기서 럭비 일본 선수권 대회가 벌어지고 있는 것이다. 대시보드의 시계를 보았다. 아마도 후반전이 한창일 것이다. 히사오는 마음이 설레었다.

"이봐, 다무라 군, 듣고 있어?" 요코가 말했다.

"듣고 있지. 그보다, 저거." 손가락으로 앞쪽을 가리켰다. 국립경기장의 백 스탠드가 거대한 벽처럼 우뚝 솟아 있었다. "럭비 일본 선수권, 여기서 하고 있거든."

"아, 아까 텔레비전에서 했던 그거?" 요코가 흥미 없다는 듯 머리를 쓸어 올렸다.

"도지샤 대학, 이겼을까?"

히사오는 백 스탠드 바로 뒤편에 차를 세웠다. 카스테레오에서 테이프를 꺼내고 라디오 튜닝 스위치를 돌렸다. 실황 방송 아나운서의 목소리가 들렸다. 아직 스코어는 알 수 없었다. 단지 스피커를 통해 들려오는 환성, 그리고 스탠드를 뛰어 넘어온 환성이 합쳐져서 마치 그 자리에 가 있는 듯한 현장감이 느껴졌다.

"다무라 군, 럭비 좋아해?" 요코가 물어왔다.

"응? 뭐, 그렇지." 억지 대답을 했다.

아나운서가 스코어를 말했다. 19 대 13으로 신일철 가마이시가 이기고 있었다. 뭐야, 역전당했잖아? 히사오가 혼잣말을 흘렸다.

아예 안으로 들어가볼까, 하고 생각했다. 남은 시간이 15분이라도 현장에서 관전하고 싶은 마음이 간절했다. 6만 명이 들어가는 스타디움이다. 티켓 두 명 분쯤은 남아 있을 터였다.

"안에 들어가볼까?" 요코에게 물었다.

"응, 좋아."

곧바로 대답이 돌아왔다. 생으로 보게 되면 이야기는 달라진다. 럭비에 별 관심이 없더라도 스포츠 관전 자체가 축제인 것이다.

차에서 내려 경기장 부지로 들어섰다. "빨리 빨리!" 손짓을 해가며 히사오가 뛰었다.

하지만 티켓 판매소에 도착해보니 창구는 이미 닫혀 있었다. 하긴 그렇겠지. 이제 곧 시합이 끝날 시간인 것이다.

"저런." 요코가 허리에 손을 짚고 있었다. "그럼 가이가칸 주위라도 산책하지, 뭐. 날씨도 좋은데." 턱으로 그쪽 방향을 가리킨다.

"그것도 좋은데, 일단 럭비 끝난 다음에. 라디오라도 듣고 싶어."

자동차로 돌아왔다. 요코는 약간 부루퉁했지만, 그래도 히사오의 말을 따라주었다.

아주 잠깐 사이에 다시 신일철 가마이시가 점수 차를 벌리고 있었다.

"라디오로 시합 듣는 게 재미있어?"라는 요코.

"응? 뭐, 그럭저럭." 다시금 억지 대답을 했다.

"가마이시라니, 어디 팀이야?"

"이와테 현."

"아, 우리 회사에 이와테 현 출신 여직원이 있는데."

"그래?"

"그 사람, 스물여덟 살 독신인데 정월에 고향 내려갈 때마다 엄청 우울해했어. 종가라서 친척들이 우르르 모여든다는 거야. 그래서 유미한테……, 그 사람 이름이 유미야, 유미한테 어느 세월에 신랑을 데려올 거냐고 다들 꼬치꼬치 캐묻는대. 일 년 중에 가장 우울한 날이래."

도지샤의 오오야기가 돌진했다. 하지만 금세 잡혔다.

"그럼 고향에 안 내려가면 되는 거 아니냐고 내가 말했더니, 그쪽 도후쿠 지방은 우리보다 더 엄한 모양이야. 도후쿠 지방이 원래 타지로 돈벌이 나가는 사람이 많은 곳이라서 정월에 온 가족이 모이는 건 아주 절대적인 관습인가 봐. 내가 올 설날에 집에 안 내려갈 거라고 했더니 정말 용기가 대단하다고 부러워하더라니까."

도지샤 녹온. 스크럼에서도 밀리는 모양이었다. 역시 가마이시 팀은 강하구나.

"근데 막상 설날에 집에 안 내려가니까 뭔가 독특한 죄책감이 들더라? 스키를 타러 간 것까지는 좋았는데 진심으로 즐길 수가 없더라구. 호텔에서 홍백가합전을 보면서……, 아, 사실은 홍백가합전 봤었어, 그러면서 지금쯤 엄마랑 아버지랑 적적해하는 거 아닐까, 슬슬 가슴이 아픈 거야. 부모란, 분명 고맙지만 한편으로는 부담스러운 존재야."

마쓰오의 사인플레이에서 다시 가마이시 트라이를 올렸다. 땅이 울리는 듯한 환성이 일대를 휘감았다.

"그럼, 결혼을 해버리면 되잖아."

조금쯤은 상대를 해줘야지, 안 그러면 재미없겠다 싶어서 그렇게 대꾸를 해주었다.

"지금 그런 문제가 아니잖아?" 요코의 얼굴색이 하얘졌다. "결혼이란 나를 위한 것이지 부모를 위한 게 아니야. 적령기 따위를 누가 정했는지 모르겠지만 내가 결혼하고 싶다고 생각한 때가 적령기인 거라구. ……그런 걸 기호지배라고 하는 거야. 배가 고프니까 밥을 먹는 게 아니라 12시니까 점심을 먹는다, 결혼하고 싶기 때문에 결혼하는 게 아니라 스물다섯 살이니까 슬슬 결혼을 한다, 그런 식으로 자신의 의지가 배제된 사고방식."

게임은 가마이시 측의 일방적인 전개였다. 슬슬 노사이드가 가까워져왔다.

"남자는 정말 속편해서 좋겠네. 일단 회사 일만 열심히 하면 좋은 평가를 받잖아? 여자는 이래저래 손해야. 열심히 일하면 섹시한 맛이 없다는 소리를 듣고, 잠깐 빈틈을 보이면 금세 남자 친구가 생겼느냐 언제 결혼할 거냐, 쓸데없는 참견들이나 하고. 게다가 머지않아 결혼하면 그만둘 사람이라고 은근히 제쳐두는 경향도 있어." 요코가 담배를 입에 물고 불을 붙였다. "결혼이란 거, 정말 어려운 관문이야." 한숨과 함께 연기를 토해냈다. "요컨대 여자의 행복은 결혼으로 좌우된다는 식으로 사회적인 정의를 내리는 게 가장 큰 문제야……."

노사이드의 휘슬이 울렸다. 동시에 진구가이엔 하늘에 대환성이 메아리쳤다.

신일철 가마이시의 7연승이었다. 역시 도지샤 대학 팀은 맞수가 안 되는군. 큼직하게 하품을 하고 시트에 몸을 기댔다. 그리고 고개를 들었더니 요코와 눈이 딱 마주쳤다.

요코가 온도 없는 눈빛으로 히사오를 똑바로 쳐다보고 있었다.

"다무라 군, 내 얘기 전혀 안 들었지?" 마른 목소리로 묻는다.

"아니, 아냐." 고개를 저었다. "들었어."

"자, 그럼, 문제. 우리 회사의 이와테 출신 동료는 몇 살일까?"

"에?"

"거봐, 안 들었지."

요코는 고개를 홱 돌리더니 시트를 비스듬하게 눕히고 긴 다리를 큼직하게 꼬고 앉았다.

"아……, 슬슬 영화나 보러 갈까? 이번에는 일찌감치 줄을 서야지."

요코는 대답을 하지 않았다.

"화내지 마, 그런 걸로."

"화 안 났는데?"

다시금 어색한 분위기로 돌아가버렸다. 어휴, 정말 까다롭네. 히사오는 약간 미운 소리를 해주고 싶어졌다.

"요코, 사실은 빨리 결혼하고 싶은 거 아냐?" 하지만 말을 하면서 후회했다.

"무슨 소리야, 그게?" 아니나 다를까 요코는 안색이 바뀌었다. "말도 안 돼. 내가 맨 처음에 한 말도 안 들었어? 나는 아직 결혼할 마음이 없다고 분명히 말했는데?"

"그건 전업 주부 되기가 싫다는 거고, 사랑하는 사람하고는 함께 살고 싶을 텐데?" 재미없겠다고 생각하면서도 그만 반론이 입 밖으로 튀어나와버렸다. "집안일은 분담하면 되고, 아이를 낳느냐 마느냐는 서로 상의해서 결정하면 되지, 뭐. 결국 이상적인 남자가 영 나타나지 않아서 초조해하는 거 아니야?"

요코가 입을 꼭 다물었다. 정수리 언저리가 불그레해진 채 험악한 얼굴로 앞만 보고 있었다.

아차, 어서 달래야지.

"아, 하지만……, 아직 스물다섯 살인데 뭐, 초조해할 거 없어."

"난 초조하지 않아."

달래는 말이 못 되었다.

히사오가 차를 출발시켰다. 국립경기장을 벗어나 가이가칸 뒤편을 돌아 다시 아오야마 거리를 타고 들어갔다.

라디오에서는 아직 럭비 중계가 이어졌다. 여전히 환성이 그치지 않았다. 이 시합을 마지막으로 유니폼을 벗는 마쓰오를 헹가래 치는 모양이었다.

테이프를 세트해서 음악으로 바꾸었다.

"저녁은 뭐로 하지? 낮에 양식이었으니까 이번에는 일식으로 할까?"

"아무거나." 딱딱한 말투였다.

"그럼, 요시노야의 소고기덮밥?" 분위기를 누그러뜨리려고 가벼운 입을 놀렸다.

"댁이 먹고 싶다면 그러세요."

역시 히사오도 불끈 성질이 났다. 눈치 채지 않게 슬쩍 얼굴을 찌푸렸다.

하지만 들켜버렸다.

"까다로운 여자라고 생각했지?"

이번에는 히사오 쪽에서 대답을 하지 않았다.

액셀을 꾸욱 밟아 네거리에서 타이어 소리를 올렸다.

긴자에 돌아와 보니 주차장마다 만차여서 골목길을 우왕좌왕

하는 처지가 되었다.

일방통행이 많아서 바로 앞에 P 마크가 보여도 멀리 돌지 않으면 안 되었다. 겨우겨우 찾아가면 그곳도 만차, 그렇게 시간만 자꾸 흘러갔다. 요코도 재촉하는 투의 말을 던져왔다. 어쩔 수 없이 히사오는 노상에 주차하기로 했다. 오후 4시 반. 바깥은 완전히 해가 저물어가고 있었다.

"다무라 군, 먼저 가줄래?" 요코가 조수석에 앉은 채 말했다.

"왜?"

"잠깐 화장 좀 고치려고." 핸드백에서 콤팩트를 꺼내고 있었다. "도어는 확실히 잠글 테니까 걱정 마. 통로의 텔레비전 있는 데서 기다려." 업무 지시를 내리는 듯한 말투였다.

말없이 어깨를 으쓱 치켜들며 히사오는 혼자 내렸다.

왜 내가 지시를 받아야 해? 네가 내 여자친구냐? 걸어가면서 점점 더 화가 났다.

저녁식사, 관둘까. 영화만 보고 냉큼 집에 가고 싶은 기분이었다. 요코 역시 그 제안에 찬성일 터였다.

마리온에 들어서자 다시 텔레비전 앞에 사람들이 몰려 있었다. 이번에는 뭐야. 목을 빼고 들여다보니 스모 중계를 하고 있었다.

아, 그렇지, 기타노우미는 어떻게 됐을까?

슬쩍 둘러보니 앞쪽에 야구모를 쓴 아저씨가 아직도 있었다. 럭비 중계부터 계속 이곳에 서 있는 모양이었다. 히사오의 시선을 알아차렸는지 이쪽을 돌아보며 수더분하게 웃었다.

"아저씨, 기타노우미 오늘 나와요?" 히사오가 말을 붙였다.

"은퇴했어." 큼직한 소리로 아저씨가 대답했다. "아까 기자회견하는 장면이 텔레비전에서 나왔어."

그렇구나, 기타노우미가 은퇴하고 마는가. 약간의 감개가 솟구쳤다.

"울었어요?" 히사오가 물었다.

"아냐, 그 요코즈나가 울 리가 있어? 떴는지 감았는지 모르겠는 눈으로 우물우물 이야기하더라고."

기타노우미답다고 생각했다. 스물네 차례나 우승했고 너무 강해서 오히려 미움을 샀던 요코즈나였다. 애교라고는 없고 코멘트도 도무지 재미가 없어서 매스컴이 애를 먹었던 스모꾼이었다.

긴자 미쓰코시 백화점에서 한 번 본 적이 있었다. 거대한 볼링공 같았다. 뚱뚱할 거라고 생각했는데 완전히 근육 덩어리였다.

최소한 럭비의 마쓰오보다는 큼직하게 보도해주었으면 싶었다. 20년 뒤라면 역사에 남는 건 역시 기타노우미 쪽일 것이다.

누군가 어깨를 두드렸다. "오래 기다렸지?"라는 요코의 목소리.

돌아보니 히사오의 눈높이에 요코의 입술이 있었다.

저도 모르게 위를 올려다보았다. 요코가 엷은 웃음을 띠고 히사오를 한껏 내려다보고 있었다.

"새로 산 구두는 아무래도 발이 아파서."

차가운 어조로 요코가 내뱉었다. 차 안에서 하이힐로 갈아 신은 것이다.

히사오는 얼굴이 불끈 뜨거워졌다.

저녁식사는 절대로 함께 하지 않을 거라고 생각했다.

4

서로 아무 말 없이 엘리베이터에 올랐다. 얼굴이 잔뜩 굳어 있었지만 더 이상 친절한 척하고 싶은 마음도 없어서 표정 따위 아무래도 상관없었다.

성질이 사나운 것에도 정도가 있다. 아주 잠깐이나마 달콤한 마음을 품었던 자신을 바보라고 생각했다.

영화를 보고 냉큼 집에 돌아가자. 역에도 바래다주지 않을 거다. 마리온을 나서면 그 길로 헤어지는 거다. 그리고 두 번 다시 만날 일도 없을 것이다.

엘리베이터는 만원이어서 하이힐을 신은 요코와의 키 차이를 여지없이 실감해야만 했다. 요코의 움츠린 어깨가 히사오의 뺨에 닿는 것이다. 이 꺽다리 같은 여자. 주위에서 '옆에 서 있는 저 보통 키의 남자가 애인인가?' 라는 호기심의 시선도 날아오고 있었다.

하긴, 아무려나. 어차피 앞으로 두 시간만 참으면 될 일이다.

하지만 영화관 층에서 내리자마자 깜짝 놀랐다. 아까 왔을 때보다 더 긴 장사진이었다. 인간 띠가 뱀처럼 구불구불 로비의 가장 안쪽까지 이어져 있었던 것이다.

뭐야, 당신들—. 소리를 쳐주고 싶었다. 이런 영화가 뭐 그리 좋다고. 기껏해야 지구 건너편의, 감자에 케첩이나 칙칙 뿌려 먹는 그런 나라에서 부화뇌동하는 바보들을 대량으로 동원한 영화일 뿐이잖아.

장사진의 대부분은 젊은 커플들이었다. 영화를 보고 나면 오후 7시, 그다음에 저녁을 먹기에 딱 좋은 시간대일 터였다.

성대하게 한숨을 내쉬었다. 요코를 올려다보았다.

"서서라도 볼 거야?" 히사오가 물었다.

"아니, 별로." 요코는 얼굴을 홱 돌린 채 대답했다.

"그럼, 이만 돌아갈까?"

깨끗이 말해주었다. 미소를 지을 것도 없이, 노기를 드러낼 것도 없이. 솔직히 그런 말이 자신의 입에서 스르르 나온 것에 안도하고 있었다.

어머니에게서 받은 티켓 한 장을 요코에게 건넸다.

"시간 날 때 봐."

요코는 말없이 받아 들었다.

내려가는 엘리베이터에 올랐다. 이번에는 둘뿐이었다.

헛기침을 했다. 말없이 층수 표시 램프를 가만히 쳐다보고 있었다.

마리온을 나섰다. "자, 그럼"이라고 요코에게 고했다. 만남도 헤어짐도 싱겁기 짝이 없었다. 분명 한 달만 지나면 서로 까맣게 잊어버리리라.

그런데 요코는 히사오의 뒤를 따라왔다. 쇼윈도에 그녀의 모습이 비치고 있었던 것이다.

"왜 그래?" 돌아보며 물었다.

"구두. 차 안에 놓고 왔어."

"아, 그래?"

빠른 걸음으로 앞장서서 걸었다. 하이힐의 어색한 구두 소리가 뒤에서 울려왔다.

차를 세워둔 큰길로 나섰다. 길을 잘못 들어왔나? 빨간 프렐류드가 눈에 띄지 않았다.

분명 버드나무 아래 세워뒀는데……? 문득 불길한 예감이 머리를 스쳤다.

역시나 아스팔트 바닥에 초크로 히사오의 차 넘버와 '쓰키지 경찰서'라는 글씨가 적혀 있었다.

얼굴을 잔뜩 찌푸렸다. 겨우 20분 남짓 세워둔 것뿐인데.

요코는 허리에 손을 짚고 뻣뻣하게 인도에 서 있었다.

"견인차로 끌려간 모양인데?"

"흐응." 요코의 차가운 반응이 돌아왔다.

주차 위반 5천 엔, 견인 비용 7천 엔, 도합 1만 2천 엔의 손실이다.

"내 새로 산 구두는 어떻게 되는 거지?"

요코가 비웃기라도 하듯이 말했다. 머리에 한꺼번에 열이 뻗쳤다.

"네가 자꾸 재촉을 해서 이렇게 됐잖아!" 히사오는 저도 모르게 목소리가 거칠어졌다.

"뭐야, 너라니?" 요코가 당장 눈을 치켜떴다. "언제 내가 다무라 군의 여자가 됐지? 웃기고 있어, 정말. 게다가 어째서 그게 나 때문이야?"

"내가 주차장을 찾아다닐 때, 빨리 안 가면 또 자리를 못 잡는다고 옆에서 투덜거렸잖아?"

"그래서 내 탓으로 하겠다는 거야? 여기에 차를 세운 건 다무라 군의 판단이었겠지. 애초에 진구가이엔 근처에서 시간을 낭비했던 게 실수였어."

"드라이브하러 가자고 한 건 그쪽이겠지?"

"그게 드라이브였어? 난 그저 다무라 군의 라디오 감상 시간인 줄 알았는데?"

히사오는 생침을 삼키고 어금니를 꾹 깨물었다. 어떻게 해야 하나, 이 여자를—.

"내 구두 어쩔 거야?" 요코가 강한 어조로 말했다.

"그럼, 따라와." 발길을 돌려 걸음을 뗐다.

"어디로 따라오라는 거야?"

"쓰키지 경찰서."

말없이 걸음을 옮겼다.

"뭐야, 걸어가겠다는 거야?"

요코의 말소리를 무시하고 큰 걸음으로 긴자 거리를 걸었다. 자꾸 분노가 커져갔다.

꺽다리 여자면 최소한 귀엽게나 굴란 말이야.

조금쯤은 여자답게 행동하라고.

면바지 엉덩이 호주머니에서 지갑을 꺼내 가진 돈을 확인했다.

제기랄, 1만 2천 엔이네. 히사오는 눈에 띈 버드나무를 발로 걷어찼다.

긴자 거리를 가로질러 마쓰야 백화점과 이토야 문구점 사이 길을 걸었다. 빌딩 틈새로 늦가을 찬바람이 들이쳤다. 해가 저물면서 기온도 떨어진 것 같았다. 히사오는 목을 움츠리고 머플러를 다시 묶었다.

그나저나 요코의 저 성격은 대체 어떻게 된 건가. 혼자서 혀를 찼다. 기가 드센 것에도 정도가 있다. 첫째로 오늘이 첫 대면이고 바로 몇 시간 전에 만났을 뿐이다. 그런데 어째서 이토록 다이렉트하게 제 감정을 들이대는가. 보통은 여자 쪽에서 본성을 감추고 적당히 내숭도 떠는 법이다. 나는 아무것도 몰라요~, 라든가 어머, 어머, 어떡해, 라든가.

우선은 레스토랑에서의 그 부루퉁한 태도는 뭔가. 아무리 내키지 않는 중매라지만 그렇게 불손한 태도를 보일 건 없지 않은가.

게다가 히사오와의 오해가 풀리자마자 갑작스레 막역한 친구 대하듯 마음을 풀어버린 것도 극단적인 변모였다. 보통 처음 만난 이성에게 그렇게까지 미주알고주알 불만을 토로할까. 조금쯤은 감추기도 하고 줄이기도 하는 법이다.

게다가 히사오가 자기 얘기를 제대로 들어주지 않았다는 이유만으로 또다시 부루퉁하게 토라지다니. 마치 권태기에 접어든 연인 사이 같다.

한마디로 요코는 남에 대한 배려라고는 전혀 할 줄 모르는 여자인 것이다. 도쿄 사람들처럼 속마음을 은근히 감추는 면이라고는 전혀 없었다. 어머니나 셋 짱 아주머니하고 똑같이 갈데없는 나고야 여자인 것이다.

쇼와 거리로 접어들었다. 거기까지 나가자 사람은 부쩍 줄어들고 그만큼 추위가 더해졌다. 신호를 기다리며 문득 뒤쪽으로 의식을 돌렸다.

하이힐 소리가 나지 않았다. 내내 생각을 더듬고 있었던 탓에 뒤쪽에는 전혀 신경을 쓰지 않았다.

돌아보았다. 그곳에 요코의 모습은 없었다.

요코도 화가 뻗쳐서 중간에 돌아가버린 걸까. 뭐, 그렇다고 해도 내 알 바 아니지만.

신호가 파란색으로 바뀌어 히사오는 길을 건넜다. 이제 200미터쯤만 가면 쓰키지 경찰서였다.

돌풍이 히사오의 앞머리를 밀어올렸다. 저도 모르게 등을 둥글게 숙였다.

아니, 혼자 가버렸을 리가 없다. 요코의 구두가 차 안에 있는데.

그 자리에 멈춰 섰다. 발돋움을 해서 긴자 쪽을 한참이나 지켜봤다. 요코인 듯한 인기척은 없었다.

걸음이 그렇게 느렸던가? 나는 홧김에 빠른 걸음으로 와버렸는데……. 아니지, 보폭은 나하고 똑같았다. 걸음이 느린 건 아니다.

그렇다면 생각할 수 있는 상황은……? 택시를 타고 먼저 경찰서에 가버렸다.

그럴싸했다. 심통 사나운 요코라면 얼마든지 할 수 있을 행동이었다.

아니면 누군가에게 유괴되었다?

흥, 유괴를 할 거라면 좀 더 화사한 여자를 노렸겠지. 요코, 싸움도 꽤 잘할 것 같았고.

넘어져서 다쳤다?

하이힐이니 그럴 가능성도 있다. 평소에는 납작한 구두를 신고 다녔을 테니 아무래도 하이힐은 익숙하지 않을 터였다.

이래저래 사람 고생 시키는 여자네. 슬그머니 몸의 힘이 빠졌다.

잠깐 살펴보고 올까. 어머니 체면을 봐서라도 이대로 내버려 둘 수는 없지……. 택시를 타고 먼저 갔다는 생각이 맞는다면 경찰서에서 실컷 기다리라지. 정말 그랬다면 그때는 본격적으로 절교다.

히사오는 쇼와 거리를 다시 건너가 왔던 길을 되돌아갔다. 그리 먼 거리를 걸어온 것도 아니어서 사고라면 금세 눈에 띌 터였다.

그렇게 100여 미터쯤 걸어갔을 때, 가로등 아래 가드레일에 여자가 걸터앉아 있는 게 보였다. 요코라고 한눈에 알아보았다. 구두를 벗은 채 발을 문지르고 있었다.

"왜 그래?" 앞에까지 다가가 말을 붙였다.

"뒤꿈치가 까져서."

요코는 히사오 쪽은 쳐다보지 않고 대답했다. 힘없는 목소리였다. 얼굴색도 영 시원치 않았다.

"그 하이힐, 새로 산 거 아니잖아?"

"거의 새로 산 거나 마찬가지야. 신었어도 그렇게 오래 걸을 기회도 별로 없었고."

"흐응."

"빨리 걸었더니 금세 뒤꿈치 살이 벗겨졌어."

"그래……, 미안, 내가 잘못했네."

약해진 요코의 모습을 보고 있자니 분노의 감정이 순식간에 시들어버렸다. 자세히 들여다보니 뒤꿈치가 벗겨져 빨갛게 드러나 있었다. 그저 보기에도 꽤 아플 것 같았다.

딱해서 목소리가 다정하게 나왔다.

"어쩌지? 여기서 기다릴래? 나 혼자 얼른 가서 차 빼 오면 되는데."

"아니, 나도 갈 거야." 요코는 아직도 고개를 떨구고 있었다.

"왜? 굳이 아픈 거 참아가며 거기까지 갈 건 없잖아?"

"벌을 받은 거야, 분명. 하느님이 나처럼 성질 못된 여자한테는 시련을 줘야겠다고 생각하셨나 봐."

"아니, 자기한테 자기가 그런 말을 하냐?" 나란히 가드레일에 걸터앉았다.

"아냐. 나, 아까부터 엄청난 자기혐오에 빠져 있었어. 다무라 군에게 욕도 먹었고."

"욕 안 했어." 요코의 어깨를 가볍게 두드렸다.

"마리온에서 내려오는 엘리베이터 안에서 나, 울고 싶더라. 아마 나란 여자는 다무라 군이 25년 동안 살면서 만난 가장 밉살맞은 여자일 거다 싶어서."

"그렇지 않다니까." 히사오가 웃어 보였다.

"나도 알아. 내가 정말 못됐다는 거. 근데 그런 나를 멈출 수가 없어. 차가 견인되었다는 거 알았을 때, 마음속으로 은근히 고소하게 생각했었어."

"그건 좀 심했네."

"내가 그런 면이 있어. 키가 커서 어차피 귀엽게 봐줄 리도 없고, 그렇다면 아예 미움받는 여자가 되자 하고."

"괜찮은데, 뭘? 솔직하고. 겉과 속이 다른 것보다는 훨씬 낫지."

"아무튼 나도 갈래." 요코가 구두를 신고 일어섰다. "천천히 가면 아마 걸을 수 있을 거야."

"무리하지 말라니까."

"다무라 군, 어깨 좀 빌리자."

요코가 히사오의 어깨에 손을 짚고 절뚝거리며 걷기 시작했다.

"다무라 군, 괜찮은 사람이네."

요코가 히사오 바로 뒤에 서서 따라왔다. 어째 템포가 느린 젠카(Jenka. 핀란드 민요 춤곡으로, 앞 사람의 어깨를 잡고 길게 줄을 만들어 춤을 춘다─역주) 같았다.

"이제 화 안 나?"

"응, 화 안 났어." 정말 분노의 감정은 사라지고 없었다.

"착하다, 다무라 군. 내가 좋아하는 타입일지도."

"설마." 히사오가 장난스럽게 대꾸했다. "좋아하는 타입이라면 처음부터 자기를 좋게 보이려고 하는 법이지."

"거짓말, 들켰나?"

푸훗, 웃음이 터졌다. 됐어, 나도 마찬가지야─.

"다무라 군은 어떤 여자가 좋아?"

"착한 여자."

"그럼, 나는 아니네."

"착하다고 해도, 남을 자꾸 도와준다든가 강아지 보고 예쁘다

318

고 꺅꺅거린다거나, 그런 표면적인 게 아니라 상처입은 사람을 조용히 놔두거나 남의 아픈 곳은 모르는 척 덮어주거나, 그런 좀 더 근본적인 착함을 말하는 거야."

"헤에, 다무라 군, 소설가 같은 소리를 하는데?"

"요코, 너, 정말 괴짜다." 쓴웃음을 지었다.

"응, 다들 그렇게 말하더라."

100미터를 5분이나 걸려서 쇼와 거리로 접어들었다. 이런 페이스로 가다가는 중간에서 신호가 빨간색으로 바뀔 것 같았다.

"저기까지 업어줄게."

"싫어. 내 가슴, 빈약하단 말이야."

"그 반대 아니야, 보통은?" 억지로 요코를 등에 업었다. "게다가 나는 다운재킷이라서 그런 거 몰라."

횡단보도를 달려갔다. 요코의 머리칼이 히사오의 뺨을 기분 좋게 쓸었다. 적당히 좋은 향기도 났다.

다 건너자 바로 앞에 편의점이 있었다.

"반창고 좀 사자." 히사오가 말했다.

편의점 안에 들어가 그 참에 캔 커피도 샀다. 앞의 가드레일에 걸터앉아 요코는 뒤꿈치 스타킹 위에 반창고 두 장을 겹쳐서 붙였다.

"이제 됐어. 나 혼자서도 걸을 수 있어."

그 자리에서 캔 커피를 마셨다.

"오늘, 차 안에서 다무라 군이 했던 말." 요코가 불쑥 말했다.

"그거, 역시 받아들일 수 없어."

"내가 뭐라고 했는데?"

"이상적인 남자가 나타나지 않아서 초조해하는 것뿐이라는 말."

"아, 그럼 그 얘기는 취소."

"깨끗이 항복?"

"그냥 나오는 대로 해본 말이었거든."

요코가 웃고 있었다. 그리고 잠시 먼눈을 하고서 말했다.

"사람이란 혼자 있고 싶다는, 그런 시기가 있어도 좋은 거 아닐까?"

"음, 그렇지."

"재작년까지 사귀던 사람이 있었어. 일요일마다 꼬박꼬박 만났는데 나중에는 그게 너무 귀찮더라구. 그래서 헤어졌어. 싫어진 것도 아니고 다른 사람이 생긴 것도 아닌데……." 요코가 담배를 입에 물고 불을 붙였다. 토해낸 연기가 바람에 불려 흩어졌다. "휴일쯤은 나 혼자 있고 싶다는 욕구가 생긴 거야. 이거, 잘못된 일일까?"

"아니, 나도 그런 거 있어." 히사오도 담배에 불을 붙였다.

"나, 처음에 꽤 고민했었어. 다들 남자친구를 원하는데, 내가 좀 이상한 거 아닌가 하고."

"그렇지는 않아."

"이런 시기에 결혼을 하면 어떻게 될까?"

"그 남편은 비참하겠지."

"그렇지? 게다가 그런 시기에는 좋은 남자도 안 나타나."

"아, 그래서?" 흥, 좋은 남자가 아니라서 미안하네.

하지만 요코는 미처 깨닫지 못한 모양이었다.

"근데 부모는 딸의 마음은 이해해줄 것도 없이 그저 자기들 체면만 생각하면서 결혼하라고 닦달을 하는 거야. 그러니 내가 분통이 터지지."

"맞는 말씀."

"아, 다행이다. 드디어 내가 하려던 말이 정리가 됐어." 요코는 환한 표정을 하고 있었다. "좋아, 내일 엄마한테서 전화가 올 텐데, 지금 이 말을 똑똑히 해줘야지." 일어서서 기지개를 켠다. "저기, 역시 보러 가자, 〈고스트 버스터〉."

"응, 그래."

요코의 발랄한 몸짓을 보고 있었더니 히사오도 기운이 났다.

어휴, 정말─. 이 여자하고 있으면 하루가 제트코스터 같다.

둘이서 경찰에 출두해 프렐류드를 되찾았다.

범칙금은 요코가 절반을 내겠다고 했지만 히사오는 거절했다. 그 대신 요코가 저녁을 사기로 했다.

요코가 납작한 구두로 갈아 신었다. 다시 눈높이가 똑같아졌다.

마리온으로 돌아가 일층 레스토랑에서 소시지를 실컷 먹었다. 어차피 영화를 보는 사이에 깰 것이다, 하고 와인도 마셨다.

7시부터 시작하는 마지막 회에는 여유 있게 맞출 수 있었다. 그 시간쯤 되자 손님도 부쩍 줄어서 한가운데의 좋은 자리를 확보할 수 있었다.

"삼시세판이었네?" 요코도 히사오를 마주보며 웃었다. 이제야 드디어 데이트 기분이 났다.

영화는 즐거웠다. 아마도 내용보다 요코라는 여자와 함께 봤다는 것을 언제까지고 기억할 터였다.

밤 9시에 마리온을 나섰다. 긴자 거리도 행인이 띄엄띄엄 지나다닐 뿐이었다.

"요코 짱은 집이 어디?"

"지유가오카. 다무라 군은?"

"나는 하타가야. 별로 멀지도 않으니까 내 차로 데려다줄게."

"괜찮겠어? 고마워." 요코가 오늘 처음 만난 이후로 가장 멋지게 웃는 얼굴을 보였다.

헤어지기가 약간 아쉬운 감이 들었다. 긴자의 가로등 불빛을 받은 요코의 옆얼굴은 한낮과는 달리 어딘가 어른스러운 우수를 품고 있었다.

스물다섯 살이라. 벌써, 인가? 아니면 아직, 인가?

"아, 그전에 야경 보러 하루미(晴海) 부두까지 드라이브하자." 히사오가 청했다.

"좋아." 요코가 고개를 끄덕였다.

하루미 부두는 히사오가 자동차를 구입한 뒤에 가장 즐겨 찾는 한밤의 드라이브 코스였다. 하루미 부두 공원에서 도쿄의 야경을 바라보고 감동하지 않은 여자는 지금까지 한 사람도 없었다. 물론 샘플 수가 몇 안 되기는 했지만.

데려갔더니 요코도 역시 젊은 여자답게 눈을 반짝이며 좋아했다.

"우와, 너무 예뻐. 도쿄의 밤이 이렇게 아름답다니!"

둘이 나란히 손잡이에 기대고 한참이나 야경을 바라보았다.

"다무라 군, 여기 자주 와?"

"이따금."

"흠, 청년 다무라, 여기서 여자들한테 작전을 펼치셨구나?" 장난스럽게 말한다.

"그렇게 보여?"

"모르겠네. 오늘 처음 만났으니."

요코의 눈동자에 네온 불이 비쳐 별처럼 반짝거렸다.

심장이 문득 철렁했다. 새삼스럽게 쳐다보니 요코는 몹시 아름다웠다.

"알지 못한 채 헤어지다니, 좀 아쉬운 마음이 드는데?" 히사오가 말했다.

"에? 지금 나한테 작업 거는 거?"

영 안 먹히네. 히사오는 머리를 긁적였다.

컴컴해서 알지 못했는데, 옆에 있는 커플은 키스를 하고 있었다. 5미터쯤 떨어졌을 텐데 소리까지 다 들렸다.

작게 헛기침을 했다.

"저기, 잠깐 화장실에 다녀와도 될까?"라는 요코.

"응, 물론."

"자동차 키 좀 줘. 차 안에 내 핸드백이 있어서."

열쇠를 받아 들더니 요코가 잰걸음으로 뛰어갔다.

히사오는 손잡이에 턱을 얹고 다시 야경에 눈을 던졌다. 도쿄 타워 꼭대기에서 빨간 라이트가 우아하게 깜빡거리고 있었다.

최소한 전화번호쯤은 물어봐야지. 혼자 그런 생각을 했다.

약간 다루기가 힘들지만 유난히 순수한 면도 있고 괜한 신경을 쓸 게 없어서 대하기도 편하고, 그리고 무엇보다 예쁘고.

생각해보면 나고야 여자라는 것도 좋은 조건이었다. 공통 화제도 많고 함께 고향에 돌아갈 수도 있고.

달콤한 기분이 솟구쳤다. 혹시, 괜찮은 여자 아니야, 요코?

어머니도 계산 한번 멋지게 잘하셨네. 셋 짱 아주머니도 그렇고.

"오래 기다리셨습니다~."

그때 요코가 돌아왔다. 허리를 쳐들며 무심코 돌아보다가 히사오는 흠칫했다.

다시 자신의 눈높이가 요코의 입술이었다. 발치를 보았다. 또 하이힐로 갈아 신고 온 것이다.

"어휴, 뭐야, 이번에는?" 히사오의 눈썹이 여덟팔 자로 처졌다. "심술 좀 부리지 마라, 제발." 자기도 모르게 우는소리를 내

배첼러 파티

1989년 11월 10일

1

칫솔을 입에 꽂은 채 텔레비전 리모컨 스위치를 켜자 아침 와이드쇼에서 어딘가의 학교 축제 풍경이 방영되고 있었다.

"기코 씨, 미혼으로서는 마지막이 될 학교 축제에……"라는 리포터의 목소리가 들려왔다. 다무라 히사오는 한 여성의 넘칠 듯이 웃는 얼굴을 잠시 바라보다 싱크대로 돌아왔다. 요즘 들어 텔레비전은 아야노미야(일본 천왕의 차남 ─ 역주)의 약혼녀에 대한 소식으로 온통 채워지고 있었다. 길거리에서 신호를 기다리고 있을 때에 수염 기른 젊은 세자께서 프러포즈를 했다고 한다.

저 사람이 형님을 제쳐두고─. 그런 혼잣말을 하면서 수돗물로 입을 헹궈냈다. 하긴 히사오와 동갑인 히로노미야(일본 천왕의 장남 ─ 역주)가 아직 독신이라는 건 실로 마음 든든한 일이었다. 나고야의 어머니에게 "너, 이제 곧 서른이야"라는 공격을 받을 때마다 히사오는 "히로노미야도 아직 독신이잖아"라고 대꾸해주곤 했다.

앞으로 며칠이면 히사오는 서른이 된다. 대략 우울하다. 스무 살 때쯤에 어렴풋이 머릿속에 그려보았던 자신의 서른 살은 벌써 결혼해서 아이도 있고 청춘 따위는 일찌감치 끝났을 것이라는 이미지였다. 하지만 실상은 아직도 독신이고 마냥 노는 데 정신이 팔려 인생 설계 따위는 막연하기만 하고……. 첫째로, 결혼하고 싶다고 생각해본 일이 한 번도 없었다.

현재 사귀는 여자는? 신기하게도 있었다. 리에코, 히사오보다 한 살 어린 광고대행사 직원이었다. 만난 지는 4년째인데 연인 사이가 된 건 1년 전이었다. 그럼, 그 앞의 3년 동안은 뭘 했느냐 하면, 서로 눈치만 보고 있었다.

  "사귀는 사람이 없다는 신호를 은근히 보냈었는데"라고 리에코는 나중에 입을 뾰로통하게 내밀었지만, 그녀가 후배 디자이너에게 유난히 친절했던 것도 사실이었다. 그 일에 대해서는 "질투를 하는지 어쩌는지 보려고 그랬단 말이야"라고 얌체 같은 소리를 했다. 그렇다면 밸런타인데이에 그 녀석에게 손수 만들어준 초콜릿은 대체 뭐냐고 따졌더니 리에코는 콧등에 주름을 잡으며 잠깐의 침묵을 지킨 끝에 화제를 바꿔버렸다.

  톡 까놓고 말하자면, 그녀나 자신이나 그저 가까운 데서 대충 선택해버린 거라고 히사오는 생각하고 있었다. 거의 대부분의 커플들이 모두 그렇듯이.

  냉장고에서 토마토 주스를 꺼내 단숨에 마셨다. 텔레비전의 화제는 '시이나 사쿠라코(소녀 시절부터 모델로 활동하다 1988년에 소설 《가족 윤무곡》으로 문단에 데뷔하고 이 소설의 영화화에 감독을 맡았다. 완성도가 낮은 소설로 문단에 데뷔하게 된 배후에 대해 의혹의 눈길을 받았다 - 역주), 영화감독에 첫 도전'으로 바뀌어 있었다. 헤엥, 얼굴 예쁜 사람은 아무튼 이익이시네, 라고 맥없는 야유 한마디를 던진 뒤에 몸단장에 나섰다. 클라이언트에게 불려 나가는 일이 많기 때문에 일단 재킷은 항상 걸치고 나가도록 하고 있다. 회색 코듀로이 상하에, 오늘은 검은 터틀넥을 맞춰서 입어봤다. 요즘 들어 '영 이그젝티브(일본 버블 경기의 전성기였던 1983년경에 나타난 남성 엘리트 샐러리맨의 속칭. 24시간 풀가동으로 업무와 놀이, 신상품과 먹거리 등에 집착하는 특성을 보인다─역주)'라느니 하는 말이 한창 유행이어서 동년배의 이쪽 업계 사람들이 보란 듯이 아르마니의 더블 정장을 빼입고 다녔다. 하지만 그것만은 아무래도 마음에 들지 않았다. 사실을 말하자면, 한차례 시도는 해봤는데 거울에 비친 자신은 홍콩 영화에서 시작한 지 5분 만에 죽는 삼류 갱이었던 것이다.

오전 10시, 맨션을 나와 뒤편 주차장으로 갔다. 최근 2, 3년 사이에 도쿄 땅값이 급등해서 허허벌판인 주제에 주차장 임대료가 5만 엔이나 되었다. 맨션 임대료는 1LDK에 15만 엔. 어머니는 "그러면, 얘, 얼른 내려와야겠네"라고 여전히 미련을 못 버린 한마디를 했다.

서른을 눈앞에 두고 역시 나고야에 돌아갈 마음은 사라졌다. 아니, 그보다 타임 리미트가 지나가기를 지그시 기다렸다고 하는 게 맞을 것이다. 애초에 시골이 싫어서 도쿄로 나온 것이다.

애차 르노5에 올라타 엔진 키를 돌렸다. 액셀을 밟자 프랑스제 소형차는 골목길을 스르르 나아갔다.

11월의 맑게 갠 하늘을 올려다보며 에비스의 사무실로 향했다. 카피라이터인 히사오가 잘 아는 카메라맨과 디자이너하고 셋이서 공동 사무실을 마련한 지 2년이 되어간다. 모두 동갑이라 마음 편한 건 좋았지만, 아르바이트 학생 하나를 고용하는 바람에 시간이 나면 당장 마작 판이 벌어져버리는 게 영 문제였다.

자동차 전화가 울렸다. 허세를 부려 최근에 설치한 것이었다. 받아보니 리에코였다.

"히사오 도련님, 오늘밤 같이 놀자~."

그렇게 부르면 멋있다면서 리에코는 늘 이런 식으로 데이트를 신청했다.

"오늘밤은 안 된다니까." 히사오가 핸들을 조작하면서 대답했다. "전에 말했잖아, 10일은 술 모임이라고. 게이오 플라자 호텔에 방 잡았어."

"아, 맞다. 오구라 씨 결혼 전야 축하 파티랬지?"

오구라라는 동료가 내일 토요일에 결혼식을 올린다. 신부는 거래하는 회사 접수처의 미인 아가씨. 호텔 스위트룸을 빌려서 일단 친구들끼리 신랑을 거하게 달궈 먹자는 게 오늘 밤 모임의 취지였다.

"저기, 저기, 거기 나도 가면 안 돼?"라는 리에코.

"미안하지만 배첼러 파티야."

"뭐야, 그게?"

"남자들만의 파티."

"그럼, 호모 모임? 아, 히사오 도련님, 그런 취향도 있었구나~."

"이런 바보." 작게 한숨을 내쉬었다. 배첼러라는 건 독신 마지막 밤을 여자 없이 남자들끼리 실컷 놀아보자는 미국의 관습이라고 가르쳐주었다.

"……흐응." 리에코가 별 재미 없다는 듯한 소리를 냈다. "그래도 잠깐만 만날 수 없을까?"

"내일이라면 얼마든지 오케이인데, 오늘은 좀."

"나는 오늘이 좋은데. 내일은 휴일 출근이기도 하고……." 리에코는 혼잣말처럼 그렇게 말하더니 "뭐, 됐어. 또 전화할게"라며 끊었다.

리에코와는 매일같이 연락을 주고받고 주말도 함께 보냈다. 장래 이야기를 한 적은 없었다. 어쩐지 서로 그런 말은 피하는 듯한 구석이 있어서, 이를테면 둘이서 텔레비전을 보다가 결혼식장 광고가 나오면 리에코는 갑자기 엉뚱한 말을 꺼내곤 했다. "아, 마쓰다 세이코의 딸이 사립 유치원에 합격했다네?"라는 식으로.

아마 결혼에 대한 바람이 희박한 모양이었다. 직장의 독신 여자 선배를 존경하고, 늘 회사 일 이야기를 신이 나서 해댔다.

르노를 몰아 야마노테 길을 남쪽으로 내려갔다. 라디오에서는 프리프리(80년대 후반부터 90년대 전반까지 큰 인기를 끌었던 일본의 걸스 록 밴드 '프린세스 프린세스'의 애칭 – 역주)의 노래 〈Diamonds〉가 흘러나왔다. 신주쿠 부도심에서는 거대한 크레인이 몇 개씩이나 목을 길게 빼고 있는 게 보였다. 새 도청 빌딩의 건설 공사가 시작된 것이다.

앞으로 한 달 남짓이면 1980년대는 끝이 난다. 별다른 감개는 없었다. 단지 요즘 들어 일 년이 유난히 빨리 지나가는 것처럼 느껴졌다.

사무실에 도착하자 아르바이트 학생 기쿠치요에게서 당장 보고가 들어왔다.

"다무라 씨, '세계토지개발'의 고다 씨한테서 전화 왔었어요."

"뭐래?"

"다무라 짱 있느냐고요. 안 계시다고 했더니, 아침에 좀 일찍 일어나라고 전하래요."

고다는 요즘의 단골 거래처였다. 삼십대 중반에 독립해서 부동산 회사를 경영하는 인물이다. 도심지의 토지를 구매해서 대기업에 넘겨 엄청난 차익금을 챙기고 있었다. 이른바 땅 투기꾼으로, 매일 다른 베르사체 정장을 차려입고 다녔다. 롤렉스 손목시계도 날마다 갈아 찼다. 최근에 휴대전화를 입수하고는 완전히 전화광이 되었다. 배터리를 비서에게 들고 다니게 하면서 아령 같은 수화기를 늘 귀에 대고 있었다.

"어이, 다무라." 이번에는 디자이너 오구라가 안쪽에서 얼굴을 내밀었다. "지난번에 그 '가구라자카 클럽'의 로고 마크, 언제까지랬지?"

"지금 당장."

"근데, 지난번에도 당장 해달라고 했으면서 제출은 일주일이

나 지난 다음이었잖아?"

"그건 고다 씨 때문이야."

고다는 변덕이 심해서 급한 일거리를 부탁해놓고 훌쩍 하와이에 가버리기도 했다. "어, 깜빡 잊어버렸어"라고, 뻔히 알고 있으면서도 그렇게 둘러대며 캬하하 웃는 것이다.

히사오는 현재, 고다의 의뢰를 받아 빌딩 건설 프로젝트에 참여하고 있었다. 최근 2, 3년 동안은 모든 게 '우선 땅'이라는 분위기여서 그 땅을 어디에 어떻게 쓸 것인가 하는 게 비즈니스의 기본처럼 되어 있었다. 아는 사람의 부탁을 받아 우연히 기획서를 냈었는데 그게 고다의 눈에 들었다. 다름아닌 '고준샤(交詢社. 1880년에 결성된 게이오 대학 출신 중심의 지식인 클럽으로 도쿄 긴자에 고준 빌딩이 있다 — 역주)'에 필적할 만한 사교 클럽 빌딩을 새롭게 짓자는 플랜이었다. 장소가 신주쿠 와세다 거리 쪽의 가구라자카인지라 이름은 단순하게 '가구라자카 클럽'이라고 붙였다. 그 기획이 먹힐 줄은 솔직히 생각도 못했었다. 그런 거창한 계획을 자신이 감당할 수 있을 리 없었다.

하긴 그쪽에서도 일개 프리랜서에게 그런 대형 프로젝트를 맡길 생각은 아니었다. 전담 팀은 회사 안에 조직이 짜였고, 히사오는 그저 브레인으로서 참가하는 형식을 취하고 있었다.

단지 막대한 자금이 움직이는 프로젝트에 관여한다는 게 히사오의 프라이드를 상당히 높여주었다. 히사오는 명함에 당장 '플래너'라는 직함을 덧붙였다. 잠깐 '공간 프로듀서'라고 할까 하는 생각도 했지만 아무리 그래도 그건 낯간지러워서 관뒀다. 요즘 그런 직함을 가진 찐한 미남자가 텔레비전에 뻔질나게 등장하고 있는 것이다.

참고로 고다의 회사에서는 기획서를 낼 때마다 몇 십만 엔씩 구좌로 입금해주었다. 한차례 회의에 출석해 허풍을 좀 떨어줬더니 단지 그 명목으로 20만 엔을 내주었다. 그 뒤로 청구서 금액은 항상 높았다. 저절로 입가에 웃음이 번지는 이십 대 마지막 가을이었다.

리에코의 말을 빌리자면, 작금의 호경기는 밑바탕이 없는 것이라고 했다.

"도쿄대 교수가 잡지에 그렇게 써 냈더라고. '버블 경기'라고 해서 머지않아 그 거품이 꺼져버릴 거래."

홍, 그건 월급쟁이 공무원의 뒤틀린 심보에서 나온 소리겠지. 정해진 월급밖에 받지 못하는 사람들에게야 물가만 다락같이 상승하는 재미없는 시대일 것이다.

"어이, 기쿠치요, 트럭의 기재 좀 내려줘."

카메라맨 미와가 사무실에 나타났다. 이른 아침부터 촬영을 나갔던 모양이다.

"기쿠치요(菊千代)가 아니라 기쿠치(菊池)예요."(기쿠치라는 성씨가 기쿠치요라는 고리타분한 느낌의 이름과 비슷한 데서 나온 별명 —역주)

대학교 2학년인 기쿠치요는 꽤 쓸 만한 젊은 애였지만 일류대학에 다니는 탓인지 적잖이 건방졌다.

"괜히 따지지 말라고. 그게 싫다면 산주로(三十郞)라고 한다?"

"아직 니주로(二十郞)인데요?"

이런 개그에 맞대꾸를 할 정도니 공부 외에도 다방면으로 박식한 모양이기는 했다.

"어이." 미와가 소파 깊숙이 몸을 묻으며 말했다. "롤링스톤스, 일본 공연이 거의 확정되었다는데?"

"정말?" 히사오가 얼굴을 돌렸다. 그런 소문은 지난달부터 있었다.

"진짜야?"

안쪽 방에서 오구라도 나왔다. 오구라는 예전에 밴드 활동을 했던 터라 구겨진 면바지와 어깨까지 오는 장발은 그때의 자취였다. 에릭 클랩튼까지 머리를 짧게 깎고 DC 브랜드(1980년대에 일본에서 붐이 되었던 의류 디자인과 캐릭터 브랜드 – 역주)를 입는 시대라는데.

"대행사 사람한테 들었어. 내년 2월에 도쿄 돔에서 열흘 동안 공연한대. 일본 텔레비전이 주최하고 스폰서는 오쓰카 제약."

"어쩌지?"라는 오구라.

"어쩌기는, 당연히 가야지. 틀림없이 처음이자 마지막 공연일 거라고."

미와는 음악 업계에 연줄이 있었다. 부탁하면 좋은 자리를 확보해줄 터였다.

"다무라도 갈 거지?" 미와의 물음에 히사오는 잠시 망설였다.

"롤링스톤스라……, 73년에 와줬으면 좋았을 텐데 멤버가 모두 마흔이 넘어서 와봤자, 그거 참……."

다시 히사오의 나쁜 버릇이 나왔다. 히사오는 아무래도 심보가 비뚤어진 구석이 있었다. 존 레넌이 사망했을 때도 팬이었으면서 무관심한 척하며 유작 앨범을 몇 년씩이나 사지 않고 참았던 것이다. 어차피 또 롤링스톤스의 '스'자도 모르는 어중이떠중이들이 편승해서 와와 떠들어댈 게 틀림없다. 정통파 록커로서는 실로 심드렁한 사태였다.

"뭐, 갈 마음이 생기면 그때 티켓 부탁할게." 하지만 결국은 갈 것 같다.

"자, 그럼 한바탕 일도 끝냈겠다, 나는 영화나 한 편 볼까?" 미와가 기지개를 켜며 일어섰다. "마쓰다 유사쿠의 〈블랙 레인〉, 이 몸이 한발 앞서 보고 오마."

이번 주 월요일, 마쓰다 유사쿠가 돌연 사망했다. 59년생인 히사오 또래들에게는 큰 사건이었다. 그가 연기한 '지팡 형사'도 그렇고 '고토 짱'도 그렇고, 마쓰다 유사쿠는 히사오 십대 시절의 최고 스타였다. 그 소식을 들은 날 밤에는 모두 함께 모여서 옛 추억을 나누었다. 할리우드 진출 제1탄으로 현재 상영 중인 〈블랙 레인〉이 아이러니컬하게도 그의 최후의 출연작이 되어버렸다.

여기에도 갑작스레 사람들이 줄을 서기 시작한 게 부아가 났다. 히사오는 이 헛바람이 빠진 다음에 혼자 슬쩍 가서 보고 오자고 마음먹고 있었다.

전화가 울렸다. 받아보니 고다 사장이었다.

"다무라 짱, 지금 잠깐 좀 건너와."

"무슨 일이신데요?"

"아무튼 좀 와봐."

고다의 회사는 니시아자부 쪽이었다. 에비스하고는 바로 코앞이라서 그런지 이 사람은 무슨 일만 있으면 사람을 오라가라였다. 그것도 "이 그림, 좀 오를 거 같아?"라든가 "이거 봐, 이 페르시아 카펫이 천만 엔이야"라든가, 그런 별것도 아닌 볼일이 대부분이었다.

"지난번에 자랑하시던 마르티스가 새끼라도 낳았습니까?" 비꼬아줄 생각으로 말했다.

"앗, 어떻게 알았어? 다무라 짱한테도 한 마리 줄까 하고 말이지."

"엑, 정말요?"

"아니, 거짓말이지." 전화 너머에서 으스스한 목소리를 내고 있다. "이집트에서 낙타를 들여왔거든. 그거 태워주려고 그래. 어때, 아오야마 묘지라도 한 바퀴 돌자고."

"역시 고다 사장님이시네. 우리는 끽해야 당나귀나 키우는데."

"아, 됐으니까 빨랑 와. 십 분 안에 오라고." 전화를 툭 끊는다.

어휴, 못 말리겠네. 한숨을 내쉬었다. 다른 거래처라면 신경질을 냈겠지만, 고다 사장네는 이미 첫 번째로 꼽히는 거래처였다. 고다만 따라가면 확실하게 연수 천만 엔은 떨어진다. 이 나이에 연수 천만이라니, 꿈만 같았다. 게다가 오구라나 미와에게 일거리도 돌려줄 수 있었다. 그런 때는 보스 기분을 쏠쏠히 맛보았다.

"어이, 기쿠치요, 외출할 거니까 이 기획서 좀 워드프로세서로 깨끗이 정리해줘."

"다무라 씨, 이제 어지간하면 직접 쓰시죠." 기쿠치요가 차가운 눈빛을 던져왔다.

"잔소리하지 마. 나는 그림이라면 젬병이야."

최근 몇 년 사이에 손으로 쓰는 서류는 어이가 없을 만큼 깨끗이 사라졌다. 타워 레코드의 CD와 레코드 판매장 면적은 완전히 역전되었다. 피자를 배달로 먹을 수 있게 되었다. 세상이 정신없이 변해가고 있었다. 이러다 똥구멍도 남이 닦아주게 되는 걸까. 아, 워시레트(Washlet. 일본 비데 등장 초창기의 상품명 – 역주)가 이미 나왔지, 참.

맨션을 나서 길 위에 세워둔 차에 올라탔다. 맨션 일층이 전자 대리점이어서 거리 쪽을 향해 텔레비전이 몇 대나 진열되어 있었다.

문득 시선을 던졌더니 브라운관 안에서 군중이 큰 소란을 피우고 있었다. 일본은 아닌 것 같았다. 대충 동유럽 근처의 폭동으로 보였다. 다들 추레한 옷차림을 하고 있었다.

어휴, 싫다, 가난한 나라는.

르노를 발진시켰다. 이 차는 캐시로 샀다. 슬슬 BMW도 뽑아
볼까, 하는 꿍꿍이를 해보는 요즘이었다.

2

"어때, 다무라 짱, 이 카운터, 신슈에서 특별히 주문해 온 노송
나무야."

고다가 느물느물한 웃음을 지으며 카운터를 손으로 탁탁 쳤
다. 큼직한 백금 반지가 나무에 닿아서 낭랑한 소리가 울렸다.

"아, 예."

히사오는 얼른 대답이 나오지 않았다. 도착하자마자 고다가
턱짓으로 불러들여 따라온 곳이 작은 요릿집으로 꾸민 지하실이
었던 것이다.

"바닥은 대리석. 약간 비싸게 먹히기는 했지만."

"사장님, 가게라도 여시려고?"

"아니올시다~." 고다가 옛 사설 조의 나지막한 소리로 웅얼거
렸다.

"그럼, 점포 임대를 하시려고요?"

"그것도 아니올시다~." 더욱 나지막한 소리로 웅얼거린다.

"좀 알려주시죠."

"알고 싶으시오, 홋홋홋."

그러려고 불렀잖아요! 말을 꿀꺽 삼키고 어쩔 수 없이 고개를 끄덕였다.

"개인 요정이야."

고다가 가슴을 쫘악 젖혔다. 최근 부쩍 살이 찐 탓인지 와이셔 츠 버튼이 금세라도 튕겨 나올 것 같았다.

"개인 요정?"

"그래, 손님 접대와 회사 중역들의 저녁식사를 제공해주는 거야. 우리가 일이 바빠서 저녁은 어차피 집에서는 못 먹잖아? 매일 저녁마다 도시락 배달시키는 것도 영 멋대가리가 없고, 일일이 밖으로 먹으러 나가기도 귀찮고. 그래서 아예 이참에 전용 요정을 만들어버리려고."

적당한 감상이 생각나지 않아서 히사오는 말없이 듣고 있었다.

"실내 장식에만 2천만 엔. 앞으로 식기를 구입할 건데, 그건 전부 사가의 이마리(伊万里) 도자기로 할 생각이야. 꽤 나가더라고, 그게. 접시 한 장에 5만 엔이라나?"

"예에……."

"주방장은 쓰키지의 요정에서 스카우트해 왔어. 아직 젊지만 정말 솜씨 좋은 친구야. 월급을 백만 엔 준다고 했더니 꼬리를 치면서 따라오더라고, 캬하하하."

고다가 유쾌한 듯이 높직하게 웃었다. 긴자에서 하룻밤에 백만, 2백만씩 뿌리는 사람이었다. 그 정도 인건비 따위, 하찮은 숫자일 터였다. 대체 이자가 돈을 얼마나 벌어들인 거야.

"남자라는 건 말이지, 개인 요리사를 고용했을 때 비로소 일류가 되는 거야. 영국 귀족들도 다 그렇잖아? 그놈들 아예 소믈리에까지 거느리고 있어. 그에 비하면 내 호사는 아직 멀었어. 그렇지, 다무라 짱?"

"예에, 뭐……."

"개점할 때는 다무라 짱도 부를 거야. 첫날에는 마쓰자카 소고기로 육회라도 해 먹을까?"

"그야 저는 고맙지요." 고분고분 머리를 숙여두었다. 아무래도 용건은 이것뿐인 모양이다. 한숨을 입속에서 씹고 있었다.

"이상! 수고했어."

하지만 한숨이 깜빡 새어나왔다.

"아냐, 농담이야. 사업 얘기도 있다구." 고다는 히사오를 쏘아보며 뻔뻔하게 웃고 있었다.

둘이서 사장실로 돌아왔다. 사장실은 50평쯤 되었다. 무슨 취미인지 갑옷과 투구에 극락조 박제가 나란히 놓여 있었다. 컴패니언(companion. 전시회, 파티 등에서 고객을 접대하는 여성 – 역주) 출신이라는 여비서가 부지런히 커피를 내왔다. 몸에 착 달라붙는 미니스커트에 나도 모르게 눈이 가버렸다.

"가구라자카 클럽 건 말인데, 멤버는 시골 졸부 영감들을 타깃으로 하기로 결정했으니까 그리 알아."

고다의 말에 히사오는 저도 모르게 눈쌀을 찌푸렸다. 고준샤에 필적할 만한 신사들의 사교 클럽을 만들자던 이야기는 어떻게 된 거야. 히사오가 맨 처음에 내놓은 제안은 가구라자카라는 지역에 어울리는 프레스티지*prestige* 높은 회원제 클럽을 만들자는 것이었다.

"시골 사람들이란 도쿄 쪽하고 어떻게든 연줄을 맺어두려고 안간힘을 쓰는 법이거든. 지난번에 기후 지역에서 올라온 부동산 업자를 긴자에 잠깐 안내해줬는데, 아무튼 창피는 당하지 말아야겠다는 일념으로 바보같이 마구 돈을 쓰는 거야. 그때 내가, 바로 이거다 하고 생각했지. 그렇게 쓰고 싶어하는데 쓰시게 해드려야 할 거 아니냐고, 우리 클럽에서."

고다가 퀄런을 물었다. 비서가 당장 달려와 라이터로 불을 붙여주었다. 이번에는 엎드린 엉덩이 쪽으로 눈길이 갔다.

"그 사람들도 말이지……." 입을 열자 연기가 새어나왔다. "일년에 몇 차례는 도쿄에 사업차 올라와야 하거든. 그때마다 일일이 호텔 예약하고 여기저기 약속 잡고 하자면 정말 귀찮을 거라고. 그러니 우리 클럽을 도쿄의 베이스 기지로 쓰게 하자는 얘기야."

"하지만 요즘은 호텔마다 그런 정도의 서비스는……."

"아, 그건 괜찮아. 시골 사람들은 호텔이라면 어쩐지 주눅이 들거든. 일본항공에서는 잘난 척을 하면서도 외국 항공사다 하면 그 즉시 얌전해지는 해외 관광객하고 똑같아. 왠지 겁이 나서 쇼핑 심부름도 못 시킨다니까? 그러니까 아예 처음부터 '귀하를

특별 대접 해드리겠습니다' 라고 해줘야 안심을 하는 거야. 우리 클럽에는 오피스 기능도 있고 미인 여비서도 대기하고 있다고. 어때, 좋은 아이디어지?"

"아, 예⋯⋯."

"무엇보다 도쿄 회원제 클럽의 멤버라고 하면 그이들한테는 최고의 스테이터스가 돼. 게다가 장소가 도쿄에서도 유서 깊은 가구라자카잖아?"

"그건 그렇군요⋯⋯."

"3시에."

"예?"

"오후 3시에 기획서 만들어서 가져와."

"아, 그건 좀⋯⋯." 얼굴을 일그러뜨리며 낑낑거렸다.

"대충 휘갈겨 쓴 거라도 괜찮아. 시골 사람의 공명심을 부추길 만한 캐치프레이즈, 그리고 클럽에 어떤 부가가치를 더할 것인가. 아참, 로고 마크는 어떻게 됐지? 나는 로고 마크를 어서 빨리 보고 싶단 말이야." 여기서 갑작스레 테이블의 수화기를 집어 들더니 어딘가에 전화를 걸기 시작했다. "어, 나야. 지난번 메구로의 아파트, 그거 어떻게 됐어? ⋯⋯뭐야? 3천만? 그놈의 옹고집 영감탱이 지독하네. 그러니까 초봄에 벽돌 한 장 먹여서 즉시 퇴거를 시켰어야 하는데. 분명 어떤 놈이 뒤에서 바람을 넣었을 거야. 네가 먼저 값을 깎자는 식으로 얘기를 해서 그렇다니까⋯⋯."

이미 히사오 쪽에는 눈길도 주지 않고, 얼굴이 벌게져서 침을 튀기고 있었다. '벽돌 한 개'란 천만 엔을 가리키는 말이었다. 1억 엔은 '한 케이스'라고 고다는 말했다. 아마 10억 엔은 '냉장고 한 대'라는 식으로 부를 것이다.

이제 다른 볼일은 없는 거 같아서 히사오는 사장실을 떠나기로 했다. 출구에서 인사를 건넸다. 일별도 해주지 않았다.

손목시계를 보니 정오였다. 세 시간 만에 기획서를? 또 말도 안 되는 요구를 한다. 하지만 뭐, 좋다, 돈이 들어올 테니. 이건 흔히 말하는 대로 '맛있는 일거리'였다. 고다 사장 이야기를 하면 동료들은 다들 부러워서 어쩔 줄을 몰랐다.

20만 엔짜리 청구서를 들이대야지. 혼자 주먹을 부르쥔 채 엘리베이터를 타고 내려갔다. 슬슬 회사 조직도 만들어볼까, 라는 달콤한 마음이 부풀었다. 그러면 경비를 타내기도 쉽다. 회사 이름은 이미 정해두었다. '다무라 히사오 사무실'. 퉁명스러운 점이 멋있단 말씀이야, 라고 스스로는 생각하고 있었다.

돌아오는 차 안에서 리에코로부터 전화가 들어왔다. "그쪽으로 내가 갈 테니까 점심 함께 먹지 않을래?"라는 청이었다. 나는, 밥 먹을 틈도 없어, 라고 거절했다.

차를 길가에 세워놓고 사무실로 들어갈 때, 다시 전자 대리점의 텔레비전 화면이 시야에 뛰어들었다. 아직도 어떤 나라에선가 폭동이 계속되는 모양이었다.

야야, 말썽들 피우지 말고 일 좀 해라, 일 좀. 그렇게 입속으로 중얼거리며 큰 걸음으로 맨션 입구에 뛰어들었다.

사무실에 들어서자 오구라가 멀거니 앉아 담배 연기를 벽에 뿜어내고 있었다.

"어이, 오구라. 로고 마크, 다 됐어?"

"아직." 히사오를 슬쩍 쳐다보며 무심한 대답을 한다.

"고다 사장이 재촉하던데."

"로고 마크라는 게 그렇게 간단히 만들어지는 게 아냐." 어딘지 메마른 어조였다.

"뭐야, 내일 결혼식을 앞두고 벌써 마음이 붕 떴나?"

"그런 건 아니고."

"그럼 뭐야? 아무튼 후보작이라도 좋으니까 그냥 빨리 두어 개 만들어봐."

"야, 다무라, 그렇게는 안 된다니까."

그때 현관에서 큼직한 소리가 났다.

"여러분~!"

미와가 돌아온 것이다.

"시부야 극장에서 〈블랙 레인〉을 보고 왔어. 햐아, 진짜 사람 울리더라, 마쓰다 유사쿠. 그건 정말 죽음을 각오한 연기야. 그냥 으스스하다고 할 정도가 아냐." 얼굴을 붉히며 흥분한 표정으로 떠들고 있었다. "영화 첫 부분에 뉴욕의 술집 장면이 나온다고. 나이 든 야쿠자가 타이르는 소리를 듣고 마쓰다 유사쿠가 '엉?'

하고 돌아보는데 말이지, 그 '엉?'이 기막히게 멋진 거야."

"그래? 그럼, 다음 주에라도 가봐야겠네."

"이렇게 코트 깃을 세우고 말이지, 한참 뜸을 들인 다음에 스윽 돌아봐. 그것도 노려보는 게 아니라 그저 눈을 부릅뜨는 거야."

미와가 제 가죽점퍼의 깃을 세우며 연기를 해 보였다. 영락없이 가부키초에서 야바위꾼이 등을 툭툭 치는 바람에 흠칫 뒤를 돌아보는 아시아인 유학생 같은 모습이었다.

"그 순간 내 온몸이 부르르 떨리더라. 아무튼 다카쿠라 겐도 마이클 더글러스도 다 잡혀버렸어. 그 영화는 틀림없는 마쓰다 유사쿠 영화야."

"로고 마크, 아무튼 트라이해봐." 오구라에게 말했다.

"근데 죽어버리다니! 어째서 천재들은 일찌감치 세상을 뜨는 거냐고."

"보수는 아주 많이 청구해줄게."

"그럼, 나도 일찍 죽을 운명이란 말인가!"

"시끄러!" 그만 거친 소리가 나와버렸다.

"마쓰다 유사쿠, 그는 우리 청춘의 상징이었어."

누가 부탁하지도 않았는데 미와는 좁은 사무실에서 지팡 형사의 순직 장면을 재연해 보였다. 귀찮아서 기쿠치요에게 상대해주라고 했다. 기쿠치요는 어릴 적에 재방송을 봤었는지 "그게 아니고 이런 거겠죠"라며 건방지게시리 연기 지도까지 하고 있었다.

점심을 샌드위치로 때우고 히사오는 책상에 붙어 앉아 기획안을 다듬었다.

고다 사장한테 이야기를 들을 때는 이질감을 느꼈는데, 지금 생각하니 지방 실업가에게 도쿄의 회원제 클럽을 제공한다는 그 아이디어는 그리 나쁘지 않은 듯했다.

어차피 목표는 법인 회원인 것이다. 세금으로 뜯기느니 어디가 됐건 펑펑 써버리자는 게 호경기인 요즘의 구호였다. 백만 엔짜리 그림일 때는 팔리지 않아도 1억 엔이라는 가격표가 붙으면 당장 팔려 나가는 요지경 세상인 것이다.

고다 사장의 말대로 시골 유지에게는 '도쿄의 회원제 클럽 멤버'라고 자기소개를 하는 건 상당한 스테이터스가 될 터였다. 큰돈을 들여서라도 손에 넣고 싶어할 만한 지위인 것이다.

성공하는 사람은 역시 발상부터 다르구나. 고다 사장을 약간 다시 봤다.

가구라자카 클럽의 부가가치를 생각해봤다. 역시 은신처로서의 의미가 클 것이다. 남자들이란 누구나 은신처를 원하는 법이다. 그러기 위해서는…….

전화가 울렸다. 받아보니 고다 사장이었다.

"F1 스폰서 요금이 얼마나 되지?"

"예?" 느닷없이 또 무슨 소린가 싶었다.

"그렇게 큰 거 아니라도 좋으니까, 차체의 코끝에 지폐만 한 사이즈로 회사 이름을 싣는다면 얼마나 들까?"

"글쎄요……."

"글쎄요, 는 무슨 글쎄요!" 고다가 고함을 내질렀다. "그럴 때는, 잘 모르겠습니다만 즉시 조사해볼까요? 라고 해야지. 그게 프로야. 그게 클라이언트에 대한 서비스라고!"

갑작스러운 꾸짖음에 히사오는 할 말을 잃었다.

"우리 회사 이름, 알고 있어? 세계토지개발이야. 세계를 향해 날갯짓을 하려고 한단 말이야. 나보다 먼저 이런저런 제안을 내놓는 게 브레인이 할 일일 텐데 말이지. 이 일을 좀 만만하게 보는 거 아냐, 자네? 돈 벌기가 그렇게 쉬운 줄 알아? 지금 당장 조사해봐!"

일방적으로 끊어버렸다. 히사오는 수화기를 내려놓는 것도 잊고 미간에 주름을 잡았다.

뭐야, 지금 이거? 바로 한 시간 전에 만났을 때는 희희낙락 지하실을 안내해줬으면서. 내가 무슨 거슬리는 짓이라도 했었나? 아니, 그런 기억은 없는데.

잠시 궁리를 했다. 역시 알 수 없었다.

부글부글 화가 끓어올랐다.

내가 고다 사장의 부하직원인가? 아니다. 나는 어디까지나 프리랜서다. 그쪽 일을 받아 오는 입장이라고는 해도 딱히 실수를 한 것도 없는데 고함을 지르며 꾸짖다니, 이건 어디서라도 있을 수 없는 일이다.

서서히 얼굴이 달아올랐다. 고다는 원래부터 변덕스러운 사람이기는 했지만 그래도 이런 일은 처음이었다.

아직도 고다의 고함소리가 귓속에 울리고 있었다. 점점 더 불쾌한 마음이 치밀었다.

"어이, 기쿠치요." 히사오의 목소리에 가시가 돋쳤다. "빨리 조사 좀 하나 해줘."

좋아, 이건 10만 엔을 청구해주마. 생각나는 대로 기쿠치요에게 문의처를 설명해주면서 점점 더 화가 났다.

고다 사장 놈. 어차피 언뜻 생각나서 문의해온 것일 터였다. 어떻게 조그만 일개 부동산회사가 F1의 스폰서가 될 수 있다는 건가. 뭐? 세계를 향해 날갯짓을 해? 아주 우쭐하셨군. 그러면서 쩨쩨하게 구는 사람이었다면 히사오도 틀림없이 맞고함을 쳤을 것이다.

"어이, 다무라." 오구라가 얼굴을 내밀었다. "오늘 밤 모임, 나는 그냥 빠지면 안 될까?"

"말이 되는 소리를 해라. 오늘 모임은 네가 주인공이잖아."

"그야 그렇지만……."

청구액은 20만 엔으로 하자고 생각했다. 고다 사장도 세금으로 뜯기느니 차라리 펑펑 쓰자는 주의인 것이다.

오후 3시에 세계토지개발로 나갔더니 고다는 사장실에서 골프 퍼팅 연습을 하고 있었다. 기분이 풀렸는지 어떤지는 판단되지 않았다.

"저어, F1 스폰서 요금 건 말씀인데요……." 멈칫멈칫 말을 뗐다.

"아, 그건 됐어." 고다가 부루퉁하게 말했다. "기왕 광고를 때릴 거면 마쿠라렌이나 로타스 아니고서는 별 의미도 없어. 역시 스페이스가 남아있을 리 없지. 아차차, 빗나갔네."

고다가 친 공이 데구르르 히사오의 발치로 굴러왔다. 그걸 집어 비서에게 건넸다. 역시 그럴 거라고 예상은 했었다. 이제는 낙심도 하지 않았다. 이 사람에게는 보통 사람의 상식 따위는 통하지도 않았다. 멧돼지하고 함께 일을 한다고 생각하는 수밖에 없는 것이다.

"그럼 가구라자카 클럽 건인데요, '도쿄의 안가(安家)' 라는 콘셉트로 일본 전통 가옥을 본뜬 플로어를 만들면 어떨까 하고 생각했는데요……."

"다무라 짱, 지금부터 잠깐 어디 좀 가자." 고다가 골프채를 내던졌다. 당장 윗도리를 집어 들고 소매에 팔을 꿰고 있다. "센다가야 쪽이야. 지금 바로 갈 거야."

"저어, 그게……."

"차 안에서 얘기하자고. 아, 그렇지. 손목시계, 뭐 차고 있지?"

소맷자락을 들춰 세이코 손목시계를 보여주었다. 고다는 "이걸로 바꿔"라고 말하더니 순금 롤렉스 시계를 던져주었다. 문자판에는 다이아가 박혀 있었다.

고다에게 등을 떠밀려 회사를 나서자 벤츠 뒷좌석에 몰아넣었다. 운전은 젊은 사원이었다.

"저기, 쬐끄만 일거리가 하나 있는데, 사장까지 직접 발 벗고 나섰다는 걸 손님에게 보여줘야 하거든."

무슨 소리인지 히사오는 도통 알 수가 없었다.

"잘 들어, 집을 팔려고 하는 손님이 있어. 건물은 완전 쓰레기고 요는 토지뿐이야. 다무라 짱은 그 손님 앞에서 '8억은 좀 그렇고 6억이라면 생각을 해보겠는데' 라고 하면서 떨떠름한 얼굴을 해달라고."

그 말만 던져놓고 고다는 자동차 전화로 여기저기 연락을 하기 시작했다.

"인감증명이 필요하단 말이야. 내가 지금 동네 꼬맹이한테 심부름 시킨 게 아니라고!"

"우에노 건은 너한테 다 맡긴다고 했잖아?"

"아, 세계토지개발의 고다올시다. 이거, 번번이 큰 신세를 지는군요."

"치하루 짱, 잘 지내지? 아이, 다음에 하와이 한번 데려간다니까……."

히사오가 곁에 있다는 것 따위 전혀 개의치 않고 쉴 새 없이 떠들고 있었다.

가구라자카 클럽의 플랜은 어떻게 되는 건가. 차 안에서 얘기하기로 하지 않았던가.

손바닥으로 얼굴을 쓱쓱 비볐다. 뭐, 이렇게 되면 이제는 돈만 생각하자. 여기저기 맘대로 끌고 다니시라지. 그때마다 10만, 20만 청구하면 그만이다.

30여 분만에 센다가야의 오래된 단독주택 앞에 도착했다. 80평쯤 되는 부지일까. 주위는 온통 맨션이 들어차서 햇빛도 변변히 들어오지 않았다. 노인이 집 앞에 서 있었다.

"아, 안녕하십니까, 스즈키 씨. 전화로 말씀드렸던 다무라 씨를 모시고 왔어요." 고다가 깊숙이 절을 했다. "아카사카에서 음식점 몇 군데를 경영하시는 청년 사업가랍니다."

지금 이거, 내 얘기? 히사오는 저도 모르게 눈을 부릅떴다.

"마침 센다가야 근처에서 토지를 찾는다고 해서, 이거 딱 맞겠다 하고 안내했습니다만. 어때요, 다무라 씨? 자택 겸 공동주택을 짓기에는 최적의 입지조건이지요?"

"아, 예에……." 대답이 막혔다. 어쩔 수 없이 "그렇군요"라고 어색하게 대답해두었다.

그러자 고다가 노인에게 등을 돌리고 무서운 표정으로 노려봤다. 아차, 잘못 말했나? 그렇게 사전에 좀 똑똑히 설명을 해줬어야지.

"뭐, 역에서 먼 것이 좀 흠입니다만……." 고다가 무서운 얼굴인 채로 말했다. "조용한 곳이고 큰길에서도 한참 떨어져 있고."

"하지만 햇볕이 좀 덜 드는 게……." 순간적인 판단으로 그렇게 말했다. 당장 고다의 표정이 헤벌쭉 풀어졌다. 그렇구나, 흠을 잡으면 되는 거군. "공동주택으로 할 경우에 입주자는 주로

해가 잘 드느냐 하는 걸 따지니까요."

"다무라 씨, 그 말씀도 맞습니다만, 요즘 센다가야에서 이만한 넓이의 토지가 8억이라면, 그래도 꽤 일반적인 시세예요."

"글쎄요……." 잠시 생각하는 척했다. "아닌 게 아니라 나쁘지는 않은데요, 그래도 8억은 좀. 6억이라면 나도 생각해볼 여지는 있는데."

노인을 앞에 세워놓고 고다와의 대화가 10여 분 이어졌다. 아마도 매입자에게 트집을 잡게 해서 값을 깎으려는 것일 터였다. 의도를 알고 나면 그다음은 그야말로 쉬운 연극이었다. 단지 이런 일에 끌려 들어온 자신이 한심했다. '플래너'라는 직함은 어디로 갔는가.

돌아오는 차 안에서 고다가 자세한 사정을 알려주었다. 노인의 토지는 처음부터 고다네 회사에서 구입하기로 정해져 있었다. 동업자에게는 8억에 전매하기로 이미 결정이 나서, 이제는 매입 가격을 얼마나 후려치느냐에 따라 이쪽의 이익금이 정해지는 것이었다. 고다는 살 사람을 찾고 다니는 척 연극을 했다. 집을 판다는 광고지는 근처에만 나눠주고서 노인에게는 일부러 자주 눈에 띄도록 교묘한 공작도 해둔 모양이었다.

"내주쯤에 '6억에 조금 더 얹어드리는 가격이라면 우리 회사에서 매입하겠습니다만'이라고 구슬리면 그 영감, 틀림없이 도장을 찍어줄 거야. 그걸로 우리는 1억 수천만 엔을 버는 거고."

인간이 이렇게 비뚤어지는구나. 고다는 몇 년 전까지만 해도 일반 샐러리맨이었다. 정해진 용돈으로 대충 때워가는 그저 그런 중년 아저씨였던 것이다.

"요즘 세상은 판단력이 뛰어난 놈이 이기게 되어 있어. 즉결, 즉결, 즉결의 연속이라고. 잠시 생각 좀 해보겠다는 놈은 절대로 이기지 못해."

고다가 열변을 토하기 시작했다. 다시금 가구라자카 클럽에 관한 얘기는 어딘가로 날아가버렸다. 높이 내다보지 않는 자는 아무것도 손에 넣을 수 없다, 꿈만 꾸고 있는 인간은 어차피 꿈만 꾸다 끝난다, 만원 전차에 흔들리며 꼬박꼬박 회사에 다니는 샐러리맨은 바보다, 라는 단언까지 하고 나섰다.

히사오는 대충 억지웃음을 지어주면서, 나는 도저히 못할 일이라고 냉랭한 마음으로 생각했다. 물론 배짱이 없는 것도 있었지만, 그건 자신이 바라는 성공이 아니었다.

히사오는 누구에겐가 인정을 받고 싶었다. 사람의 마음을 감동시키고 싶었다. 만난 적도 없는 수많은 사람들의 마음을.

현재 하고 있는 일의 충실과 수입 증가를 바라기는 했지만, 이 일은 어딘가 가짜 모습이라는 의식을 품고 있었다. 이 일을 평생 계속할 거라고는 도저히 생각할 수 없었다.

아마도 자신은, 벌써 스물아홉 살이나 되었으면서도 여전히 장래에는 무엇이 될까 따위를 궁리하고 있는 것이다.

무의식적으로 한숨이 터졌다.

스물아홉 살이 아니구나. 다음 주면 서른이다.

11월 들어 도쿄의 일몰은 눈에 띄게 빨라졌다. 박모(薄暮)의 하늘에 드문드문 별이 빛났다.

3

사무실에 돌아오자 기쿠치요가 혼자서 포지필름을 정리하고 있었다.

"미와하고 오구라는?"

"미와 씨는 출판사에 사진 납품하러 가셨어요. 오구라 씨는 모르겠어요."

"모르다니?"

"잠깐 저기, 라는 말만 하고 나가셨어요."

"흠……."

오구라는 디자이너라서 외출할 일이 거의 없었다. 기분 전환을 위해 잠깐 산책이라도 나간 모양이었다.

내 손으로 커피를 타 들고 다른 일을 하기로 했다. 언제까지나 고다 사장만 상대하고 있을 수는 없다.

"베를린에서 뭔가 일이 터진 모양이에요." 기쿠치요가 말했다.

"베를린? 독일의?"

"아까 밖에 나갔을 때 아래층 전자 대리점 텔레비전으로 봤는데 곡괭이로 벽을 때려 부수는 사람이 화면에 나오던데요?"

아, 그렇구나. 어떤 나라에서 폭동이 일어난 모양이라고 생각했던 게 베를린이었나.

"에리히 호네커(1971년부터 동독의 서기장 및 국가 수상. 1989년에 해임되고 동서독 통일 후 소비에트로 망명했다. 소비에트 연방 몰락으로 독일에 송환되어 서독으로 탈출하려던 동독인 192명의 처형 혐의로 재판을 받았으나 암으로 석방, 반년 후 칠레에서 사망했다―역주)가 지난달에 해임되었으니까요. 그런 관계인지도 모르겠어요."

"누구야, 호네커라는 게?"

"동독의 국가 원수예요."

"너, 잘 안다?"

"일단, 대학생이니까요." 기쿠치요가 차분한 눈빛으로 말했다.

나는 명색이 사회인인데. 히사오는 영화나 음악이라면 훤히 꿰고 있지만 국제 정세 따위의 이야기가 나오면 깜깜이었다. 베를린이라는 말을 듣고 머리에 떠오르는 건 오직 루 리드(뉴욕 브루클린 출신의 뮤지션. 1973년에 발표한 앨범 명이 〈베를린〉―역주)뿐이었다.

잠시 일에 집중했다. 어떤 기업이든 광고비에는 예산을 대폭 할애해주고 있어서 히사오의 회사는 일거리가 넘쳤다. 잡지마다 광고 페이지로 두툼해지고 텔레비전은 오로지 스폿 CM을 내보내려는 목적으로 심야 프로그램이 확대되었다. 특히 돈을 지출

하기 쉬운 기업 이벤트가 많아졌다. 기획의 구성 대본을 써 내는 히사오의 회사로 그런 쪽의 의뢰가 줄줄이 밀려들었다.

서툰 손놀림으로 워드프로세서를 두드렸다. 블라인드 터치(타이프라이터나 컴퓨터 기기 등을 조작할 때 키보드를 보지 않고 정확하게 키를 두드리는 것 – 역주)는 도저히 될 것 같지도 않았다.

전화가 울렸다. 받아보니 고다 사장이었다.

어디 아픈 거 아냐, 이 사람? 오늘 벌써 몇 번째냐고, 정말.

"아까, 가구라자카 클럽 건에 대한 이야기를 못 했네?"

"네에……." 그거야 당신이 무시했기 때문이잖아. 한마디 박아주고 싶었다.

"오늘 밤에 얘기하자고. 긴자의 '가즈코', 알지? 말 잘하는 마담이 있는 가게. 거기서 7시에."

히사오는 답답했다. 배첼러 파티에 안 나갈 수는 없다. 오래도록 못 본 친구들도 오늘은 죄다 얼굴을 내미는 것이다.

"아뇨, 죄송한데요, 오늘밤은 선약이 있어요."

"그쪽을 취소해. 안 그러면 다른 브레인을 찾는다?"

"엣, 그런!" 말문이 턱 막혔다. 정말 오늘 고다 사장, 왜 이러나. 다른 때보다 유난히 더 억지소리를 해댄다.

"자, 그럼, 기다릴 거야."

"잠깐만요!" 고다 사장이 전화를 끊으려는 것을 아슬아슬하게 붙잡았다. "정말로 오늘밤은 안 됩니다."

"무슨 볼일이 있는데?"

"내일 결혼하는 친구가 있어서요, 그거 축하해주는 모임이 있어요."

"뭐야, 개인적인 볼일이잖아? 그런 거면 업무를 우선해야지."

"업무를 우선하라고 해도······."

"나오면 오늘 그 손목시계 줄게."

"필요 없습니다."

단호하게 대꾸했다. 누가 그런 거 갖고 싶댔나, 졸부 취미의 롤렉스 따위. 맹렬히 화가 났다. 나는 거지가 아니야. 크리에이터라고.

"엇, 대들었어, 클라이언트한테? 자기, 우리한테서 올해 얼마 벌었어? 천만은 갔을 텐데? 그게 일시에 없어질지도 몰라. 그래도 괜찮아? 괜찮아?"

"괜찮습니다." 내친 김에 성질대로 대답했다. 얼굴이 후끈 달아올랐다. 동시에 아차 하는 마음도 스쳤다. "나는요, 고다 씨의 신하가 아니에요. 프리랜서입니다. 누구의 명령을 받고 싶진 않다고요."

결국 말해버렸다. 심장이 두근두근 뛰었다. 이제 천만 엔은 날아갔다.

"좋아, 자네하고는 여기까지야!"

고다의 거친 숨소리가 전해져왔다. 난폭하게 전화가 끊겼다.

몇 초 뒤, 히사오는 수화기를 내려놓았다.

야단났네, 이거. 천천히 핏기가 빠져나갔다.

조금만 참을걸, 어쩌다 이런 짓을. 최고의 단골 고객에게 잘난 척 대들다니.

그래서 나는 아직도 어린애인 거다. 어른이라면 얼굴로는 웃고 마음속으로는 침을 뱉어주었을 것이다.

하지만 어떻게 해야 옳았는가. 계속 복종만 하다 보면 앞으로 점점 더 휘둘릴 것이다. 어쩔 수가 없지 않은가.

전화가 울렸다. 또 고다였다.

"다무라 짱, 매정한 소리 하지 말고." 홱 변해서 어리광을 피우는 목소리다.

어디 이상한 거 아냐, 이 사람?

"7시에 기다릴 테니까, 응? 잠깐만이라도 좋아. 얼굴 좀 보여줘. 나, 다무라 짱이 마음에 들었다고. 함께 일하고 싶어. 가구라자카 클럽, 반드시 성공시키고 싶단 말이야. 그러기 위해서는 다무라 짱의 아이디어가 꼭 필요하다구. 있잖아, 아까 전통 일본 가옥을 본뜬 플로어를 만들자든가, 그런 얘기 했었지? 그거, 좀 더 자세히 말이지……."

고다는 혼자서 떠들었다. 마치 호스티스라도 꼬드기는 듯한 말투로 줄줄이 늘어놓고 있었다. 고래고래 고함치던 게 채 5분도 지나지 않은 지금, 이렇게 돌변하는 건 또 뭔가. 완전 정서 불안이다. 틀림없다.

희미한 안도감도 있었다. 싸우고 헤어지지 않은 것에 대해. 하지만 그보다 불안한 마음이 앞섰다. 앞으로 이 사람과 계속 일을 해도 괜찮은 걸까.

"그럼, 잠깐이라면." 히사오는 그렇게 대답했다. 거절할 수가 없었다. 자신보다 열 살이나 더 먹은 아저씨가 이렇게 매달리고 드는 것이다.

고다는 소년처럼 반색을 하더니 "우리 오늘, 술 좀 마시자고"라며 전화를 끊었다.

우울해졌다. 머리를 쥐어뜯었다. 정말로 잠깐만에 돌아올 수 있을까. 고다의 기분은 막상 그때가 되지 않으면 알 수가 없었다. 느닷없이 화를 내서 싸움이 날 가능성도 컸다. 고다는 주사위 도박 같은 사람인 것이다.

다시 전화가 울렸다. 머리가 어질어질했다.

이번에는 울기라도 할 건가? 아니면 노래라도 부르려나?

"저기, 히사오 도련님." 수화기에서 들려온 목소리는 리에코였다. 어깨 힘이 스르르 빠졌다. "오늘 밤 모임, 신주쿠 게이오 플라자 호텔, 7시부터랬지? 6시 반에 아래층 라운지에서 차라도 한잔 할 수 있을까?"

"미안해. 내가 지금 일 때문에 그 모임에도 좀 늦을 거 같아." 시계를 보니 벌써 오후 6시였다. "지금 바로 나가야 해. 급한 볼일이면 내일 내가 리에코네 회사 앞으로 갈게. 휴일 출근이라고 했었지?"

"나는 오늘이어야 한다니까?" 약간 기분이 상한 말투였다.

"뭐야, 무슨 일인데 그래?"

"만나면 말할 텐데, 전화로는 말 못 해."

"아휴, 신경 쓰이잖아."

"흥, 됐어."

"어이, 다무라." 현관에서 미와의 목소리가 들렸다. "슬슬 나가자. 살 것도 좀 있고."

"그럼, 미안하지만 내일 내가 전화할게." 리에코의 전화를 끊었다. "어이, 미와. 고다 씨 호출 때문에 내가 좀 늦을 거 같아. 기쿠치요하고 먼저 가."

"뭐야, 지각하면 홀딱 벗고 춤추기야."

"보고 싶다면 벗고 춰줄게."

가방에 서류를 챙겨 넣고 외출할 준비를 했다.

"오구라는?"

그러고 보니 아직도 돌아오지 않았다. 기쿠치요에게 잠깐, 저기, 라고 말하고 나간 채였다.

"못 말리겠네, 주인공이 없는 거야?" 미와는 떨떠름한 얼굴을 하고 있었다.

"직접 호텔로 간 거 아니야? 무슨 어린애도 아니고, 기다리지 않아도 돼."

잰걸음으로 사무실을 나섰다. 어째 이리 바쁘게 돌아가는 하루인가. 혼자서 얼굴을 찌푸렸다. 이것도 모두 고다 잘못이다. 기분이 괜찮아 보이면 한바탕 잔소리를 해줘야지. 당신, 조금쯤은 남의 기분도 좀 헤아려달라고요, 라고.

빌딩을 나설 때, 다시 전자 대리점의 텔레비전이 눈에 뛰어들었다. 아, 기쿠치요가 말했던 그거구나. 군중이 벽에 기어 올라가 깃발을 흔들고 있었다. 채널은 CNN이었다. 아침부터 계속 이걸 방영하는 건가. 아무래도 큰 사건인 모양이다.

하지만 지금 그런 것에 신경 쓸 때가 아니었다. 이쪽도 정신없이 바쁜 것이다.

"그러니까, 내가 하고 싶은 말은 이거야." 고다가 브랜디를 단숨에 비워버렸다. "땅값이 오르는 건 세상을 위해서고 사람들을 위해서라고. 우리를 무슨 악당인 것처럼 욕하지만 사실은 세상에 분명하게 도움이 되고 있단 말씀이야."

고다는 혼자였다. 늘 직원에 비서에 줄줄이 달고 다니는 사람인데.

그리고 빠른 속도로 술잔을 비웠다. 겨우 한 시간 만에 술병 하나가 반으로 줄었다. 차를 가져온 히사오는 그저 마시는 시늉만 할 뿐이었다.

"오래된 맨션에서 퇴거하면 그 보상금으로 교외에 단독주택을 지을 수 있어. 그렇게 택지로 만든 땅에는 좀 더 큼직한 맨션이 들어선다고. 그러면 젊은 부부들이 들어오지? 두루두루 좋은 일이잖아? 안 그래, 다무라 짱?"

"예에." 고다는 호스티스도 쫓아냈다. 그래서 술 상대를 하는 건 히사오뿐이었다.

"맨션 퇴거 프로젝트가 얼마나 힘든지 알아? 지금은 원룸에 임대료 7만 엔짜리 맨션도 보상금을 300만 엔부터 시작해요. 그런 집이 쉰 세대쯤이나 되는 거야. 평소에는 이웃에 누가 사는지도 모르던 작자들이 말이지, 그런 때만 연대를 하네 어쩌네 한다고. 그래서 자꾸자꾸 가격을 처올리려고 한다니까?"

고다가 담배를 입에 물고 불을 재촉했다. 잠시 생각한 끝에 붙여주기로 했다.

"970만 엔이야."

"예?"

"마지막 사람의 보상금. 스무 살짜리 호스티스야. 어떤 대머리 아저씨가 그렇게 하라고 슬슬 바람을 넣었어. 임대료 7만 엔에 겨우 3년을 살았어. 그럼, 1년 84만 곱하기 3년을 해보면 끽해야 252만. 그게 그 여자가 들인 금액이라고. 즉 그 아가씨는 700만 엔을 아무 짓도 안 하고 그냥 그 집에 살기만 한 걸로 벌어들였다는 계산이야. 이런 말도 안 되는 얘기가 어디 있냐고."

"거참, 정말 굉장한 얘기네요."

소문으로는 들었지만 실제로 그렇다는 건 알지 못했다.

"상속 때문에 싸우는 건 더 굉장해. 토지 매각 의뢰가 들어와서 우선 큰아들을 만나러 가지? 가격에 대한 희망사항 등을 듣고 구매자를 찾는 거야. 그래서 겨우 정리가 되는가 하면, 느닷없이 둘째아들이 툭 튀어나와. 그 가격으로는 못 판다는 거야. 그걸로 처음부터 다시 시작이야. 한 부모 밑에 피를 나눈 형제인

데도 서로 철저하게 비난해. 형은 옛날에 차를 사는 데 아버지한
테 이만큼 돈을 뜯어냈으니까 라는 등, 동생은 이혼 위자료 줄
때 집에 반을 부담시켰다는 둥. 우리는 말이지, 그런 아귀다툼
속에 뛰어들어서, 네네, 그러시겠지요, 참 맞는 말씀입니다, 해
가면서 그걸 다 들어줘. 돈의 힘이란 무서운 거니까. 재산 포기
한다고 잘난 소리 하던 놈도 땅값이 뛰어서 몇 억이라는 가격이
매겨지면 거기서 갑자기 욕심이 앞서는 거야. 막상 도장을 받으
러 가면 자기는 그런 말을 한 기억이 없다고 뻗대요. 분명히 말
하는데, 우리가 사이에 끼어들지 않았다면 여기저기서 혈육 간
에 칼부림깨나 났을 거야."

고다가 자기 손으로 브랜디 병을 들어 잔에 넘치도록 따랐다.

"원래 부자일수록 더 구두쇠야. 3억에 토지를 판 놈이 겨우 만
엔 2만 엔의 인지대를 속이려고 한다니까? 택시 값이 아까워서
매번 데리러 오라는 소리나 하고."

마치 우유처럼 브랜디를 단숨에 들이켠다.

"사장님, 술 속도가 너무 빨라요."

"인간, 참 많이 구경했네." 불그레한 눈을 하고 있었다. "돈이
눈앞에 쌓였을 때, 비로소 인간의 본성이 나타나. 나는 이제 아
무도 안 믿어. 우리 직원들도 안 믿어. 하지만 말이지, 다무라 짱
은 믿어."

"무슨 그런 말씀을." 아주 조금 얼굴을 찌푸렸다.

"다무라 짱은 내가 거래 끊겠다고 협박했을 때, 태연히 '괜찮

습니다'라고 했어. 그건 아주 훌륭해. 오랜만에 돈에 휘둘리지 않는 사람을 봤네."

"그저 성질나는 대로 말한 것뿐이에요. 내심은 후회하고 있었는데요?"

"아니, 자네는 근성이 있어."

"그런 게 있을 리 있나요. 있다면 이렇게 어물어물 프리랜서 같은 거 안 했겠죠."

"좋아, 2차 가자."

"아, 안 돼요. 말씀드렸잖아요, 선약이 있다고."

"아이, 부탁이야, 다무라 짱." 히사오의 팔을 잡고 떼쓰는 아이처럼 흔들어댔다.

몇 번이고 한숨이 터졌다. 정말 어이없는 사람에게 말려들었네.

손목시계를 보니 벌써 밤 9시가 되어가고 있었다. "잠깐 전화 좀 하고 올게요"라고 하고는 자리에서 일어섰다. 미와에게 상황만이라도 설명해두자고 생각했다.

하지만 게이오 플라자 호텔의 방에 전화가 연결되자마자 미와는 뜻밖의 말을 입에 올렸다.

"오구라가 안 와." 가장 중요한 주인공이 아직도 나타나지 않은 모양이었다.

"어떻게 된 거야?"

"나도 궁금하다. 무슨 일이 있었나, 그 녀석?"

"글쎄, 짐작도 안 가는데. 아, 그러고 보니 오늘 약간 기운이 없었던 거 같아."

생각이 났다. 오구라는 아침부터 우울한 얼굴을 하고 있었다. 게다가 모임에 안 가도 좋으냐고 물어왔던 것이다.

"집에 전화해도 안 받아. 괜찮을까, 녀석, 내일이 결혼식인데?"

"그래서, 그쪽은 어쩌고 있어?"

"일단 다른 면상들은 다 채워져서 술판을 벌이고 있지." 뒤에서 와자지껄 웃음소리가 났다.

"나는 조금만 더 있다 갈게."

"빨리 좀 오라고."

수화기를 놓고 오구라가 어디 있는지 생각해보려고 했다. 하지만 전혀 짐작도 가지 않았다. 사고가 났나? 아니, 그런 거라면 경찰에서 연락이 들어왔을 것이다. 우선 연락이 없다는 건 녀석 쪽에서 행방을 감춰버렸다는 것이다.

"여어, 다무라 짱." 고다가 어깨를 두드렸다. "계산 끝냈어, 다음, 가자구."

"아뇨, 나는 좀……."

"아이, 거긴 됐어. 그냥 친구들 모임이지? 어차피 아침까지 마실 작정이잖아. 그러면 좀 기다리게 해도 괜찮은 거 아냐?"

억지로 팔을 붙들려 밖으로 함께 나왔다.

어쩌자고 이놈이고 저놈이고 사람 속을 썩이나. 히사오는 하늘을 우러러보았다.

2차는 고가 아래의 포장마차에 나란히 앉았다.

고다는 정종을 물처럼 들이켜고 연신 어묵을 찍어 먹었다.

부동산 업계의 뒷이야기를 엄청나게 들어야 했다. '한탕꾼'이라고 불리는 부동산 업자는 심지어 버스 정류장 표지판을 옮겨놓고 사전 답사를 나온 손님에게 교통이 편리하다고 속여서 팔아치운다고 했다. 자기들이 직접 말하지 않고, 손님 쪽에서 "엇, 집 앞에 버스 정류장이 있네?" 하는 식으로 발견하게 하면 아무 문제가 없단다. 분명 고다가 해온 짓일 터였다.

히사오에 대해서도 알고 싶어했다. 사무실 일에 대해, 부모형제에 대해, 친구에 대해.

"아, 근데, 다무라 짱의 오늘밤 모임은 뭐 때문이라고 했었었더라~?" 슬슬 혀가 꼬부라지기 시작하고 있었다.

"우리 사무실 디자이너가 내일 결혼해요. 그 사전 축하."

"친한 친구?"

"예, 뭐, 그렇지요."

'친한 친구'라는 말을 들어본 게 너무 오랜만이라 잠시 당황했다. 그런 건 생각한 적도 없었다, 최근 몇 년 동안.

"재미있겠네, 친구들끼리 난장 치고 노는 거."

"죄다 사내놈들뿐이에요."

"그게 좋은 거야. 사내들끼리 뭉치는 것도 지금 이때뿐이야. 나이를 먹으면 아무래도 서로 조심하게 되거든. 이해관계도 얽

히고. 아무 계산 없이 만나는 건 이십 대까지의 친구들뿐이야."

"그렇습니까……."

"나는요, 그 친구들을 잃었어." 저도 모르게 고다를 쳐다보았다. 시선을 내려뜨린 채, 비어버린 컵을 손끝으로 만지작거리고 있었다. "내 회사를 세우고 큰돈이 굴러들고 생활이 바뀌니까 내가 나쁜 놈이 되어 있더라고. 마작이라고 해봤자 천 점에 백 엔짜리, 그거 너무 바보 같아서 칠 마음도 안 나. 그런 생각이 내 태도에 다 나오는 거지. 내 차는 벤츠야. 샐러리맨은 기껏해야 마크II인데. '잠깐 굴려볼래?' 하고 열쇠를 내주고 그런다고. 나는 그럴 마음이 전혀 없어도 그쪽은 얕잡아본다고 생각해. 그렇게 해서 친구들이 완전히 없어졌어. 십 년 전 친구 중에 나 찾아오는 놈은 한 놈도 없어……. 어이, 주인장, 한 잔 더 주쇼. 찬 걸로 그냥 달라고." 잔을 흔들고 있었다.

고다에게는 친구가 없는가―.

그렇기도 하겠지. 왕이 되면 친구는 없어지는 것이다.

"물론 옛날이 좋았다고는 전혀 생각 안 해. 쥐꼬리만 한 월급에 실컷 부려먹고, 무능한 상사는 잘난 척 위세나 부리고, 좁은 집안에서 복닥거리며 살고. 그런 생활로 돌아가고 싶은 마음은 절대로 없어. 하지만 말이야." 고다가 먼눈을 했다. "그때가 그립기는 하더라고."

고다가 이런 이야기를 할 줄은 생각도 못 했다. 아마 부하직원에게는 약점을 내보일 수 없고 어디 하소연할 상대도 없이, 고독하게 허세를 부리며 살아가고 있으리라. 그러니 사람이 그리워서 회사 밖의 사람을 끌고 다니는 것이다.

히사오는 말없이 어묵을 먹었다. 발치를 11월 밤바람이 훑고 지나갔다.

"지난번에 나가노의 어머니 집에 갔었는데 말이지." 고다가 불쑥 말했다. "어머니한테 돈을 쥐어줬지. 백만 엔쯤. 사실은 좀 더 주고 싶었는데, 노인네를 놀라게 하면 안 될 거 같아서. 우리 어머니, 검소하게 사는 게 몸에 박힌 사람이라 큰돈이라면 무조건 무서워해. 그래서 아직도 집에서 아르바이트로 재봉틀을 밟는데 말이지, 벌써 환갑도 지났고 이제 슬슬 놀면서 사시라고 말했어. 그랬더니 이러는 거야, 어머니가. 좋아서 하는 거니까 괜찮대."

여기서 코를 한차례 훌쩍 들이켰다.

"내가 물어봤지. 근데 어머니, 재봉틀 밟아서 하루 얼마나 벌어? 이봐, 얼마일 거 같아? 이봐, 다무라 짱~." 목소리가 슬며시 떨리고 있었다.

글쎄요, 라고 대답하면서 고다를 바라보니 눈에 눈물이 글썽거리고 있었다.

"3천 엔이야. 그야 집안일 틈틈이 하는 일이라지만, 그래도 말이지, 어른이 하루 일해서 겨우 3천 엔이라고." 고다가 눈물을 참고 있었다. 히사오는 젓가락을 멈췄다. "나는 말이지, 학생 시절에 집에서 한 달에 4만 엔씩 받았었어. 그게 아버지하고 처음에 받기로 정한 돈이었어. 근데 현금 봉투를 열어보면 늘 5만 엔이 들어 있어. 어머니한테 물어봤더니, 그건 엄마가 넣은 용돈이야, 그랬다고. 어머니가 만 엔을 따로 나를 위해 마련해준 거야. 나는 아무 생각 없이 그 돈을 썼어. 6만 엔으로 좀 올려주지 않으려나, 그런 달콤한 생각까지 하면서. 그게 20년 전 얘기야. 지금은 하루에 3천 엔이라면 그때는 분명 천 엔, 2천 엔의 돈벌이였을 거라고. 알겠어? 그 속에서 어머니는 나한테 만 엔을 보내줬다고."

고다의 눈에서 눈물이 떨어졌다. 어깨를 들썩이며 헉헉거리기 시작했다.

"정말 좋은 어머니세요." 히사오의 눈두덩도 뜨거워졌다.

"세계 최고의 어머니지." 고다는 부르짖듯이 말했다. 벌써 얼굴이 꾸깃꾸깃해져 있었다. "그런 훌륭한 어머니가 어디 있냐고. 나는 내가 얼마나 더러워졌는지 그때 알았어. 호스티스 상대로 만 엔 지폐를 뿌리고, 1억을 푼돈으로 생각하고, 나는 아주 인간쓰레기가 되어버렸다고."

고다가 자신의 머리를 부여잡고 카운터에 쿵쿵 들이박았다.

엑? 이봐요, 사장님, 뭘 그렇게까지……

"이보쇼, 손님!" 포장마차 주인이 허둥거렸다. "부서져요."

"나는 인간 쓰레기다~!"

돌연 고다가 큰소리로 외쳤다. 옆의 포장마차 손님들이 놀라서 몸을 내밀었다.

"똥 덩어리다~! 개똥이다~!"

"자, 잠깐, 사장님, 진정하세요." 히사오가 어깨를 붙잡았다.

"나는 나쁜 놈이다~! 어이, 어이, 꼬망딸레부~, 하우아유~!"

일 났네. 감당할 수가 없다. 이 사람, 역시 이상해. 완전히 정서 불안이다.

컵이 바닥에 떨어져 깨졌다. 접시가 뒤집어져서 어묵 국물이 튀었다.

"손님, 빨리 밖으로 데리고 나가요." 주인이 얼굴이 벌게져서 화를 내고 있었다.

붙잡으려고 했더니 고다의 날뛰는 팔꿈치가 히사오의 턱을 치고 들어왔다.

일순, 머리가 핑그르르 돌았다. 오늘 액날인가? 왜 내가 이런 꼴을 당하느냐고요.

히사오는 울고 싶은 기분을 꾹 참았다.

4

게이오 플라자에 도착한 건 밤 11시였다.

버르적거리는 고다를 르노 뒷좌석에 밀어 넣고 그의 회사까지 갔다. 입구에서 잔업 중인 사원을 불러냈더니 호스트 같은 젊은 사원이 "어휴, 또 이러시네"라며 눈썹을 팔자로 늘어뜨렸다. 고다는 요즘 셀 수도 없이 술이 떡이 되어 회사로 실려 온다고 했다.

아마도 고다는 닳아버린 것이리라. 아주 잠깐의 판단 미스가 몇 억 엔의 손실을 낳고 마는 그런 세계에서 살고 있는 것이다. 신경이 이상해지는 것도 당연한 일 같았다.

나는 큰 부자 같은 거, 안 되어도 좋다. 창조적인 일로 신경이 닳아빠진다면 그거야 괜찮지만 돈 때문에 그렇게 되고 싶지는 않았다.

고다는 고독한 사내인 것이다. 히사오는 약간 다정한 마음이 들었다. 아무 때나 호출을 하더라도 상냥하게 대해주자.

아니, 아까 낮에는 고함을 지르고 야단이었는데…….

뭐, 될 대로 되라지. 참지 않는다는 게 내 삶의 방식이다.

지하 주차장에 차를 세우고 엘리베이터로 일단 로비에 올라갔다. 벌써 사람은 드물었다. 푹신한 카펫 위를 걸어가는데 화분 뒤쪽에 한 남자가 불안한 기색으로 서 있는 게 눈에 들어왔다.

이봐, 오구라. 자칫 그 등판에 대고 부를 뻔했다. 몸매며 차림새가 똑같았던 것이다.

하지만 분위기가 달랐다. 뭔가가 달랐다.

천천히 앞쪽으로 돌아가 들여다보았다.

남자가 튕겨지듯이 얼굴을 들었다.

"오구라!" 역시 오구라였다. "어떻게 된 거야, 그 얼굴?"

오구라는 머리칼이 짤막해져 있었다. 어깨까지 내려왔던 장발이 귀가 살짝 감춰질 정도의 길이가 되어 있었다.

오구라는 "어~"라고만 대답했다. 술이 들어갔는지 얼굴이 조금 붉었다.

"미와 일행이랑 만났냐?" 손가락으로 위쪽을 가리켰다. "방에 올라갔었어?"

"응?" 오구라가 눈길을 떨구고 어색하게 미소를 지었다. "조금 전에 여기 도착했어. 너무 늦어서 왠지 들어가기가 힘들더라."

"무슨 소리야? 네가 주인공이잖아. 너를 위한 모임이라고."

"응, 그래." 아직도 눈을 마주치려고 하지 않았다.

"연락도 안 해줬어?"

"응."

"왜 그래? 그러면 다들 걱정하지."

"미안."

"무슨 일 있었냐? 내일 결혼식인데. 무슨 문제라도 생겼어?"

"아니, 문제는 없어. 그런 게 아니고, 뭔가 갑자기……." 오구라가 말을 어물거리고 있었다. "다무라, 다른 애들한테는 말하지 마라."

"응." 히사오는 진지한 얼굴로 고개를 끄덕였다.

"괜히 우울해져서 말이지."

"우울?" 곧바로는 할 말이 찾아지지 않았다. "우울하다니, 결혼이?"

"이래저래."

"이래저래라니? 똑똑히 설명해봐."

"얼마 전에 기타하고 앰프, 처분했어. 신혼집에는 놓을 데가 없다고 해서. 별로 미련은 없다고 생각했는데 막상 없어지고 나니까, 아, 나는 이렇게 꿈을 포기하는구나, 싶고."

오구라가 짧아진 머리를 쓸어 올렸다. 처음으로 눈이 마주쳤다. 겸연쩍은 웃음을 내보였다.

"우스운 얘기지만 내가 아직도 어딘가에서 꿈을 꾸고 있었나봐. 이카텐(아마추어 밴드 간의 경쟁으로 챔피언을 선정하여 엄청난 록 밴드 붐과 수많은 개성적인 밴드를 배출한 TV 프로그램 – 역주)에 나가고 레코드 회사의 눈에 들어서 혹시 프로가 될 수 있지 않을까 하고. 다음 달이면 서른인데, 정말 바보 같은 소리다만."

"아냐, 바보 같을 건 없어."

"악보도 다 처분하고 레코드는 어머니 집에 보내고, 그런 주변 정리를 하다 보니 뭔가 완전히 끝났다는 기분이 들더라고."

"그 기분, 나도 알 거 같아."

"이 머리도 장인 장모한테서 은근히 지적이 들어오더라고. 결혼식에 그 머리로 나올 거냐고. 처음에는 말도 안 된다고 생각했는데, 자, 그럼, 왜 기르고 있냐고 자문을 해봤더니 딱히 대답이 안 나오더라고. 한마디로 이건 정신적인 모라토리움인 거야. 이십 대 내내 어른이 되기 싫다고 생각했었어."

"그렇게 말하자면 나도 마찬가지야."

"대학 졸업하고 기업에 취직한 녀석들은 주위에 어른들이 있으니까 저절로 사회나 세상에 동화되잖아? 하지만 우리는 그런 게 없었기 때문에 계속 학생 기분으로 이십 대를 보내버렸나 봐. 내일 결혼식은, 너희들 이제 어지간히 좀 나가라고 대학 12학년생을 억지로 등 떠밀어 졸업시키는 거나 마찬가지야."

히사오가 말없이 맞장구를 쳤다. 오구라의 말을 들으면서 어쩐지 자기 이야기를 듣는 듯한 기분이 들었다.

"그래서 친구들하고 함께 떠들고 웃고 할 마음이 안 나더라. 마음 독하게 먹고 머리를 잘랐는데 너무 안 어울려서 얼굴 내밀기도 싫고. 미안하다고 생각하면서도 신주쿠에서 나 혼자 술 한잔 했다."

"야야, 잘 어울려." 작은 웃음을 던졌다.

"어른이 되려고 깎았는데 괜히 더 어린애 같지?"

"데뷔 당시의 폴 매카트니를 닮았는데?"

"그런가?" 오구라가 전에 없이 수줍어하고 있었다.

오구라의 심정은 충분히 이해가 되었다. 우리는 늘 자유업이라고 가슴을 내밀면서도 어딘가 책임이나 의무에서는 계속 도망치고 있었다. 오구라는 이제 그런 마음 편한 처지로는 살 수 없었다. 한 가정의 가장이 되는 것이다. 내일이 그에게는 졸업식인 셈이었다.

"다들 기다릴 거야. 가자, 위로." 히사오가 턱으로 가리켰다.

"응, 그래." 오구라가 고개를 끄덕였다.

"마지막 여자와 손을 끊는 데 시간이 걸렸던 것으로 해주지."

"바보냐, 너?" 겨우 평소의 웃는 얼굴이 돌아왔다.

그때 등 뒤에서 부르는 소리가 들렸다.

"히사오 도련님~."

깜짝 놀라 돌아보니 리에코가 거기에 서 있었다.

"그쪽 얘기, 끝났어?"

"뭐야? 왜 여기 와 있어?" 갑작스러운 일에 히사오는 머리가 제대로 돌아가지 않았다.

"기다렸어, 저기 라운지에서. 방에 전화했는데 미와 씨가 아직 안 왔다고 하고. 벌써 세 시간이나 기다렸어."

리에코가 미소를 짓고 있었다. 손에는 리본이 달린 상자를 들고 있었다.

"자, 생일 선물." 리에코가 테이블 위에 상자를 내려놓았다.

오구라는 먼저 들어가라고 했다. 리에코와 둘이 라운지에 마주 섰다.

"스웨터야. 잘 어울리긴 할 텐데, 아무튼 열어봐."

"고마워. 하지만 내 생일은 다음 주인데?" 허둥거리면서 상자를 열어보았다.

"알아. 하지만 꼭 오늘 주고 싶었어."

짙은 감색의 세련된 스웨터였다. 상당히 뛰어난 솜씨로 보였다.

"정말 고마워." 다시 한 번 인사를 했다. "진짜 마음에 쏙 들어. 따뜻하겠는데?"

"아, 다행이다." 리에코가 안심했다는 듯 하얀 이를 내보였다.

"하지만 왜지? 아침부터 전화했던 거, 혹시 이것 때문이었어?"

"응, 이상하지?"

"이상할 건 없지만, 왜 꼭 오늘인가 하고."

"일 년 전 11월 10일, 기억 안 나?"

"무슨 일이 있었던가?"

"남자들은 이렇다니까." 리에코가 과장스럽게 몸을 젖혀 보였다. "일 년 전에도 똑같은 날에 선물을 줬잖아."

"그랬던가?" 히사오는 생각해내려고 애썼다.

"그래. 시부야 카페에서 머플러를 선물했었잖아."

"아, 그러고 보니."

생각났다. 업무 때문에 상의할 게 있다고 불러내더니 시부야 도겐자카의 카페테라스에서 리에코가 머플러를 건네주었던 것이다.

"나, 그때 엄청 긴장했던 거 알아?" 리에코가 몸을 앞으로 슬쩍 내밀었다. "그 일주일 전부터 계획을 짜고 10일로 하자고 결정하고 머플러 고르고 업무 때문이라고 이유를 둘러대고 할 말까지 미리 다 준비했었어."

"그건 몰랐네." 눈을 떨구고 머리를 긁적였다.

"히사오 도련님이 우리 회사에 왔을 때, 내가 일부러 잡지에 나온 별자리 점을 펼쳐놓고 다무라 씨는 무슨 자리냐고 물어봤었지? 그걸로 자연스럽게 생일을 알아냈어. 그게 내 계획의 첫걸음이었다구."

"그랬구나."

"어째서 일부러 생일을 피했는지 알아?"

"글쎄." 웃으며 목을 움츠렸다.

"은근슬쩍 속마음을 떠보려고 그랬던 거지. 생각 안 나? 생일에는 다무라 씨가 틀림없이 예정이 있을 거 같고 그래서 좀 빨리 준비했다, 내가 그랬었잖아. 여자친구는 없는 것 같았지만 혹시라도 있으면 내가 정말 멍청한 짓을 하는 거라서 그렇게 미리 예방선을 쳤던 거야."

리에코는 유난히 신이 나 있었다. 샹들리에의 불빛이 그녀의 눈동자에 비쳐들었다.

"그랬더니 히사오 도련님이 '예정은 무슨, 나 그런 거 없어요'라고 수줍어해서 내가 속으로 야호, 했었어."

"헤, 그랬구나."

"그래. 그때 선물 받고 자기가 같이 밥 먹으러 가자고 했고, 그게 우리 교제의 시작이었어."

"아, 정말 그렇다." 대답을 하면서 리에코의 반짝이는 눈동자를 들여다보았다.

"그게 나로서는 사랑의 고백이었어. 그러니까 나한테는 자기 생일은 11월 10일이고, 내가 크게 용기를 냈던 기념일이기도 해.

알았어?"

"응, 알겠네."

"어휴, 정말, 여자 쪽에서 먼저 고백하게 하다니. 자기도 남자로서 참 문제 많다." 리에코가 꾸짖듯이 미간을 찡긋해 보였다.

"그렇다면," 약간 장난스럽게 말했다. "다음 고백은 내가 먼저 할게."

"흥, 그래 주세요." 리에코도 지지 않고 장난하는 포즈로 턱을 쑥 내밀었다.

잠시 서로를 마주 보았다. 둘이 동시에 푸훗 웃음을 터뜨렸다.

"우리, 사이는 좋은데 별다른 드라마가 없어서 좀 만들어보고 싶었어."

"그렇구나."

"자, 그만 갈래. 미안, 여자 친구의 어린애 같은 놀이에 억지로 끌어들여서." 리에코가 일어섰다.

"아냐, 만나서 너무 좋았어."

정말 그렇게 생각했다. 그리고 눈앞의 리에코가 진심으로 사랑스러웠다.

코트를 입혀주었다. 호텔 현관까지 배웅했다.

안녕, 이라고 말하고 리에코를 택시에 태워주었다.

받은 스웨터를 품에 안았더니 가슴 저 깊은 속까지 따스해졌다.

엘리베이터를 타고 스위트룸이 있는 플로어로 향했다. 손목시계를 보니 이제 슬슬 오늘 하루가 끝나려 하고 있었다.

길고긴 하루였구나. 한숨이 새어나왔다. 고다에게 이리저리 휘둘리고, 오구라의 속 깊은 얘기를 듣고, 리에코의 귀여운 놀이를 상대해주고—.

하지만 나쁘지 않은 하루였다. 남의 속마음을 들으면 어쩐지 나 자신까지 치유된 듯한 기분이 든다. 사람들끼리 서로 통하면 용기가 솟구친다. 도쿄의 에너지는 분명 수많은 사람의 에너지다.

리에코도 더욱더 좋아졌다. 언젠가 틀림없이—.

큰 걸음으로 복도를 걸었다. 드디어 내 입에 술을 넣게 되었구나. 그러고 보니 배도 고팠다.

힘차게 문을 열었다.

"여어, 다들 기다리게 해서 미안."

"안 기다렸는데?"

"야, 누가 너를 기다려?"

"어라, 다무라도 불렀냐?"

다들 한마디씩 미운 소리를 날렸다. 술판은 진즉에 가경에 들어가 그새 취해서 바닥에 널브러진 놈도 있었다. 사내들만 열 명. 체면이고 형식이고 다 벗어던진 술자리였다.

"어이, 다무라. 오랜만이다?"

모리시타가 와 있었다. 이 녀석과는 십년지기다.

"엇, 모리시타. 아직 살아 있었냐?"

"어, 내가 아주 튼튼하거든." 여전히 느려터진 말투로 대꾸한다.

"다무라, 너, 그거 알아? 롤링스톤스가 온대."

"알아, 미와한테 들었어."

"야, 오구라 머리통 좀 봐줘라." 그 미와가 나서서 말했다. "머리 자른 게 별로 안 어울려서 혼자 상심의 홧술을 마셨단다."

오구라가 쓴웃음을 지었다. 여기서는 이제 처음 만난 척해주자.

"오구라~, 잘 어울려. 영락없이 데뷔 당시의 시마다 요히치(일본의 만담가, 탤런트, 작가―역주) 같다."

히사오의 말에 오구라는 허리를 쥐어잡고 웃어 죽는다.

자리를 잡고 앉아 히사오도 위스키를 마셨다. 모두 둥그렇게 둘러앉아 담소했다. 그리운 얼굴도 꽤 보였다. 역시 이 나이가 되니 아무 목적도 없이 모이는 일은 없어졌다. 이런 기회라도 없으면 만나지 못할 녀석들뿐이었다. 벌써 가정을 꾸린 친구가 있다. 아버지가 된 녀석도 있었다.

"다무라, 이거 먹어라. 홍콩 선물이야."

누군가가 접시를 내밀었다. 정체불명의 고깃덩이를 입에 던져 넣었다. 지독한 신맛이 혀를 자극했다.

"뭐야, 이거~!" 마쓰다 유사쿠의 연기와 성대모사를 하며 말했다. 히사오 세대의 해묵은 유행어였다.

"배암 초절임." 웃고 있다.

"야, 마쓰다 유사쿠가 죽어버렸어." 누군가가 말했다.

"내가 오늘 〈블랙 레인〉을 보고 왔지." 미와가 자랑스러운 듯 가슴을 젖혔다. "첫 부분에 뉴욕 술집 장면이 나오는데 말이지……."

또 시작이다. 낮에 했던 그대로 연기를 흉내 내고 있었다. 여기저기서 야유가 날아왔다.

"마쓰다 유사쿠, 몇 살이었지?" 누군가가 물었다.

"서른아홉."

"너무 빠르네."

"올해는 천왕도 세상을 떴고."

"그래, 이제 헤이세이잖냐. 쇼와 다음은 와세다일 줄 알았는데." 와세다 대학 나온 녀석이 한숨을 내쉬었다.

"미소라 히바리(1937~1989. 일본 쇼와시대의 가요사를 대표하는 가수이자 여배우―역주)도 죽었고."

"데즈카 오사무(1928~1989. 일본 만화계의 선구자. 〈아톰〉으로 유명하다―역주)도 죽었고."

"다나카 가쿠에이(1918~1993. 일본의 정치가. 64대, 65대 총리 역임―역주)는 은퇴하고."

"80년대는 끝나버리고."

"우리는 서른이고."

"야, 나는 아직 이십 대야." 히사오가 턱을 쑥 내밀며 말했다. "니들하고 함께 끼워 넣지 말아줘."

"뭐 미련이 그렇게 많냐?" 미와가 수건을 던져왔다. "냉큼 서른 살 되시지."

"다무라는 아직 결혼 안 해?" 모리시타가 느릿느릿한 목소리를 냈다. 정말 믿을 수 없는 일이지만 바로 이 녀석이 두 아이의 아버지였다. "리에 짱이라고 했지? 참한 아가씨잖아, 뭘 망설이는 거야?"

"내버려 둬."

"다무라는 아직도 뭔가 되어볼 마음을 먹고 있어." 미와가 뻔히 보인다는 듯한 말을 했고 히사오는 내심 흠칫했다. "이대로 일개 카피라이터로 남을 생각은 없는 거야."

"야, 맘대로 말하지 마."

"척 보면 알지, 뭐. 묘하게 자신의 재능을 철석같이 믿는다니까."

"야, 그런 거 없어. 이제야 뭐가 되겠어? 이 나이에 배우가 되겠다고 나서겠냐, 뮤지션이 되겠다고 나서겠냐?"

"소설이라도 써"라는 오구라. "다무라가 쓰는 문장, 나는 상당히 마음에 들더라고."

"그럴 생각 없어."

"다무라는 도쿄 처음 올라올 때는 뭐가 되고 싶었어?"

"……음악 평론가였지." 오랜만에 입에 올려봤다. 나잇값도 못하고 엄청 부끄러웠다.

"그거, 안 되기를 다행이다. 밥 못 먹고 살아, 그건."

"나는 스포츠 카메라맨이었는데." 모리시타가 다리를 뻗고 말했다. "이제는 사진관 데릴사위다만."

"나는 요시다 가츠(일본의 대표적인 일러스트레이터 – 역주)를 동경해서, 그런 일러스트레이터가 되고 싶었는데."

"나는 영화를 찍고 싶었어. 하세가와 가즈히코('일본의 스티븐 스필버그'라는 이름을 얻은 유명 감독 – 역주) 같은 영화."

"그럼, 지금부터 조감독 해봐."

"야, 우리 마누라가 이거야." 아내를 거느린 녀석이 배를 둥글게 그려 보였다.

"지금까지 아무 말 안 했다만, 내가 한때 극단 분가쿠자에 들었었어."

"오옷, 마쓰다 유사쿠의 후배야?"

"부끄럽다만 나는 스무 살 때쯤 야마하의 보컬 스쿨에 다녔지."

모두 함께 웃었다. 그 말을 한 녀석은 가업인 인쇄소를 물려받아 경영하고 있었다.

"다들 젊은 시절에는 꿈이 있었단 얘기야."

미와가 한숨을 섞어 영감 같은 소리를 했다. 저마다 쓴웃음을 지었다.

"기쿠치요는? 그러고 보니, 진짜로 젊은 놈이 하나 있잖아?"

오구라가 목소리를 올렸다. 아, 그렇지, 기쿠치요를 깜빡 잊고 있었다.

모두가 일제히 고개를 좌우로 돌려보니 기쿠치요는 방구석에서 텔레비전을 보고 있었다.

"뭐야, 텔레비전 보고 있었어? 어이, 너는 장래 뭐가 되고 싶어?"

기쿠치요가 조용히 돌아보았다.

"글쎄요, 샐러리맨이나 될까요?"

미와가 베개를 내던졌다. 히사오는 빈 페트병을 명중시켰다.

"근데요, 여러분, 지금 국제적으로 굉장한 사건이 일어났습니다." 기쿠치요가 침착하기 그지없는 얼굴로 말했다. "동독과 서독이 통일되는 모양이에요."

"아, 그러고 보니 아까 낮부터 뉴스에 계속 그거만 나왔었지?"

"뭐? 나는 모르는데? 오늘은 텔레비전을 못 봤어."

"베를린 장벽이 붕괴됐다고."

"베를린 장벽?"

"동독이 서독과의 국경을 풀어버렸대. 이제부터는 자유롭게 왕래할 수 있는 모양이던데?"

모두 함께 텔레비전 앞으로 이동했다. 화면에서는 어딘가의 대머리 아저씨가 핸드 마이크로 연설을 하고 있었다.

"저거, 누구냐?" 히사오가 기쿠치요에게 물었다.

"서 베를린 시장이에요. 동독에서 온 시민에게 환영 인사를 하는 거 같아요."

잠시 조용하게 텔레비전을 지켜봤다. CNN이라서 무슨 소리를 하는지는 알 수 없었다. 하지만 그 열기는 충분히 전해져왔다. 눈이 반짝이고 있었다. 입가에는 저절로 웃음이 번졌다. 아마도 훌륭한 연설일 터였다.

화면이 바뀌고 시민들이 행진하는 화면이 나왔다. 차 밖으로 몸을 내밀고 깃발을 흔들었다. 클랙슨을 울렸다.

여기저기서 사람들이 포옹하고 있었다. 눈물로 엉망이 된 얼굴로 서로의 어깨를 꼬옥 끌어안고 있었다.

그렇구나, 우리가 태어났을 즈음에 생긴 장벽이다. 거의 30년 만의 재회인가.

뿔뿔이 흩어져 있던 가족이 오늘에야 자유롭게 만날 수 있게 된 것이다.

아무도 입을 열지 않았다. 베를린 시민들의 환희에 찬 표정에 빨려들 듯이 텔레비전을 들여다보고 있었다.

군중이 장벽을 기어올랐다. 양손을 높직이 하늘로 쳐들고 있었다. 불꽃이 올라갔다. 환성이 메아리쳤다.

"동서냉전도 끝났군." 오구라가 불쑥 말했다.

"좋은 일 아니냐?"라는 미와. "세계는 바야흐로 물이 오른 거야. 이게 시작이지."

"우리도 그렇다면 좋을 텐데." 히사오가 취기 오른 머리로 말했다.

"청춘은 끝나고 인생은 시작된다, 라는 건가."

누가 한 말인가 했더니 모리시타였다. 녀석, 시건방진 소리를 다 한다.

하지만 비웃어줄 생각은 없었다. 녀석이 꽤 괜찮은 얼굴을 하

젊은 날의 유쾌한 실패에 건배

음악이라면 삼시 세끼 밥보다 더 좋은 열여덟 살 다무라 히사오, 보물 같은 레코드 백여 장을 싸들고 상경했다.

왜? 재수 학원에 등록하려고.

대학은 어디라도 좋았다. 학과나 계열 따위는 문제도 아니고, 도쿄에만 올라갈 수 있다면 승가대학이라도 좋았다. 어서 빨리 아버지에게서 벗어나고 싶었다. 무조건 집을 떠나 혼자 살고 싶었다.

헐렁한 흰색 배기 바지, 회색 오픈셔츠에 레몬옐로의 베스트, 대략 그 정도로 유러피언 패션을 갖춰주고, 심각한 표정으로 머리를 쓰윽 쓸어 올려 '니힐한 시티 보이'를 연출해주는 센스쯤은 도쿄 젊은이의 기본 사양이라나.

도쿄의 오차노미즈 대학가와 에비스의 작은 광고 대행사.

무지하게 바보였지만 무지하게 즐겁고 무지하게 바쁘고 무지하게 고민도 많았던 젊은 날, 황망한 속에서도 한 해 두 해 진짜 어른으로 성장하는 이십 대, 이 책은 누구나 거쳐 가는 젊은 날의 이야기를 써내려간 여섯 편의 연작 소설이다.

《공중그네》, 《남쪽으로 튀어!》에서 보았던 오쿠다 히데오의 가볍고 유쾌한 묘사가 이 소설에서도 곳곳에서 펑펑 터진다. 등장인물들의 선명한 캐릭터는 웃음이 터지는 지뢰밭이다. 단연 백미로는 '모리시타 군'을 꼽을 만하다. 느려터진 말씨로 주인공을 한없이 속 터지게 하던 모리시타 군이 '정말 믿을 수 없게도' 서른 살이 되기 전에 누구보다 먼저 두 아이의 아버지가 되었다고 한다. 독자들은 과연 어떤 등장인물에게 조연상을 줄지 궁금하다.

주인공과 함께 휙휙 달려가는 듯한 속도감은 작가 오쿠다 히데오의 소설이 아니고서는 맛보기 힘들 것이다. 단 하루의 이야기를 오려내어 한 해를 묘사하고, 그렇게 모아들인 6일 동안의 에피소드로 이십 대 청춘의 십 년 간을 그려내는 탄탄한 구성도 주목할 만하다.

더불어 80년대 일본사회의 10년을 포괄하는 중요한 사회 문화적인 사건들이 개인의 역사에 영향을 미치는 둥 마는 둥 자연스럽게 녹아들었다.

불의의 충격으로 사망한 존 레넌과 그의 마지막 앨범 〈더블 판타지〉, 고라쿠엔 구장에 5만 5천 명이 운집한 3인조 여가수 그룹 캔디스의 돌연한 해산 콘서트, 올림픽 개최지 선정에서 나고야가 서울에 밀렸던 날, 스포츠에 열광하는 여성 팬이 등장한 것도 이 시대였다. 대미를 장식한 것은 베를린 장벽의 붕괴. 그밖에도 무수히 언급된 문화인과 크고 작은 사건들을 연도를 따라 정리하면 당대의 사회와 문화의 큰 흐름이 일목요연하게 파악되지 않을까.

여성의 의식은 높아져서 페미니즘이 강세를 보이지만 거기에 맞춰 함께 고민하는 시늉이라도 해야 하는 젊은 남자에게는 이래저래 고달픈 시대였는지도 모른다. 거품경기에 들떠 땅값은 급등하고 돈은 흔전만전 넘치는데 사장님의 인간성 붕괴와 외로움은 깊어만 간다. 워크맨과 더블 카세트와 초창기 비데가 등장한 것도 이 시대였다.

그런데 이 이야기의 '시대'는 특정한 한 시기가 아니라 우리 모두의 '그때 그 시절'로 무한히 확장된다. 이 소설에 사용된 사건과 에피소드들은 시대가 바뀌면서 약간의 변주가 가미될 뿐, 그 테마는 동일하기 때문이다.

오쿠다 히데오는 가볍고 유쾌한 웃음 뒤에 자신의 메시지를 한사코 감춰두는 작가라는 생각이 들었다. 이 책 《스무 살, 도쿄》는 1959년생 작가의 이력과 맞물려서 반쯤은 자전적인 소설이라고 한다.

존 레넌의 죽음을 누구보다 안타까워하면서도 주인공은, 즉 오쿠다 히데오는 끝까지 존 레넌의 마지막 앨범 〈더블 판타지〉를 사들이는 행렬에 줄을 서지 않는다. 게다가 혼자서 〈이매진〉

을 소리 내어 부르는 것조차 '뭔가 같잖은 짓 같아' 관둬버린다.

　　문득 생각이 났다. 오늘 존 레넌이 죽었구나…….
　　한참을 그대로 서 있었다.
　　코를 한번 훌쩍 들이켰다.
　　1980년 12월 9일을 나는 아마도 잊지 못하리라.
　　〈이매진〉을 소리 내어 불렀다.
　　영어 가사는 고등학생 때 외웠다.
　　하지만 뭔가 같잖은 짓인 것 같아 중간에 관뒀다.

〈그날 들은 노래〉

　　다시 히사오의 나쁜 버릇이 나왔다. 히사오는 아무래도 심보
가 비뚤어진 구석이 있었다.　존 레넌이 사망했을 때도 팬이
었으면서 무관심한 척하며 유작 앨범을 몇 년씩이나 사지 않
고 참았던 것이다. 어차피 또 롤링스톤스의 '스' 자도 모르는
어중이떠중이들이 편승해서 와와 떠들어댈 게 틀림없다. 정
통파 록커로서는 실로 심드렁한 사태였다.

〈배첼러 파티〉

　　자신의 주장이나 사상을 전면에 드러내지 않는 것에서 한 발
더 나아가 오쿠다 히데오는 이른바 소설가다운 문장법과 미려한
비유조차 '뭔가 같잖은 짓인 것 같아' 최대한 생략해버리는 게

아닌가, 하는 느낌을 받았다. 내 몸, 내 발바닥이 얻어낸 언어, 생활이 저절로 흘려내는 말, 한사코 그런 소설가답지 않은 말만 골라서 글을 쓴다고 할까.

당연히 다른 어떤 작가보다 가볍고 쉽게 읽히지만 이 작가가 뒤에 꼭꼭 감춰둔 것, 그가 소설을 쓰기 전까지 품었던 생각의 바탕은 가벼운 웃음으로는 상상할 수도 없을 만큼 깊다. 어쩌면 독자들이 보물찾기를 하듯이 그것을 하나하나 찾아내주기를 기다리는지도 모른다.

마지막으로, 다무라 히사오의 유쾌한 젊은 날의 실패에 건배, 부끄러운 내 젊은 날의 실패에도 건배.

양윤옥

스무 살, 도쿄

1판 1쇄 발행 2008년 5월 26일
2판 1쇄 발행 2015년 9월 21일
2판 3쇄 발행 2024년 8월 5일

지은이 · 오쿠다 히데오
옮긴이 · 양윤옥
펴낸이 · 주연선

(주)은행나무

04035 서울특별시 마포구 양화로11길 54
전화 · 02)3143-0651~3 | 팩스 · 02)3143-0654
신고번호 · 제 1997—000168호(1997. 12. 12)
www.ehbook.co.kr
ehbook@ehbook.co.kr

ISBN 978-89-5660-939-3 03830